KB062836

장자莊子의 비밀정원

장자莊子의 비밀정원

초판 1쇄인쇄 2021년 4월 2일
초판 1쇄발행 2021년 4월 5일

저 자 김호운
발행인 박지연
발행처 도서출판 도화
등 록 2013년 11월 19일 제2013－000124호

주 소 서울시 송파구 중대로34길 9－3
전 화 02) 3012－1030
팩 스 02) 3012－1031
전자우편 dohwa1030@daum.net
인 쇄 (주)현문

ISBN ｜ 979－11－90526－32－6*03810
정가 15,000원

장자莊子의 비밀정원

김호운 장편소설

도화

‘장자의 나비’를 꿈꾸며

　　장자莊子 철학을 장편소설로 구성했다. 춘추전국 시대에 등장한 백가百家 가운데, 오늘날 동서양 학자들이 가장 많이 연구하고 언급하는 건 ‘장자’다. ‘만물은 스스로 존재한다’는 인식을 통해 자유와 필연의 통일성을 탐색하는 장자 철학은 21세기에 이르기까지 여전히 우리에게 이상理想으로 접근하는 길[道]을 만들어 주고 있다.

　　장자를 잘 알고 있지만, 그의 철학으로 쉬 들어가지 못하는 분들이 의외로 많다. 그 이유는 장자 철학은 너무 쉬워서 쉬 잊고 너무 어려워서 접근하려 하지 않는다. 노자에서 장자에 이르는 도가道家 철학은 우리에게 ‘사람답게 사는 세상’으로 가는 길, 즉 도道를 제시한다. ‘훌륭하게’가 아니라, ‘사람답게’다. 훌륭한 건 학습된 사고로 다듬어진 모양이고, 사람다운 건 자연에 순응하는 본성으로 나타나는 모습이다. 노장老莊이 말한 도는 이처럼 모양조차 없는 공간개념空間概念으로 발(辶)이 아닌 머리(首)로 가는 길[道]이다. 머리로 그 길을 가면 낙원에 이르며(至樂지락), 그곳을 장자는 '지도리(道樞도추)'라고 했다. 지도리는 나비를 닮았다. 장자가 「호접지몽胡蝶之夢」에서 만난 그 나비가 지도리다.

21세기 컴퓨터 시대에 난데없이 왠 죽간竹簡이냐고 하는 분들이 있을지 모르겠다. 묵은 된장처럼 오래 숙성된 밑맛이 잃어버린 입맛을 살려 줄 때가 있다. '장자'의 죽간이 바로 그런 밑맛 같은 것이다.

운문韻文으로 가르침을 남긴 노자와 달리 장자는 산문散文으로 철학을 전했다. 이미 오래전에 장자와 그 제자들이 이 '장자의 길'을 우화 형식으로 구성했으며, 여기에다 후대 사람들이 살을 덧붙여 『장자』를 완성했다. 이 『장자』를 바탕으로 좀 편하고 쉽게 장자의 길로 날아갈 수 있도록 장자 철학 개념을 4개의 정원으로 나누어 이야기로 구성했다. 장자의 나비가 되어 장자가 꿈꾸던 '사람답게 사는 세상'이 어떤 건지 시공時空을 넘나들며 그의 비밀정원을 여행해보는 그런 소설이다.

노장老莊 철학의 핵심은 무위無爲다. '있는 것도 없는 것도 없는 것', 그냥 있는 그대로다. 세상을 절대로 움직이도록 놓아두는 목민牧民이다. 자르고 붙이면서 세상을 다듬으면 통치痛治가 되어 나비로 살아가려는 많은 사람에게 큰 상처를 준다. 장자는 이런 세상이 되는 걸 경계했다. 일찍이 요순堯舜을 거쳐 하夏나라를 세울 때, 순舜 임금은 자기 자손이나 붕당朋黨이 아닌 세상을 잘 보살필 참 인물에게 자리를 물려주었다. 그가 바로 백성들과 부대끼며 평범하게 살던, 그러나 물을 잘 다스려 많은 사람을 이롭게 하던 토목공 우禹였다. 그에게 새로운 세상을 여는 권한을 주었다. 하夏, 상商, 주周 나라를 지나는 동안 통치자들은 권력의 달콤한 맛을 알아버렸다. 그리하여 그 권력을 차지하기 위해 서로 죽이고 죽는 싸움을 시작했다. 이때가 춘추시대春秋時代다. 춘추에서도 만족하지 못해 결국 더 치열하게 싸우는 전국시대戰國時代로 넘어간다. 이른바 춘추전국春秋戰國 시대다. 이를 바로잡으려 백가百家가 등장하여 쟁명爭鳴을 하지만 창칼을 앞세운 권력 앞에서 '앎'은 속수무책이었다.

노자와 장자가 이를 보고 요순으로 돌아가는 길은 오직 도道라고 외쳤다. 부디 '발'이 아닌 '머리'로 그 길을 가도록 갈구했지만, 이미 돌처럼 단단히 굳어 버린 인간의 머리를 깨어 부수지 않는 한 돌아갈 수 없었다. 그럼 2,300년이란 시간을 뛰어넘어 21세기에 이른 오늘, 우리는 어떤가? 그 긴 시간 동안 진화한 우리는 춘추전국을 벗어나 행복한 시대에 살고 있는가? 요순(堯舜; 사람답게 사는 세상)으로 가는 길은 여전히 오리무중이다.

오상아吾喪我!

'吾喪我(오상아)', 장자는 나[我]를 죽이고(喪) 나[吾]를 찾으라고 했다. 오吾는 어머니의 몸에서 이 세상에 태어날 때 가지고 나온 '나'의 본래 모습이다. 아我는 살아가면서 화려한 옷으로 위장한 또 다른 '나'의 모습이다. 장자의 길을 따라 지도리로 들어가는 문, 무위無爲를 여는 열쇠가 바로 오상아다.

우리가 사는 이 땅에 '장자의 정원'이 만들어지길 간절히 소망하며, 매월당梅月堂 김시습金時習의 「사청사우乍晴乍雨」 한 수를 올린다.

사청사우(乍晴乍雨)

乍晴乍雨雨還晴 (사청사우-우환청)

天道猶然況世情 (천도유연황세정)
譽我便是還毀我 (예아변시환훼아)
逃名却自爲求名 (도명각자위구명)
花開花謝春何管 (화개화사춘하관)
雲去雲來山不爭 (운거운래산부쟁)
寄語世人須記認 (기어세인수기인)
取歡無處得平生 (취환무처득평생)

잠시 갰다 비 내렸다 하나, 그러다가 또 날이 갠다
하늘의 도리가 이러하거늘 세상일이 어찌 다르랴
나를 칭찬하던 이가 나를 흉보기도 하고
명예를 외면하던 이가 명리(名利)를 좇기도 한다
꽃이 피고 지는 걸 봄이 어찌 간섭하랴
구름 오가는 걸 두고 산이 다투지 않거늘
세상 사람에게 전하노니, 꼭 이를 기억하라
평생 즐거운 곳은 그 어디에도 없다

− 매월당 김시습의 시 「사청사우」 전문

2021년, 나비가 날아다니는 봄
우공愚公 김호운

목차

작가의 말

장자莊子의 비밀정원

오상아吾喪我
─나를 죽여야 나를 만난다

　　이탈리아행 비행기를 탔다. 이륙 직후부터 로마 레오나르도 다 빈치 국제공항에 착륙할 때까지 긴 시간 동안 나는 줄곧 눈을 감고 있었다. 잠을 잔 건 아니다. 간간이 눈을 뜨면 고개를 돌려 창밖을 바라보았다. 시속 800km가 넘는 속도로 날아가고 있는 비행기 창밖에는 햇무리구름 벌판이 끝없이 펼쳐져 있다. 숫눈이 쌓인 듯한, 햇살 쏟아지는 그 허허로운 구름 땅이 참 아늑하고 평화로워 보였다. 잠시 그러고 있다가 다시 눈을 감는다. 마치 셔터로 카메라 미러

(mirror)를 여닫듯 나는 내 기억 필름에 어둠과 밝음만을 기록했다. 그렇게 나는 내가 알던 세상을 모두 기억 밖으로 밀어냈다. 누군지 알지 못하지만, 보잉 747기에 함께 타고 가는 승객들 가운데도 언제 어디에서 나와 스쳤거나 알게 모르게 연결되었던 사람이 있을지 모른다. 이들 역시 시선 밖으로 밀어냈다. 죽음, 그렇다. 언제일지는 모르나 내가 다시 돌아오게 된다면, 그때까지 난 이 세상에 존재하지 않은 사람이 되고 싶었다.

　신종악성 바이러스 창궐로 전 세계가 국경을 닫아걸면서 공포에 떨고 있을 때 나는 배낭을 메고 이탈리아에 왔다. 바이러스 확진자가 엄청나게 늘어나고 있는 상황을 연일 뉴스로 내보내는 이탈리아에 간다고 하자 아내는 사생결단으로 만류했다. 현지 교민들도 어렵게 전세기를 마련하여 탈출하듯 귀국하고 있는 마당에 제 발로 사지死地에 들어가겠다니 제정신이냐며 언성을 높였다. 아내의 만류에도 불구하고 나는 기어이 이탈리아에 들어왔다. 죽음이 두렵지 않을 정도로 나는 내가 사는 나라에서 탈출해야 할 만큼 벼랑 끝에 내몰렸다. 망명? 망명은 아니다. 어떤 형태로든 내가 사는 현실에서 나를 지워야 했다. 함께 사는 아내조차도 나의 이런 속내를 다 알지는 못했으며, 알았다고 해도 이해할 수 없었을 것이다.

신종악성 바이러스로 전쟁터와 다름없는 이곳 이탈리아에서도 나를 반기는 사람은 없다. 동양인이라는 이유 하나로 숙소와 식당에서 배척당한 일이 한두 번이 아니다. 이들은 이 바이러스가 동양권에서 흘러왔다고 믿고 있었다. 이토록 푸대접받으면서까지 이곳에 온 이유는 시인 단테를 만나고 화가 조토의 「최후의 심판」을 보기 위해서다.

로마에서 자발적 격리 기간을 끝내자마자 나는 곧장 열차를 타고 베로나로 향했다. 「로미오와 줄리엣」의 작품 무대여서 여행자들이 많이 찾지만, 나는 오로지 단테와 조토의 그림을 만나기 위해 이곳에 간다. 고향 피렌체에서 추방당하여 이곳 베로나와 라벤나에서 19년 동안 망명 생활하며 대서사시 『신곡』을 완성한 뒤 세상을 떠난 단테의 흔적을 따라 가보고 싶었다. 평화로운 신성로마제국 건설을 꿈꾸던 단테는 현실 정치에 실패하고, 대신 신의 이름으로 세상을 심판하며 자신의 꿈을 이루고자 했다. 그는 자신이 체험한 그 세상을 사람들의 가슴에 오래도록 기록해 두기 위해서였을까. 시인 베르길리우스에게 이 여정의 길 안내를 맡

15

겼다. 조토, 그도 역시 세상 사람들에게 보여줄 진정한 심판이 무엇인지 그림 「최후의 심판」으로 말하고자 했다.

평소 나는 정치를 비롯한 사회문제에는 별로 관심이 없었다. 조용히 내 안에 나를 가두고 세상을 관조하길 좋아한다. 겨우 시집 두 권 내고 시인이라며 명함 내미는 것도 부끄러운 처지에 신선처럼 살겠다는 욕심을 가진 건 아니다. 내가 남의 일에 관심을 보이지 않듯 남들도 내 일에 관심을 두지 않는 걸 좋아한다. 그렇다고 은둔주의자는 아니다. 여느 가장들과 마찬가지로 나는 가족을 부양하기 위해 직장에도 열심히 다녔다. 오가는 출근길, 주말이나 휴가 때 내 시간이 마련되면 그때 나만의 세상을 만든다. 세상과 소통하던 문을 닫은 뒤 조용히 책을 읽거나 시를 쓴다. 들짐승처럼 이곳저곳 혼자 여행 다니기도 한다. 이것이 내가 살아있음을 확인하는 유일한 숨통이다. 곁눈질하지 않고 열심히 직장생활을 한 덕분에 아내도 이런 '나의 세상' 하나 정도는 묵인해 주고 있었다.

최근 페이스북에 올린 글 하나가 내 인생을 송두리째 뽑아내며 내가 가던 길을 막아버렸다. 이 글을 비난하는 댓글들이 나를 갈가리 찢으며 해체하기 시작했다. 누구인지, 나이가 나보다 위인지 아래인지도 모르는 익명들이 조리돌림을 하듯 내게 입에 담기조차 부끄러운 욕을 퍼부어댔다. 파렴치한으로 만들기 위해 온갖 방법을 다 동원하여 나를 공격하는가 하면, 내가 발표한 작품을 모조리 뒤져 단어 하나까지 트집 잡고 왜곡한 뒤 쓰레기라며 난도질했다. 심지어 내 고향까지도 끌어내어 지역감정을 부추기기도 했으며, 얼토당토않게 나를 토착왜구土着倭寇로 만들기까지 했다. 글로 시를 짓는 시인인데도 이 '토착왜구'라는 단어가 나에게는 몹시 낯설었다. 혹시 내가 모르는 의미로도 쓰이는가 하고 자료를 뒤져보니 자생적 친일파라는 것 외에는 다른 뜻이 없었다. 설마하니 일본 여행 몇 번 하고, 니콘과 소니 카메라를 가지고 있으며, 일본제품 볼펜을 사용한 적 있는 걸 가지고 친일행동으로 보진 않았을 것이다. 해괴하게도 이 토착왜구라는 단어가 미운 사람을 단죄하는 도구로도 사용된다는 사실을 나는 처음 알았다. 그뿐만 아니다. 이들을 반대하며 공격하는 특정 시민단체 집회에서 내가 연단에 올라가 연설한 것처럼 사진을 조작하여 SNS에 퍼 나르는 사람도 있었다. 급기야 낯선 사람들이 우리 집 주변을 어슬렁거리기도 했다. 가족들조차 밖에 나가길 두려워했다.

　나는 누굴 비난하고 누굴 칭찬하려고 그 글을 올린 게 아니다. 어떻게 하면 아름답고 평화로운 세상을 볼 수 있을까, 이렇게 염원하며 자작 시 한 구절과 함께 글을 올렸다. 누구나 그런 생각을 한번은 해 봤을 법한 평범한 이 글이 내 의도와 상관없이 특정 정치인을 공격하는 글로 둔갑해버렸다. 처음 두서너 명이 댓글을 달 때까지만 해도 나는 착각했다. 부끄럽게도 '이제야 사람들이 날 시인으로 알아보는 모양이다' 하며 즐거워했다. 그게 아니었다. 그 무렵 한 유명 정치인이 관련된 사건을 놓고 비난하는 사람들과 옹호하며 지지하는 사람들 사이에 공방전이 벌어지고 있었는데, 그 유력 정치인을 지지하는 세력들이 나를 공격했다. 옳고 그름은 중요하지 않았다. 오직 내 편이 아니면 무조건 부숴버려야 할 적으로 낙인찍어 맹공격했다. 막을 길이 없었다. 내 글을 내리려 해도 이미 퍼 날리기가 시작되어 손을 쓸 수가 없었다. 24시간 나를 감시하는지 새벽 4시에 글을 올려도 이들은 어디에서 지켜보고 있었던 듯 즉각 반응했다. 나는 대응을 포기했다. 차라리 내가 사라지는 게 더 수월하다는 생각까지도 했다. 속수무책으로 나는 만신창이가 되었다.

급기야 내가 다니는 직장에까지 공격 화살이 날아왔다. 우리 회사 제품 불매운동이 일어난 것이다. 놀란 사장이 내게 사과문을 올리고 빨리 수습하라며 거의 시간 단위로 채근했다. 나는 평생직장으로 여기며 열심히 다니던 회사에 사표를 냈다. 나보다 더 힘들어하는 사장과 이로 인해 피해를 볼 동료 직원들을 살리기 위해서라도 나는 한시바삐 회사를 나와야 했다.

아무리 살펴봐도 내 글에는 이들을 분노케 할 빌미가 될 만한 내용이 없었다. 그래도 혹시나 하고 몇 번이나 다시 살펴보다가 마침내 그 이유를 발견했다. 내 시 제목 '상사화相思花'가 문제였다. 나는 내 시와 함께 아름다운 향기 뒤에 독을 숨긴 상사화의 생태를 인간의 이중인격에 빗대 글을 소개했다. 상사화는 꽃무릇이란 제 이름이 있으나 꽃이 피면 잎이 사라지고 잎이 나올 때는 꽃이 없어지기에 잎과 꽃이 서로 만나지 못하는 애틋함에서 붙여준 상사화로 더 많이 알려져 있다. 이 아름다운 상사화가 알칼로이드계의 독을 20여 종이나 숨기고 있다는 사실을 아는 사람은 많지 않다. 나를 공격하는 사람들이 우상처럼 떠받드는 한 정치인의 이름이 이 꽃 이름과 비슷했다. 때마침 이 정치인이 특정 사건에 연루되어 이해관계를 달리하는 일부 정치인들 사이에 논쟁이 벌어지면서 매일 새로운 뉴스를 만들어 내고 있었다. 논쟁이 격화되자 이제는 정치인들뿐만 아니라 이들을 지지하는 일반인들까지 부화뇌동하여 편을 나누어 서로 치고받는 편싸움이 벌어졌다. 이럴 때 올린 내 글이 마치 그 정치인을 비난하는 것으로 오해했다. 이해하기에 따라 그렇게 해석할 수 있다고 하더라도 내가 올린 글 자체가 논리로 보나 변질하는 사회현실에 비추어 볼 때 틀린 말이 아니다. 그러함에도 불구하고 이를 앵커링 효과(Anchoring effect)로 만들어 자신들의 목적을 이루는 데 이용하려고 했다. 본의 아니게 나는 그 소용돌이의 중심에 끌려 들어가 희생양이 되었다.

논리나 이성을 거추장스럽게 여기는 이들을 설득하는 건 처음부터 불가능한 일이었다. 인간은 가장 쉬운 '생각하는 일'에 가장 약하다는 걸 나는 처음 알았다. 생각하고 행동해야 얻는 무한 자유보다 집단 프레임에 묶여 생각 대신 이념에 따라 행동하는 걸 좋아하는 사람들이 의외로 많다는 사실에 놀랐다. 겉으로는 전체주의를 배격하는 것처럼 보이나 속내를 들여다보면 '생각하는 일'을 포기하고 집단이 요

구하는 행동을 기계처럼 이행하는 데 더 익숙하다. 이들은 그것을 정의로운 능력이라고 생각하며, 그렇게 함으로써 가장 쉽게 주류에 편입한다고 여긴다. 인간을 가장 강하게 만들어 주는, 가장 쉽게 할 수 있는 '생각하는 일'을 엄청난 노력으로 얻는 '기술'보다 더 어려운 줄 안다. 이런 사람이 많을수록 패싸움에서 이긴다. 나는 지금까지 한 번도 경험해 보지 못한 이런 사람들이 지배하는 세상을 만났다.

나를 공격하는 사람들 가운데는 대학교수도 있고, 나와 평소 가까이 지내던 동료 문학인들도 있다. 지성과 예술의 가치가 나락으로 떨어지고 정치 프레임만 존재하는 나라로 변질해 가는 현상에 나는 섬뜩한 전율을 느꼈다. 처음으로 내가 사는 나라, 이들과 함께 사는 나라의 국민이라는 사실이 부끄럽고 창피했다. 악성 댓글로 인해 극단적 선택을 한 사람들의 심정이 비로소 이해되었다. 그러나 난 갈 곳이 없다. 피할 길도 없다.

그런 내게 피할 자리를 내준 구원자가 단테와 장자다. 나는 내 방에 틀어박혀 단테의 『신곡』을 몇 번이고 반복하여 읽고, 『장자』와 뒹굴며 시간을 보냈다. 직장에 다니며 바빠 생활할 때는 자투리 시간이 그렇게 황금 같았는데, 이젠 오롯이 모두 내 시간이 되고 나니 흐르는 시간이 그렇게 허망할 수가 없었다. 이 허망함을 이겨내게 해준 게 『신곡』과 『장자』였다.

나는 누에고치가 되어갔다. 실을 뽑아낼지, 아니면 나비가 되어 날아갈지 알 수 없지만 나는 그렇게 고치가 되어 『신곡』과 『장자』를 몇 번이고 반복해 읽었다. 아무도 들어올 수 없는, 나만 들앉아 평화롭게 쉴 수 있는 단단한 고치를 만들었다. 밥 먹는 시간도 잠자는 시간도 거부하며 나는 화장실 갈 때 외에는 내 방에서 나가지 않았다. 식탁에서 내 방으로 밥상을 옮겨주던 아내가 걱정스러운 얼굴로 "친구들도 좀 만나고 그러세요" 하고 말했다. 또 어느 날은 "이렇게 방에만 있으면 어떡해요. 나가서 사람도 만나고 어디 자리도 좀 알아보세요" 했다. 나는 아내의 그 말들이 낯설었다. 마치 아내와 다른 세계에 사는 사람처럼 아내의 언어가 낯설게 느껴졌다. 귀에서 "바스락 바스락" 하는 소음 비슷하게 들리는 것이었다. 그럴수록 나는 더 열심히 나의 고치를 만드는 일에 몰두했다.

그러던 어느 날이다. 문득 나는 한 의문을 붙들었다. '단테는 자신을 공격하던 사람들을 방어했을까 역공했을까?'

고치를 만들면서 나는 며칠 동안 계속 이 의단疑團에 매달렸다. 얼마나 그러고 있었는지 정확히 알지는 못하지만, 엉뚱하게도 그 해답을 장자에게서 들었다. '物无非彼 物无非是(물무비피 물무비시)' 모든 사물은 저것 아닌 것이 없고 이것 아닌 것이 없다.

해답은 장자가 던져주었지만, 사실 이 해답에 이르게 한 건 나의 스승 석곡자石斛子 선생이다. 20대 후반에 정신 분열에 이를 정도로 지독한 불면증에 시달리던 나를 죽음의 문턱에서 붙잡아 꺼내준 분이다. 그 인연으로 나는 그분을 한의사가 아닌 스승으로 모셨다. 지인의 소개로 스승이 운영하는 한의원에 들렀던 그 날, 나는 별세계에 들어간 기분이었다. 시골 마을에 있는 한의원 진료실을 온통 귀한 석곡石斛으로 가득 채워놓았다. 그분을 왜 석곡자라 부르는지도 이 석곡을 본 뒤에야 알았다. 석곡 향기와 한약 냄새에 나는 잠시 정신이 혼미해졌다. 더 놀라운 건, 나는 그 향기를 코로 맡는 게 아니라 눈으로도 맡고 있었다. 진료실을 가득 채운 그 향기가 내겐 안개처럼 부옇게 눈에 보였다. 처음엔 이런 현상이 또 정신 분열을 일으키려는 전조 증상이 아닌가 하고 두려워했으나, 이전에 경험한 그 느낌이 아니었다. 행

렬을 짓듯 한쪽 벽을 가득 채운 석곡의 아름다움을 맑은 정
신으로 감상했다.

석곡은 바위 또는 죽은 나무에 붙은 이끼에서 자라는 난
초다. 한방에서 해열 진통제로 쓰이는 약초이기도 하다. 진
료실에 있는 석곡은 모두 화분이 아닌 돌과 나무에 이끼를
얹어 키우고 있어서 더 환상적인 기운을 내뿜고 있었다. 돌
위에 키우는 걸 석부작石附作, 나무에 키우는 걸 목부작木附
作이라고 한다는 건 나중에 알았다. 꽃을 피운 석곡도 있었
는데, 흰색에 연분홍이 연하게 묻어서 마치 하늘에서 내려
온 선녀 같은 자태였다. 불면증을 고치기 위해 의원을 찾은
내가 엉뚱하게 난초를 감상하고 있었다. 그런 나를 스승은
말을 걸지 않고 기다려 주었다.

이 석곡 행렬의 끝자락에 주련柱聯 한 폭이 걸려 있었다.

　　　　藥不能活人(약불능활인)
　　　　病不能殺人(병불능살인)

약이 사람을 못 살리고, 병이 사람을 못 죽인다. 이 글을
읽는 순간 갑자기 진료실 안을 가득 채웠던 안개가 서서히

걷히면서 온통 하얀빛으로 바뀌는 게 아닌가. 눈이 부셔 나는 눈을 질끈 감았다. 그렇게 눈을 떴다가 감았다가를 몇 번 반복하면서 휘둘리는 정신을 굳게 붙잡았다. 이대로 죽음의 수렁 속으로 빠지는 게 아닌가 하는 공포가 잠시 이어졌다. 그런데 이상했다. 그 두려움이 조금씩 조금씩 사라지면서 따뜻하고 평화로운 기운이 전신에 스며들었다. 그런 현상이 얼마나 길게 이어졌는지 기억나지는 않지만, 정신이 돌아오고 나서야 나는 내 앞에 앉아 있는 스승을 돌아보았다. 당시 80세를 훌쩍 넘긴 노인이었는데 가슴까지 내려오는 흰 수염이 가늘게 춤을 추고 있었다.

"어디가 불편해서 오셨소?"

"저기…… 저 글이 무슨 뜻입니까?"

나는 질문에 대답하지 않고 엉뚱하게 주련에 있는 글을 손가락으로 가리키며 그 의미를 물었다. 스승은 나를 물끄러미 바라보다가 툭 던지듯 말했다.

"색심불이色心不二요."

"?"

"낱낱의 형상 속에 우주가 있으며, 그 우주 또한 한 생각 속에 있다는 뜻입니다. 결국에는 우리 몸과 마음도 둘이 아

25

니라 하나인데, 사람들은 몸 따로 마음 따로 수만 가지 세상을 만들며 살아가지요. 이게 만병의 근원입니다. 저기 주련의 글은 그 만병을 고치는 이치를 옮겨 놓은 거요. 약이 사람을 못 살리고, 병이 사람을 못 죽이는데, 그 병에 매달리거나 그 약에 매달리지 말라는 의미지요. 결국엔 사람이 살고 죽는 건 운명이 결정하고, 사람은 그 운명에 순응하는 것이오."

몇 차례 문진과 진맥을 한 끝에 스승은 한약 두 첩을 지어주면서 "이 약을 먹고도 잠이 오지 않으면 다시 찾아오지 마시오. 내가 못 고칠 병이니까" 하는 게 아닌가. 나는 그 말을 듣고 스승을 쳐다보았다. 아무런 표정이 없다. 참 이상했다. 스승을 바라보는 순간 '뭐 이런 몰인정한 의사가 다 있어!' 하고 마음 한구석에서 울컥 치솟던 분노가 밖으로 튀어나오기 전에 눈 녹듯 녹아버렸다. 지금까지 걸어왔던 길과 전혀 다른 낯선 길을 가고 있었다. 깃털처럼 가벼운 몸으로 그 길 위를 날아가듯 가는 것이었다.

그날 나는 처방 받은 한약을 두 첩 달여 먹고 꿀잠을 잤다. 신경정신과 치료를 받아도 낫지 않던 불면증이, 죽기를 각오하고 수면제를 정량의 세 배를 먹어도 해결할 수 없던 그 지독한 불면증이 기적 같이 달아났다. 병이 나으면 의원을 다시 찾아가지 않는 게 정상이나 나는 다음날 다시 한의원을 찾아갔다. "이 약을 먹고도 잠이 오지 않으면 다시 찾아오지 마시오. 내가 못 고칠 병이니까" 하던 스승의 말이 떠올랐다. 그건 오지 말라는 게 아니라, 병을 고치거든 찾아오라는 말이었다.

스승은 나를 보자마자 빙그레 웃었다.

"어제 잠을 잤습니다."

"내가 고친 게 아니오. 선생이 불면증을 치료한 것이오. 나는 그 길을 일러주었을 뿐이고."

그때부터 나는 한의사를 내 스승으로 모시기로 했다. 워낙 시골 마을에 있는 조그마한 한의원이라 찾는 환자도 별로 없었다. 나는 거의 매일 한의원에 들러 스승으로부터 노장사상老莊思想을 배웠다. 스승이 말했던 '색심불이色心不二'는 장자가 말한 '物无非彼 物无非是(물무비피 물무비시)'와 이어졌다. 그날 나를 불면증에서 건져낸 실체는 '나를 죽인 나'였다. 오상아吾喪我, 나를 죽여야 나를 만난다고 말한 장자를 나는 그렇게 부지불식간에 만났다.

이미 장자는 만나보았으니, 나는 단테를 만나보고 싶었다. 그를 만나면 자신을 버린 세상을 어떻게 처리했는지 꼭 물어보고 싶었다. 가슴으로 만난 장자보다 눈 뜨고 살아야 할 세상에서 어쩌면 단테가 더 큰 힘이 되어 줄지도 모른다는 막연한 희망이 내 안에서 꿈틀거렸다. 그 희망을 찾으면 조토의 「최후의 심판」에서 이를 확인하려고 한다.

장자의 길[道]
─ 나비가 되어 날다

　　장자莊子를 만났다. 내가 왜 장자를 만났는지, 어떻게 장자의 방으로 들어갔는지, 처음 보는 그를 왜 장자라고 생각했는지는 전혀 알지 못한다. 아니, 알려고 생각해 보지도 않았다. 그는 그냥 장자였고, 나는 그 방에서 그와 단둘이 함께 있었다. 처음 봤을 때, 그는 경상經床 앞에 앉아서 죽간竹簡에 무언가 글을 쓰고 있었다. 흰 수염이 경상에 닿을 듯 길게 자란 그와 내가 2,300년이라는 시간을 훌쩍 건너뛰어 한 공간에 있는 것도 그 방에서는 전혀 이상한 일이 아니었다. 글을 쓰고 있는 장자를 나는 내려다보고 있었는데, 내가 왜 그런 자세로 허공에 뜬 채로 있는지, 이 역시 나는 조금도 이상하게 여기지 않았다. 죽간 위에 붓을 열심히 움직이고 있어서 글을 쓰고 있다고 여겼을 뿐, 사실 그가 쓰는 게 글인지 그림인지 처음에는 정확히 알지 못했다. 먹을 찍지 않은 빈 붓을 든 그의 손이 죽간 위에서 춤추듯 움직이고 있었다. 나중에 알고 보니 그는 글을 쓰는 게 아니라 음악을 그리고 있었다. 그게 음악이라고 생각한 건, 움직이는 붓 가락에 맞추어 내가 우아하게 날개 춤을 추었기 때문이다. 내가 왜 허공에 뜬 채로 있는지, 그 이유를 나는 그제야 알았다. 나는 나비였다. 생각하고 행동하는 건 사람이던 이전의 나인데, 몸은 나비였다. 더 이상한 건, 나비로 변한 내 모습을 한 번도 본 적이 없으면서 나는 아무렇지도 않게 내가 나비라고 생각하고 있는 거였다. 이 또한 이 방에서는 그렇게 이상한 일이 아니다. 여기에서는 생각하는 그것이 곧 옳은 현상이다. 나는 그걸 조금도 이상하게 여기지 않았다.

날개를 흔들며 장자의 붓끝을 따라 나는 열심히 날갯짓했다. 내가 방 안에 있다는 걸 그가 아는지 알 수 없지만, 나는 우선 그렇게 대화를 시도했다. 그러다 그가 잠시 붓을 멈추는 사이에(그는 나를 전혀 의식하지 않았다) 나는 얼른 그에게 넙죽 엎드려 절했다. 이 장면이 확실하지 않다. 나는 여전히 사람이라 생각하고 그에게 절했으나, 그가 아무런 반응을 하지 않아 당황했다. 나는 나비인 내가 절할 때 어떤 모습인지 궁금했으나, 내가 나를 볼 수 없으니 알 길이 없다. 그는 나를 거들떠보지도 않은 채 다시 붓을 움직인다. 난 일부러 소리 나게 날개를 펄럭였다. 여전히 그는 반응이 없다. 오랫동안 나는 허공에서 열심히 날개를 흔들며 그가 봐주길 기다렸다.

얼마나 시간이 지났을까. 이윽고 장자가 붓을 멈추고 나를 처다보았다. 나를 보고 있었지만, 그의 눈빛은 내게 머물지 않고 그냥 내 몸을 통과하여 허공으로 사라진다. 그러더니 도포 소맷자락을 펄럭이며 그는 붓으로 허공을 한 차례 휘저었다. 글인가 했는데, 이번에는 길[道]이다. 그가 움직인 붓끝에서 길이 하나 만들어졌다. 나는 그의 붓에 매달린 듯 이끌려 길 위로 올라간 뒤, 천천히 그 길을 따라 날아갔다.

정원1
지도리道樞; 자유로운 들짐승들

　　길이 끝나는 곳에 정원庭園이 있었다. 지금까지 익히 알고 있던 그런 정원이 아니다. 우거진 숲에 큰 강이 흐르고, 누렇게 익은 오곡五穀이 바람에 춤추는 너른 들판과 백과百果가 주렁주렁 매달린 과수원이 눈앞에 펼쳐져 있었다. 끝이 보이지 않는 낯선 세상이 거기 있었다. 지금 나는 흐르는 물을 따라 날고 있다. 장자를 찾으려고 사방을 둘러보았으나 장자도 내가 온 길도 보이지 않는다. 그러고 보니, 장자의 길이 아니라, 노자老子의 물길을 따라온 것 같기도 하다. 물길을 따라오다가 폭포를 만나 정신없이 낯선 곳에 떨어지고, 또 계속 그 강물을 따라 흘러온 것 같은 기분이다. 장자의 방에서도 그랬지만, 여기서는 무엇이든 뚜렷하게 이름 지어지는 게 없다. 그냥 눈앞에 나타난 모습이 지금이며, 그것이 왜 내 눈앞에 있는지는 알 필요가 없다. 알려고 해도 대답해 줄 사람도 없다. 지금 나는 길이 아닌 흐르는 물 위에 있다. 폭포도 계곡도 없는, 그냥 그 물이다.

아, 이제야 모양이 떠오른다. 노자가 '도가도비상도(道可道非常道; 도라고 할 수 있는 도는 늘 그 도가 아니다), 명가명비상명(名可名非常名; 이름 부를 수 있는 이름은 늘 그 이름이 아니다)'라고 한 말의 해답이 보인다. 길이 물이고 물이 길인데, 이 물길을 내가 이미 길이라고 했기 때문에 그 길이 아니다. 이름도 없고, 의미도 없는 그 물건, 그것이 길이다. 물에서 답을 찾았다. 상선약수上善若水, 물(氵) 흐르듯 가는(去거) 게 곧 진리(法법)다. 이 물에서 길을 찾아야 나는 다시 돌아갈 수 있다.

왜 이곳을 내가 정원이라고 생각했는지 알 수는 없으나, 이 역시 장자의 방에서 그랬던 것처럼 내겐 처음부터 이곳이 정원이었다. 들판의 곡식과 백과는 저절로 자라는지 아무리 주위를 둘러보아도 마을과 사람들이 보이지 않는다. 짐승도 새도 곤충도 안 보였다. 움직이는 건 오직 나뿐이다. 갑자기 가슴이 두근거린다. 내가 온 곳으로 다시는 돌아가지 못하고 이곳에 갇히는 건 아닐까 두려웠다.

그때다. 어디에서 나타났는지 들짐승들이 우 물려왔다. 산돼지도 있고, 노루도 있고, 토끼도 있다. 어느새 수많은 곤충과 새들도 날아와 들짐승들과 함께 들판의 곡식과 과일들을 열심히 먹는다. 먹이를 두고 싸우거나 경쟁하지도 않는다. 흩어져서 평화롭게 각자 먹이를 챙겨 먹는다. 그리고 보니, 서로 해코지하며 다투는 포악한 상위 짐승은 눈에 띄지 않았다. 저렇게 떼로 몰려와 들판의 곡식과 과일들을 죄다 먹어 치우면 농사를 망친 주인은 어쩌나, 나는 엉뚱한 고민을 했다. 몸은 나비인데, 생각하는 건 여전히 사람이다. 배를 채운 짐승들이 돌아가고 다른 짐승들이 내려와 또 들판을 휘젓는다.

반나절을 그러고 있는데도 사람들은 나타나지 않았다. 배불리 먹은 들짐승들은 돌아가고 그 사이사이에 다른 동물들이 나타나길 반복했다. 마치 들짐승들만 사는 나라 같다. 아무러하든, 들짐승들이지만 나처럼 움직이는 생명체를 만났다는 게 무척 기뻤다. 그제야 나는 그들 곁으로 날아갔다.

참새들이 제일 시끄럽게 재잘댔다. 이상하게 나는 참새들이 재잘대는 소리를 알아들었다. 나는 말도 못 하고 오직 날개만 흔들 수 있는데, 참새들이 지저귀는 소리를 알아듣는 게 너무나 신기했다. 똑같이 생긴 새들이라 누가 누구인지 알 수 없어 나는 우선 눈에 띄는 순서대로 참새1, 참새2, 참새3…… 등 숫자를 붙여 구별했다. 모양이 비슷해서 잠시 한눈을 팔면 참새1이 참새2가 될 수도 있고, 참새3이 될 수도 있다. 그래도 상관없다. 지금 말하고 움직이는 참새면 그게 참새1이고 참새2다. 여기에서는 이름이 그다지 중요하지 않고, 알 필요도 없는 것 같다.

참새1과 참새2가 대화를 시작했다.

"붕鵬 말이야. 쟤는 언제 다 지나간다니?"

"내버려 둬."

"물고기 주제에 날개를 달고 날아가다니, 그것도 멍청하게 하늘을 다 덮을 만큼 큰 날개로 말이야."

"곤鯤이 날개를 달고 새가 되어 가건 말건, 날개가 크든 말든 너와 뭔 상관이야."

"우리 하늘을 덮고 있으니까 하는 말 아니냐. 그것도 여섯 달 동안이나."

"그래서, 너한테 뭐 손핸데? 그래도 곡식이 잘 영글고, 과일도 잘 익어가잖아."

나는 무슨 소리인가 하고 하늘을 올려다보았다. 조금 전까지도 몰랐는데, 자세히 보니 구름이 좀 이상하다. 여태 새털구름인 줄 알았는데, 그게 붕의 날개란다. 한 번 날갯짓하면 6개월이나 걸려 9만 리를 날아가는 붕의 날개가 하늘을 덮고 있다. 까마득하게 하늘 높이 떠 있어서 땅에서는 움직이는 붕의 모습을 볼 수가 없다. 가만히 눈을 깜박이지 않고 오래 바라보면 날개가 조금씩 움직이는 걸 볼 수는 있다. 하지만 그러려면 눈에 쥐가 나더라도 꾹 참아내야 한다. 기구로 눈을 버티지 않는 한 거의 불가능한 일이다. 순간 나는 의문이 들었다. 이 정원에 처음 들어왔을 때 나는 그냥 구름이 있는 하늘인 줄 알았다. 참새2가 말한 것처럼 그 하늘은 내게 아무런 문제가 되지 않았다. 붕의 날개라는 걸 안 순간 갑자기 내 눈에서 멀쩡히 있던 하늘이 없어져 버렸다. 그러자 엉뚱하게 내가 다시 사람이 되어 땅으로 뚝 떨어지는 게 아닌가 덜컥 겁이 났다. 내가 보고 듣고 알고 있는 모든 게 사실이 아닐지도 모른다는 생각도 들었다. 아래로 떨어지지 않으려고 나는 더 세차게 날개를 흔들었다. 정신이 번쩍 들었다. 정말로 다시 사람이 된 듯, 장자가 한 말들이 선명하게 떠올랐다.

여긴 지도리다. 내가 나비가 되어 지도리에 왔듯이, 물고기 곤이 붕이 되어 하늘을 나는 건 변화變化다. 곤은 원래 작은 물고기 알이었다. 이 작은 알이 큰 물고기 곤이 되고, 곤은 다시 큰 새 붕이 되어 구만리(九萬里) 하늘을 날게 되었다. 장자는 이 화이위조(化而爲鳥; 새가 되다. 즉 새로운 것으로 변하다)에서 하나의 길을 전하고 있다. 알에서 곤이 되고 붕이 되듯, 모든 사물은 원래 모양이 없고 변화가 존재한다. 그런데 사람들은 틀(이름)을 만들어 모든 걸 그 안에 가두고 변화하지 않는 모양을 만들려고 한다. 장자는 이것을 경계하며 "그 틀을 깨고 나와 더 넓은 세상으로 가라!"고 외치고 있다. 그렇게 가는 길이 道(도)다.

화이위조는 이보다 앞서 요堯임금 때 이미 세상에 나왔다. 곤은 원래 하夏나라를 세운 우禹임금의 아버지였다. 요임금이 곤에게 범람하는 황하를 막으라고 명했으나 그는 치수에 실패하여(일설에는 저절로 자라는 황하의 흙을 훔쳤다고도 함) 상제上帝에게 처형되었다. 그 뒤 곤의 아들 우가 치수에 성공하였는데, 그 공로로 순임금이 그에게 나라를 물려주어 하나라 시조가 되었다. 이 역시 化而爲鳥(화이위조)다. 아버지가 죄를 짓고 처형된 것과 아들 우가 공을 세워 임금이 된 것 사이에는 부자 관계의 인정人情이나 아버지의 잘못을 대신 갚아야 하는 부채負債 같은 인과관계가 전혀 없다. 우가 황하의 홍수를 막았다는 현재의 결과만 존재한다. 여기에는 아버지 곤과 아들 우를 하나로 묶는 틀이 전혀 없다. 이것이 요순堯舜시대다. 이 요순을 지나 하·상·주夏商周를 거쳐오면서 사람들은 권력의 달콤함에 길들었으며, 춘추전국에 이르자 통치자들이 저마다 더 공고한 틀을 만들어 편 가르기를 하면서 세상이 무너졌다. 이에 장자가 세상을 구하는 길을 제시하면서 대붕大鵬을 불러냈다.

지도리에 와서야 나는 비로소 곤이 붕이 된 까닭을 알았다. 변화變化다, 알에서 물고기가 되는 건 본태本態 변화다. 너무나 당연한 현상이다. 그런데 장자는 이 본태를 버리고 그 크기가 몇천 리나 되는지도 모르는 거대한 물고기 곤이 되는 의태擬態 변화를 선택한다. 이것도 모자라 곤이 다시 거대한 새 붕이 되어 남쪽 천지天池로 날아간다. 장자는 왜 이런 우화로 이야기를 확장했을까. 物无非彼 物无非是(물무비피 물무비시)를 보여주기 위해서다. '모든 사물은 저것 아닌 것이 없고 이것 아닌 것이 없다'는 장자 철학의 핵심을 말하고자 한 것이다. '내'가 보면 물고기지만, 물고기가 되어 세상을 보면 물고기는 물고기가 아니다. 사람도 마찬가지다. 어린아이에서 여러 능력을 갖춘 다양한 모습의 사회인으로 변하고, 우주를 꿈꾸기도 하며, 그 꿈을 이루었다. 그렇듯이 물고기도 물고기 쪽에서 보면 알에서 처음 세상에 나온 그 물고기가 아니다. 다음날 또 다음날 물고기는 계속 다르게 변한다. 그렇게 변하는 물고기 사정은 물고기가 아니면 볼 수가 없다. 사람 역시 그러하다. 내가 상대방을 보는 것 같지만, 상대방이 되지 못하면 상대방을 알 수가 없다. 내가 보는, 혹은 내가 아는 그것이 상대방 모습인 줄 안다. 상대방 역시 이쪽의 보이는 모습을 '저쪽'이라고 여긴다. 장자는 이쪽도 저쪽도 아닌 사물의 본래 모습을 보라고 했다. 사물의 '본래 모습'은 이름을 짓기 직전 '보이지 않는 모습'이다. 이 보이지 않는 모습─무위無爲─을 보라고 했다.

장자는 특히 이 변화에 큰 의미를 두고 있었다. '장자의 길'은 이 변화를 만나러 가는 여정이다. 그곳이 지도리다. 그래서 『장자』는 첫머리 소요유逍遙遊에서 '대붕 이야기'로 시작한다. 변화를 본다(有爲유위)는 건 변하기 전 본래의 모습(無爲무위)을 본다는 의미도 된다. 변하지 않는 원형의 본질(이데아)을 보지 못하면 변화 또한 볼 수 없다. 장자는 이를 가장 가까운 친구 혜시惠施를 통해 여러 차례 강조하기도 했다. 혜시는 궤변가로도 불리는 명가名家의 비조鼻祖다. 전국7웅戰國七雄이 각축을 벌일 때 혜시는 위나라 혜왕惠王을 보좌하는 재상이었으나 연횡(連衡; 6국이 개별로 진나라와 동맹을 맺는 것)을 주장하는 장의張儀와 대립하며 합종(合縱; 6국이 연합하여 진나라에 맞서는 것)을 주장하다가 위나라에서 쫓겨났다. 그길로 초나라로 갔다가 다시 고향 송나라로 갔는데, 이때 송나라에 있던 장자를 만나 친구가 되었다. 혜왕이 죽은 뒤 장의가 실각하면서 그는 다시 위나라 재상이 되어 합종책을 추진했지만, 진나라로 간 장의의 연횡 정책이 성공하여 위나라는 위기에 빠진다. 혜시는 특히 장자와는 논쟁이 아닌 본질을 이끌어내는 담론을 즐긴, 장자 철학을 정립하는 데 중요한 역할을 한 사람이다. 장자가 혜시와 나눈 '큰 박'과 '손 트는 데 쓰는 약' 이야기가 문득 떠오른다.

어느 날 혜시가 장자에게 투덜대며 말했다.

"혜왕이 내게 큰 박 씨 하나를 주기에 심었더니 다섯 섬이나 들어갈 만큼 큰 박이 열렸지 뭔가."

"역시 왕은 그릇이 다르군. 어찌 백성들은 조롱박이나 키우게 하면서 그대에겐 다섯 섬이나 들어가는 박 씨를 줬단 말인가. 그렇게 눈이 어두우니 그대도 장의도 다 내쫓긴 게로군."

"그 말버릇 여전하군. 동東을 이야기하면 서西를 끌고 오니 원. 아무러하든 이 큰 박을 써먹을 데가 있어야지. 물을 담으니 항아리처럼 단단하지 않아 견디지를 못해. 그래서 쪼개어 조롱박처럼 사용하려 했더니 아무리 작게 나누어도 솥이나 항아리에 들어가지를 않아. 도무지 이런 박을 어디다 쓴단 말인가. 크다고 다 좋은 게 아니야. 이놈의 박은 쓸모없이 크기만 해."

"그대는 참 답답하네. 그런 머리로 어찌 위나라 재상을 지냈는가. 왜 박을 굳이 물그릇이나 물건을 퍼내는 국자나

주걱처럼 쓸 생각만 하나. 여기 송나라에 그대와 똑같은 백성이 또 하나 있네."

"예끼 이 사람아. 재상까지 지낸 나를 백성에 비교하는가."

"어허, 생각하는 일에 어찌 왕후장상이 따로 있는가. 쓰임이 다를 뿐 생각은 그대나 그 백성이 다를 게 뭔가."

"무슨 일인지 말해보게."

"이 사람은 집안 대대로 솜을 세탁하며 사는데 물 일을 하다 보니 손이 자주 터서 고생했다네. 그래서 어찌어찌하다 보니 손 안 트는 약을 만들었어. 그 바람에 솜 세탁일을 하는 게 훨씬 수월해진 거야. 그런데 어떤 사람이 이 소문을 듣고 찾아가서 그 약 만드는 비방을 사고 싶다고 한 거야. 물경 일백금을 주겠다는 말에 이 사람은 눈이 휘둥그레져서 가족회의를 했어. 이 정도 돈이면 세탁일을 하지 않고도 평생 먹고살 수 있는 거금이라 더 생각할 것도 없이 팔아버렸어."

이야기를 듣고 있던 혜시는 눈을 크게 뜨고 장자를 바라보았다. 박 이야기를 꺼냈는데, 엉뚱하게 손 안 트는 약 이야기를 하는 게 못마땅했다. 시큰둥해 있는데 장자가 다음 이야기를 이었다.

"이 사람이 그 비방을 가지고 오나라로 갔어. 마침 오나라는 월나라와 전쟁을 준비하고 있었거든. 오와 월은 강과 호수가 많아서 수전水戰을 많이 치러야 하잖아. 그래서 오나라 왕 합려를 찾아간 게지. 합려가 눈이 번쩍 떠져 그를 수군 대장으로 임명했어. 그는 약을 대량으로 만들어 병사들에게 나누어 주었고, 이 약을 손에 바른 병사들은 건강해져서 월나라와의 전쟁에서 이긴 거야. 그 보상으로 오나라 왕은 이 사람에게 봉토封土를 크게 떼어 주었어."

"그 친구 장사 수완이 있네."

"어허, 지금 내가 장사 이야기를 하는가. 같은 약인데도 솜 세탁하는 사람에게는 백만금 어치밖에 안 되고, 이 머리 좋은 사람에게는 봉토가 되었네. 같은 물건이 이렇게 다른 얼굴을 한다는 말일세. 그대가 깨버린 그 박을 왜 물 담는 그릇이라고만 생각하는가. 그걸 가지고 강을 건너면 배가 되기도 하네. 그대가 지난번에 가죽나무 이야기를 하지 않았는가?"

"그랬었지. 그 나무줄기가 곧게 자라지 않아 아무 쓸모가 없다고 했지."

"그것도 마찬가지일세. 나무를 왜 목재(木材)로 쓰려고

만 하는가. 그 가죽나무를 동네 사람들의 쉼터로 만들면 여름에 나무 그늘에서 편히 쉴 수도 있지 않은가. 곧은 나무가 아니라서 아무도 베어가지도 않을 테니 수십 년 수백 년을 훌륭하게 사람들에게 그늘을 제공할 텐데, 쓸모없는 나무라며 팽개쳐 두면 정말 쓸모없는 나무가 되네."

장자는 혜시가 사물을 용도에 따라 이름을 만들고, 이름이 만들어지면 그게 용도가 된다는 주장의 잘못을 지적했다. 마치 사람의 마음을 틀 안에 가두는 것과 같다. 박이 원래 무엇을 하라고 세상에 존재한 것은 아니다. 손 트는 약이 솜 세탁하는 데 편하기 위해 만들었지만, 그 본질은 '세탁'이 아니라 무슨 일을 하든 손이든 발이든 피부가 트는 데 바르는 '약'이다. 약을 만든 사람은 그 약의 본질을 보지 못하고, 그 약의 이름만 본 것이다. 생각의 변화는 이렇듯 본질을 아느냐 모르느냐에 따라 그 쓰임이 달라진다. 변하는 형식에 시선이 머물면 이 변화를 가져온 본질을 보지 못한다.

지도리의 참새들이 계속 재잘댄다. 장자를 처음 만났을 때 내가 그랬듯이, 이 참새들에게도 내가 보이지 않는 모양이다. 그들은 내가 있다는 걸 전혀 눈치채지 못하고 저희끼리 떠들고 있었다.

　"하긴. 손해 볼 건 없지만……, 매미가 가엾잖아. 땅속에
서 7년간 있다가 겨우 밖으로 나와 2주일을 사는데, 붕 때문
에 걔는 하늘도 못 보고 죽어."

　"남 걱정하지 말고 너나 조심해. 어제 옆 동네에서 참새
가 독수리한테 채여 갔단다. 제 것만 찾아 먹었으면 그런 일
없었을 텐데, 비둘기 걸 몰래 훔쳐먹다가 그런 일 당했대."

　"얘, 독수리가 고 작은 참새를 채 갔다고? 말도 안 돼."

　"비둘기와 섞여 있었으니, 비둘긴 줄 알고 채 간 거겠지
뭐."

　참새3이 참새1과 참새2의 대화에 끼어들었다.

　"그게 아냐. 이래서 헛소문이 무섭다니까."

　"뭔 소리야?"

　"그 참새, 비둘기 먹이를 훔쳐먹다가 채여 간 게 아니야.
첨엔 먹이를 훔쳐먹으러 갔는데, 예쁜 암컷 비둘기가 나타
나자 곁눈질하는 재미로 계속 들락거렸다지 뭐야. 고기도
먹어본 놈이 더 밝힌다고, 참새 주제에 용감하게 비둘기를
집적거린 거야. 꼬리가 길면 밟힌다잖아. 이 사실이 비둘기

45

대장에게 알려지자 도망쳐 숨는다는 게 하필이면 강물에 뛰어든 거야. 그 바람에 그만 어부가 쳐놓은 그물에 걸려 죽었대."

"사실이야?"

"그 어부가 동네방네 떠들고 다녀 소문이 난 거야. 얼마나 황당했겠어. 물속에 쳐놓은 그물에 날아다니는 참새가 걸려 있었으니."

"여기까지 소문이 날 정도면, 옆 동네는 난리도 보통 난리가 아니었겠네."

"아직도 그 일로 시끄럽대. 이제는 그 참새가 스스로 강물에 뛰어든 게 아니라는 둥 별별 소문이 다 나돌고 있대."

"하기야 그 참새가 보통 참새가 아니었으니 그럴 수도 있겠다. 가만히 잘 있었으면 나중에 대장이 될 예정이었다니. 참 아깝다."

"와, 그 어부 진짜 놀랐겠다."

"놀랐다기보다 황당했겠지."

"멍청한 어부네."

"응? 왜?"

"놀랄 일 뭐 있어, 나 같으면 곤인 줄 알았겠다."

"곤?"

"대붕 말이야. 대붕도 본래 물고기 곤이었잖아. 그러고 보니, 혹시…… 진짜로 붕이 되려다가 실패한 또 다른 곤이 아니었을까, 그 참새?"

"어, 그러네? 설마, 그럴 리야. 참새라잖아."

"야, 참새는 뭐 대붕이 되지 못한다는 법 있어. 나도 붕이 되는 꿈을 꾼 적 있어."

"잘난 체한다. 조심해. 너도 그물에 걸릴라."

문득 "사람들에게 도道를 말하면 웃긴다고 할 것이다. 그렇게 사람들이 비웃지 않으면 도를 제대로 알지 못한 것이다"라고 한 노자老子의 말이 생각났다. 나는 날개를 세차게 한번 흔들었다. 이 말뜻을 지도리에 와서야 알아차렸다. 참새가 어찌 대붕大鵬이 남쪽 천지天池로 날아가는 뜻을 알까. 도의 그릇은 채울 수도 이름 지을 수도 없는 거다. 그냥 물이 흘러가듯 흘러가는 것이다. 그 도를 '도'라고 이름 짓고, 그 이름을 알게 되는 순간 도는 멈춘다. 노자와 장자의 도는 멈추지 않고 흐른다. 도의 그릇은 채우는 게 아니라, 비우면서 채워야 한다. 그래서 참새도, 매미도 함께 살아갈 수가 있다. 참새가 대붕을 꿈꾸면, 비둘기 먹이를 탐내다 독수리에게 채여 간 그 참새 꼴이 난다. 아니지, 예쁜 암비둘기를 곁눈질하다가 그물에 걸려 죽은 그 참새 신세가 된다. 곤이라서 붕이 된 거지, 붕이 되기 위해 곤이 생긴 게 아니다.

덜컥 겁이 났다. 붕의 날개 때문에 하늘을 못 보면 내게도 무슨 변화가 생기는 건 아닐까, 나는 또 걱정되었다. 참새를 채 가는 독수리가 어디에서 나를 노리고 있지는 않겠지. 나는 사방을 두리번거리며 살폈다. 신경 쓰여 날개도 조심스럽게 조용히 흔들었다. 쓸데없는 걱정을 한다. 혹시 당랑螳螂이라면 모를까, 독수리가 나비를 채 갈 리 없다. 그제야 난 한숨을 내쉬었다.

조금 전에 봐 둔 노란 꽃에 조용히 앉았다. 꽃향기가 너무 강해 현기증이 난다. 날개를 한 번 흔들어 향을 쫓아냈다. 당랑이 나처럼 날지 못한다는 게 얼마나 다행인지 모른다. 나는 당랑이 기어 올라올 수 있는 꽃대 아래쪽만 잘 살피면 걱정 없다.

참새와 비슷한 새 한 마리가 나타났다. 어디에서 급히 달려온 듯 숨을 헐떡인다. 참새2가 먼저 그에게 말을 건다.

"처음 보는 앤데, 너 누구니?"

"나? 내가 누구더라…….."

　나는 눈을 부릅뜨고 새로 온 새를 바라보았다. 그러고 보니 다른 참새들과 모습이 조금 다르다. 직박구리 같기도 한데, 직박구리도 아니다. 내가 나비인 모습을 보지 못했듯이 그도 자기가 누구인지 모른다니, 나는 우선 이 녀석을 참새4로 부르기로 했다. 참새4도 아직 나처럼 자기 모습을 못 본 모양이다.

"이런 놈 첨 봤다. 자기가 누구인지도 모른단 말이야? 멍청이 아냐?"

"여긴 어디야?"

"수상한 놈이다!"

"너 정체가 뭐야?"

　참새1과 참새2가 동시에 맞장구치며 소리를 지르는 바람에 다른 참새와 까마귀, 그리고 메뚜기까지 떼로 우르르 몰려왔다. 서로 어지럽게 뒤엉켜 이젠 누가 누구인지도 몰라

번호를 붙일 수가 없다. 참새1과 참새2도 구별할 수 없다. 그냥 '참새'라 하기로 했다. 그런데 참새4는 눈에 띈다. 다른 참새들과 모양이 확연하게 다르다. 이번엔 뒤섞인 참새들보다 메뚜기 떼가 더 신기하다. 메뚜기는 참새와 까마귀의 먹이인데, 아무렇지도 않게 친구처럼 함께 어울린다. 나는 얼른 정신을 차리고 주위를 살폈다. 아직 나를 노리는 당랑은 보이지 않는다. 나는 휴 하고 안도의 한숨을 내쉬었다.

참새4가 당황한 표정으로 더듬거리며 말했다.

"난 원래 혼돈混沌에서 살았어. 제물齊物로 옮겨갔다가 다시 소요유逍遙遊에 가서 살았는데, 장자의 길을 따라오니 이번엔 여기네. 도대체 여긴 어디야?"

그렇게 말하는 참새4의 표정이 참 능청스럽다. 이제 막 들어온 녀석이 마치 오래 함께 산 친구에게 말하듯 한다. 아, 참새1을 찾았다. 참새4 곁에서 이야기를 듣고 있던 참새1(어쩌면 참새2인지도 모른다)이 말했다.

"여긴 지도리야."

"지도리? 아, 여기가 도추道樞구나. 난 소요유에서 왔어. 난 나비야."

참새들이 일제히 웃었다. 나도 하마터면 쿡 하고 웃을 뻔했다. 부리에 깃털 날개까지 단 녀석이 나비라고 하니 어이가 없다. 아, 웃을 일이 아니다. 나도 내가 나비라고 믿고 있지만, 내 모습이 어떻게 생겼는지 나는 한 번도 날개 달린 내 모습을 본 적이 없지 않은가. 이전에 나는 사람이었다. 내가 알고 있는 그 나비 모습인지, 아니면 사람 몸에 나비 날개가 달렸는지 알 수 없다. 저 참새들에게 아직 들키지 않은 것으로 보아 뭔가 다른 모습일 수도 있겠다 싶었다. 웃을 일이 아니다. 나는 얼른 날개를 최대한 움츠렸다.

"그래, 뭔지 모르지만, 오늘부터 넌 나비 해라. 사실 우리는 나비를 본 적 없어. 그리고 여기에서는 그런 거 몰라도 돼. 우린 이름이 없어. 그냥 '나'고 '우리'야. '이것'도 '저것'도 없어. 잘 왔다. 환영한다."

"고마워. 아, 이제 좀 살 것 같다. 여기 있는 거 먹어도 돼?"

"응, 맘대로. 여기 지도리에는 주인이 없어."

"소요유도 좋았는데, 여긴 더 천국이다."

"그런데 네가 온 장자의 길은 어디 있니?"

"장자를 만났는데, 붓으로 내게 길을 만들어 주었어. 지금은 안 보이네."

붓으로 만든 장자의 길? 저 녀석도 내가 온 그 길로 온 건가? 내가 이곳에 들어오자마자 그 길은 사라져 버렸으니, 아닐 것이다. 아마도 저 나비…… 가만있자, 내가 나비잖아. 그럼 지금부터 나는 나비1, 쟤는 나비2라고 불러야겠다. 여기에선 이름이 없다고? 그럼 어떻게 이것과 저것을 구별하지? 이것과 저것도 없다잖아. 그냥 살면 되나? 아직도 내겐 이곳이 알쏭달쏭하다.

참새2가 나비2에게 묻는다.

"그럼 넌 혼돈과 제물, 그리고 소요유, 모두 살아봤다는 거 아냐?"

"응, 맞아. 그런데 '모두'라고는 할 수 없어."

"왜?"

"혼돈에서는 사실 살았다기보다 태어나기만 한 곳이야.

그런데도 신기하게 그때 일이 생생하게 기억나. 철이 들자마자 제물로 갔고, 제물에서 꽤 오래 살다가 장자를 만나 소요유로 갔는데, 거기에서는 잠깐 쉬다가 바로 여기로 왔어. 그러니까 내가 제일 잘 아는 곳은 제물이야. 제물에서는 사람이 주인이야. 우리 같은 동물들은 사람에게 이용당하다가 잡아먹히기도 해. 너희들은 본래 여기 살았어?"

이번에는 참새2가 "우리?" 하다가 참새1(참새1과 참새2는 사실 서로 바뀐 건지도 모른다)을 돌아보면서 "너는 본래 여기 살았니? 난 기억에 없어" 그러자 참새1이 "나도 기억나지 않아. 그냥 눈을 뜨니 여기였는데? 쟤는 어떻게 지나온 과거를 잘 알지?"라고 했다. 서로 대화를 하고 있었지만, 때로는 동문서답이다. 그래도 이야기를 계속한다. 나비2가 묻는다.

"너희들 이거 아니?"
"뭐?"
"장자가 그러는데, 혼돈, 제물, 소요유, 지도리는 모두 같은 집에 있는 정원이랬어."

"에이, 무슨 소리야. 그럼 왜 우린 거기 못 가고, 알지도 못하는 건데."

"그건 나도 몰라. 아무러하든 내가 다 돌아다녀 봤잖아."

"누군 갈 수 있고, 누군 못 가는 그런 게 어딨어. 같은 집에 있는 정원이라면서."

"장자가 길을 만들어 주면 갈 수 있어."

"길이 어딨는데?"

"그건 나도 몰라. 분명히 내가 그 길로 왔는데, 여기 오니 안 보이네."

"그걸 누가 믿냐고."

"그러네. 그런데 진짜야. 내가 그 길로 왔어. 안 그러면 내가 여길 어떻게 왔겠어."

"넌 장자를 어떻게 만났는데?"

"몰라. 그냥 내 앞에 있었어. 그게…… 언제 어떻게 만났는지 전혀 기억에 없어. 그냥 만난 거야."

"참 알쏭달쏭하다. 너, 우릴 정말 어지럽게 만드는 애네."

"한 가지 기억은 생생해."

"뭔데?"

"여기 지도리 말고, 내가 지나온 3개 정원에서 큰 사건을 하나씩 봤거든. 아, 맞다. 이제 기억이 나네. 그 사건을 보고 난 뒤 장자를 만났어. 꿈 비슷한 거였는데, 꿈인지 아닌지는 몰라. 그런 뒤 다음 정원으로 가는 길이 나타났어. 특히 제물에서는 사람들과 대화도 하며 살았어."

"그래? 그런데 왜 우리 정원에서는 장자가 안 보이지?"

"여기에서는 사건이 안 일어나는가 보지. 사건이 없으니 장자가 안 나타나는 게 아닐까?"

"사건? 그게 뭔데?"

"사건, 사건……. 아, 알았다. 여기가 지도리지. 그러니까 당연히 너희들은 사건을 모르지. 지도리에는 구별이 없고 사건도 없어. 그럼 너희들은 욕망도 모르겠네. 장자를 만났을 때 그걸 한번 물어보려고 했으나, 만나기만 했을 뿐 나와 장자는 말이 통하지 않았어. 그가 내 말을 못 알아듣는 건지, 내가 그의 말을 못 알아듣는지는 알 수 없어. 참, 장자가 세 번 장가간 거는 아니?"

"아까 말했잖아. 우린 장자가 누군지 모른다고."

"거참 이상하네. 지도리에 사는 사람이 장자를 모른다는 게 말이 되냐고. 여긴 장자를 알아야 오는 곳인데."

"여긴 어제도 내일도 없어. 오늘, 지금만 존재하지. 어제가 없으니, 과거가 있을 리 없지. 우린 하루가 지나면 또 오늘이야. 아마, 너도 오늘이 지나면 이 이야기를 못 할지도 몰라."

가만히 대화를 듣고 있던 참새2가 나비2에게 물었다.

"그런데 넌 장자와 친하니?"

"아니, 장자를 만나기는 했는데, 말을 건네보지는 못했어. 내가 말을 못 건 게 아니라, 장자가 말을 하지 않았어. 어쩌면 농아聾啞인지 청아聽啞인지도 몰라."

"그런데 장자가 세 번 장가간 줄 넌 어떻게 알았어?"

"어떻게? 글쎄. 나도 몰라."

"그런데 왜 세 번 장가갔다고 하는 거야? 넌 거짓말쟁이네."

"어디서 들은 건지 본 건지 기억나지는 않아. 조강지처가 죽잖아, 사고로. 설마 혼자 살았겠어? 장자도 사내니까 또 장가갔겠지. 아내가 죽었는데 노래 부른 사람이잖아."

"그건 또 무슨 소리야?"

"얘기하자면 좀 길어. 듣고 싶어?"

"글쎄, 장가가 뭔지도 모르는데. 하고 싶으면 해봐."

나비2의 이야기가 점점 재미있어진다. 이제야 좀 정리

가 된다. 이곳 지도리, 도추道樞의 모양이 나비를 닮았다. 그래서 이곳으로 오려면 나비가 되어야 하는가 보다. '장자의 길'을 만날 수 있는 건 나비밖에 없다. 그래서 장자도 나도 나비2도 모두 나비를 만났다. 이야기가 점점 더 흥미로워진다.

이야기를 좀 더 자세히 듣기 위해 나는 앞쪽에 있는 장다리꽃으로 날아갔다. 내가 가까이 날아가는데도 들짐승과 새들은 아무런 반응이 없다. 나는 다시 내 모습이 궁금했다. 내가 무슨 색깔인지, 투명한 건 아닌지, 어떻게 생긴 나비인지 궁금했다. 내가 내 모습을 볼 수 없으니, 나로서는 알 길이 없다.

나는 무 장다리꽃에 앉았다. 여기저기 배추와 무 장다리꽃이 피어있다. 이것도 내게는 참 신기하다. 내가 살던 곳에서는 종묘회사가 있어서 무씨와 배추씨, 또는 무와 배추 모종을 구해 심는다. 그런데 여기에서는 장다리가 올라올 때까지 무 배추가 자란다. 장다리가 올라오고 꽃이 피면, 꽃을 피우느라 무 뿌리는 속이 비고 배추 잎사귀는 말라비틀어진다. 자기 몸과 뿌리를 몽땅 희생시켜 꽃을 피운다. 그 꽃에서 씨를 얻기 위해서. 그래서 장다리꽃을 부모가 자식 키우는 마음에 비유하기도 한다. 나는 장다리꽃을 책에서나 봤지 직접 본 건 여기에서 처음이다. 여기에서는 무 배추조차 이렇게 제가 자라는 대로 자라게 내버려 둔다.

그때 나비2가 장자의 아내 이야기를 꺼냈다.

"이건 장자가 지었다는, 아니지. 그것도 확실하지는 않아. 다른 누가 지어낸 건지도 몰라. 워낙 이렇게 저렇게 만들어진 이야기가 세상에 떠돌아다니는데, 출처도 분명치 않아 딱히 누구 이야기라고 말할 수가 없네. 누가 말한 게 뭐가 중요하겠어. 이 이야기가 왜 나왔는가가 중요해. 그런 줄 알고 들어 봐. 「고분이가鼓盆而歌」라는 노래에 나오는 내용인데, 세월이 지나다 보니 내용이 제멋대로야. 누군 이렇게 부르고, 누군 저렇게 부르기도 해. 노자인지 장자인지 그랬다잖아. 아 참, 지도리에서도 그런다며. '이것도 아니고, 저것도 아니다.' 이 노래도 아마 그래서 내용이 뒤죽박죽 다르기도 한가 봐."

"빨리 불러보기나 해."

"이건 부르는 게 아니고 이야기야. 물론 노래 때문에 나온 이야기이긴 해. 사실 나도 이 사람 저 사람이 '장자시처

莊子試妻'라며 떠들어대는 이야기를 듣고 알았어. 한 번 들어
봐."

　어느 날 장자가 길을 가는데 상복 입은 여인이 홀로 무덤
앞에 앉아 이마에 흐르는 땀을 닦으며 힘겹게 부채질하고
있었다. 장자가 괴이하게 여기며 다가가 물으니 "장례를 치
른 지 며칠이 지났는데도 무덤의 풀이 마르지 않습니다."라
고 했다. 장자가 그 말을 쉬 알아듣지 못해 다시 물었다.
　"가만두면 저절로 마를 텐데, 왜 힘들게 부채질까지 하시
오?"
　"남편이 눈을 감기 전에, 무덤에 풀이 마른 뒤 재혼하라
고 유언했거든요."
　그 말을 들은 장자는 여인의 손에서 부채를 건네받아 대
신 부채질을 해주었다. 한동안 그렇게 부채질하니 과연 무
덤의 잔디가 마르기 시작했다. 그제야 장자는 여인에게 부
채를 돌려주고 가던 길을 가려고 했다. 막 돌아서는데 여인
이 그를 붙잡듯 말했다.
　"감사한 마음 전할 길 없어 이 부채를 드리겠습니다."
　"주신다니 고맙기는 하오만, 보아하니 귀한 부채 같은데

받을 수 없소이다.”

“아닙니다. 이 부채는 제가 손수 수놓아 만든 비단부채입니다. 그러니 제 마음을 드리고 싶어 그럽니다.”

장자는 그제야 이상한 마음이 들어 여인의 얼굴을 똑바로 바라보았다. 눈빛이 아까와 달랐다. 입꼬리가 살짝 올라간 듯 속웃음도 내보였다. 그 표정을 보자 그는 얼굴이 화끈거리고 가슴이 쿵쾅쿵쾅 뛰었다. 받을까 말까 하며 잠시 망설이다가 단호하게 뿌리쳤다. 여인은 이제 막무가내 그의 소매를 붙들며 애원했다.

“어차피 재혼할 몸이옵니다. 공자께서 제 마음을 받아주신다면 그리하겠사옵니다.”

“어허, 왜 이러시오. 그럴 수 없습니다. 나는 이미 아내가 있는 몸이오.”

“그게 무슨 상관이옵니까. 세상에 한 여자를 데리고 사는 남자를 본 적 없사옵니다. 우리 남편은 세 여자를 데리고 살았는데 49재를 마치자마자 모두 뒤도 안 돌아보고 가버렸고, 나는 조강지처라 어쩔 수 없이 유언을 지키려고 무덤에 남아 있었지요.”

그냥은 이 자리를 피해 가지 못할 듯하여 장자는 여인의

손에서 부채를 빼앗듯 받아쥐고는 뒤도 돌아보지 않고 줄행
랑쳤다.

숨을 헐떡거리며, 더구나 손에 여인들이 사용하는 비단
부채를 들고 들어오는 장자를 본 그의 아내가 의심스러운
눈으로 물었다.

"왜 그렇게 숨을 헐떡거리십니까?"

장자는 이마의 땀을 손으로 훔치며 말했다.

"그런 일이 있었소."

"그런 일이라니, 대체 무슨 일이시오?"

"꼬치꼬치 묻지 마시오. 그보다 더 급한 일이 있소."

장자는 들고 있던 부채를 안방으로 던진 뒤, 아내의 손
을 잡아끌고 방으로 들어갔다. 한바탕 운우(雲雨)가 지나간
뒤, 그의 아내가 저고리 앞섶을 여미며 물었다.

"저 부채는 도대체 어디에서 난 겁니까?"

그제야 장자는 무덤에서 있었던 일을 이야기해 주었다.
이야기를 다 듣고 난 그의 아내가 다시 물었다.

"정말 그냥 온 것이오?"

"좁아터진 그 소갈머리하고는. 그냥 오지 않았으면 내가
지금 부인과 이러고 있었겠소."

문득 장자는 무덤에 부채질하던 여인을 떠올렸다. 자기 아내도 그렇지 않을까 하고 의심했다. 무덤 앞에서 그는 유혹하는 미망인의 몸이 뜨거워지는 걸 알아차렸다. 아내라고 해서 다를 리가 있겠나 하는 생각도 했다. 장자는 아내를 시험해 보고 싶었다.

며칠 뒤 장자가 죽었다. 진짜 죽은 게 아니라 일부러 죽은 것이다. 장자에게는 그렇게 죽었다가 살아나는 재주가 있었다. 장자는 죽기 전에 아내에게 5일장을 치르고 백일 동안 복을 입도록 유언하였다.

장자의 아내는 상복을 입고 매일 관 앞에 제상을 올리며 예를 다 했다. 그러던 어느 날 장자의 집에 손님이 찾아왔다.

여기까지 이야기하던 나비2가 잠깐 멈추고, 들짐승들을 둘러보며 말했다.

"사실, 이야기를 제대로 했는지 모르겠다. 어쩌면 내가 지어내 더 보탰는지도 몰라. 워낙 유명하고 흔해서 어디든 떠돌아다닐 정도라서 내가 만든 이야긴지, 어디서 들은 이야긴지도 헷갈린다. 말 만들기 좋아하는 누군가는 곧 왕위에 오를 이웃 나라 왕자가 장자를 재상으로 모셔가기 위해 찾아왔다고도 하고, 어떤 이는 장자의 친구가 찾아왔다고도 해. 어쩌면 장자의 아내가 장자의 친구와 바람난 걸 그렇게 에둘러서 말했을지도 모르고……, 누구였든 그게 무슨 상관이겠어. 그런 일이 있었다는 게 중요하지. 핵심은 그거야."

나비2는 하던 이야기를 계속했다.

"날이 저물어 하룻밤 신세 지러 왔습니다. 부탁드립니다."

시종 하나를 데리고 찾아온 남자를 본 장자의 아내는 숨이 컥 막혔다. 젊은 데다 너무 잘 생겼다. 놀란 건 찾아온 남자도 마찬가지였다.

"어찌 상복을 입고 있소이까?"

"달포 전에 남편이 세상을 떠났습니다. 지금 장례를 치르는 중이옵니다."

"아, 그렇소이까. 이거 큰 실례를 했소이다. 삼가 고인의 명복을 빕니다."

돌아서 나가려는 남자를 향해 장자의 아내가 붙잡듯 황급히 말했다. 급히 말하느라 말까지 더듬는다.

"이…… 이, 그, 그……, 근처에는 무, 묵을 만한 민가도 객관도 없습니다. 밤이 깊었으니, 여기서 묵으시지요. 마침

빈방이 있습니다.”

잠시 망설이던 남자가 돌아섰다.

“그럼 결례를 무릅쓰고 하룻밤 신세 지겠습니다. 그런데 밖에 왜 조등(弔燈)이 없습니까?”

“네, 우리 부부만 살던 집이라 장례를 마치면 집을 팔고 떠나야 해서 안 달았습니다.”

“그것과 조등이 대체 무슨 상관이……?”

“초상 치른 집이라는 걸 알면 사람들이 제값을 쳐주겠습니까.”

“아, 그런 깊은 뜻이.”

공자는 상복 입은 장자 아내의 아래위를 한번 훑어보고 뜻 모를 미소와 함께 고개를 끄덕였다. 그때 시종이 불쑥 나서며 말을 걸었다.

“우리 공자님은…….”

“이놈!”

말을 꺼내려던 시종이 얼른 손으로 입을 가리며 뒤로 물러났다. 장자의 아내는 그가 누구든 알려고도 하지 않았다. 그냥 잘생긴 것에 이미 마음이 넘어갔다. 거기에다 귀한 비단옷을 입었고, 시종까지 거느리고 있으니 장자처럼 끼니 걱정은 하지 않아도 될듯했다.

찾아온 손님을 장자가 묵던 사랑방으로 안내한 뒤, 장자의 아내는 얼른 안방으로 와 상복을 벗고 평복으로 갈아입었다. 아무리 마음이 급해도 상복을 입은 채 외간 남자를 만날 수는 없었다. 옷을 갈아입은 장자의 아내는 술상까지 마련하여 사랑방으로 갔다.

그런데 이게 웬일인가. 그 귀공자가 죽은 듯 누워 있고, 옆에서 시종이 울면서 그를 흔들어 깨우고 있는 게 아닌가.

"무슨 일입니까?"

"우리 공자님은 지병이 있어서 가끔 이렇게 쓰러집니다. 제발 우리 공자님을 살려주십시오."

"무슨 병인지요. 어떻게 해야 살릴 수 있습니까?"

"짐승의 골을 먹어야 살릴 수 있습니다."

"짐승의 골이라고 했습니까?"

"네, 그렇습니다. 촌각을 다투는 일입니다. 이 순간이 지나면 그 약도 소용이 없습니다."

장자의 아내는 더 생각할 겨를이 없었다. 바람처럼 밖으로 나가 도끼를 들고 장자의 관이 있는 안방으로 달려갔다. 관 앞에 이르자 장자의 아내는 잠시 주춤했다. '짐승의 골'

이라는 말이 목에 걸린 생선 가시처럼 마음을 찔렀다. 어차피 죽은 사람이다. 따지고 보면 장자도 짐승 아닌가. 죽은 사람 골로 사람 하나를 살리는 일인데, 크게 나쁜 일은 아니지 않을까. 장자의 아내는 그렇게 자신의 행동에 힘을 불어넣었다. 평소 장자가 하던 말도 생각났다. '모든 건 있는 것도 없는 것도 아니다. 그냥 물 흐르듯이, 생각나는 대로 흘러가라, 그게 인생이다' 이리해도 장자는 나무라지 않을 것이다. 장자의 아내는 황급히 관 뚜껑을 뜯어냈다.

관 뚜껑을 연 장자의 아내는 혼비백산하며 뒤로 벌렁 자빠졌다. 죽은 장자가 벌떡 일어난 것이다.

"왜 도끼를 들고 있소?"

"아니, 아니? 이게 어찌 된 일이오?"

"뭐가 어찌 된 일이오. 죽었던 장자가 다시 살아난 거지."

장자의 아내는 그래도 제정신을 찾지 못하고 눈을 동그랗게 뜬 채 엉덩이 걸음으로 뒤로 물러났다.

"사람이오, 귀신이오?"

"어허, 잠시 죽었다 돌아왔다고는 하지만, 어찌 함께 산지아비를 몰라보오."

"어찌 사람이 죽었다 살아날 수 있단 말입니까. 귀신이 맞사옵니까?"

"그런데…… 당신은 옷이 그게 뭐요? 왜 평복을 입고 있소? 아직 복중이지 않소?"

"그게, 그게……."

"아까부터 손에 들고 있는 그 도끼는 또 뭐요?"

장자의 아내는 들고 있던 도끼를 내팽개치고 도망치듯 사랑방으로 달려갔다. 이게 웬일인가. 방이 비어 있다. 다 죽어가던 공자도 울던 시종도 모습이 안 보인다. 펴놓았던 이불도 단정하게 개어진 채 원래 있던 자리에 그대로 있다.

그때 장자가 말했다.

"대체 뭘 찾소?"

"그게, 그게……."

"대체 '그게'라니, 그게 혹시 사람 이름이오?"

"그게, 그게……."

"여기 누워 있던 공자를 찾는 거요?"

"그걸 어찌 아세요?"

"그 공자가 바로 나요."

"네에?"

숨소리조차 들리지 않는다. 모두 나비2의 입담에 푹 빠졌다. 아무래도 나비2의 정체가 좀 수상하다. 청산유수처럼 사람의 마음을 휘어잡는 입담이 예사롭지 않다. 배우였나? 아니면 변사(辯士)? 도대체 저 짐승의 정체가 뭘까. 나도 모르는 혼돈, 제물, 소요유를 거쳐서, 이 지도리까지 올 정도라면 예사로운 녀석은 아니다. 아까 나비2가 '장자시처莊子試妻'라는 이야기를 들었다고 하지 않았나? 아, 이제야 감이 잡힌다. 「장자시처」는 장자네 동네에서 만든 무성영화 제목이다. 아마 그 동네에서 최초로 만든 영화인가 그렇다. 그렇다면 나비2가 장자네 동네에서 살았을지도 모른다. 그래서 이 영화를 알고 있다. 저 나비2는 분명히 이 영화의 변사였거나, 영화에 나오는 배우였을 거다. 그럼 나처럼 사람이었다는 거네? 그런데 왜 새 모습을 하고 나타나서 나비라고 우기는 거야. 나는 얼른 입을 오물오물해 봤다. 내 입은 부리가 아닌 게 분명하다.

그제야 제정신이 돌아왔는지 참새들이 일제히 떠들었다.

"그래서 어떻게 됐는데?"

"아까 말한 그 운우는 또 뭐야?"

"운우가 뭔지 모른단 말이야?"

　나는 속으로 쿡 하고 웃었다. 아무래도 이곳 지도리에는 사람이 살지 않은 듯하다. 운우도 모르고 어떻게 종족을 퍼뜨리는지 알 길이 없으나, 오고 가는 이야기를 들으니 대충 감이 잡힌다. 나나 나비2처럼 '장자의 길'을 따라 들어온 들짐승들이 모여 사는 것 같다. 일정 기간이 지나면 과거 기억이 사라지고, 현재만 존재한다. 그래서 그들은 혼돈, 제물, 소요유를 거쳐왔으면서도 전혀 그런 곳을 알지 못한다. 나비2도 곧 그들처럼 변할지 모른다.

　그럼 나는? 또 덜컥 겁이 났다. 내가 사람으로 돌아가지 못하면, 여기에서 나비로 살 수 있을지도 확실하지 않다. 난 아직 내가 이전에 보았던 그런 나비를 이곳에서는 보지 못했다. 아무래도 이곳에는 그런 나비가 없는 모양이다. 그래서 이 들짐승들이 나를 보지 못하고 있다. 나는 도대체 어떻게 생겼을까. 내가 알고 있는 그런 나비가 아닐 수도 있다. 나비2가 스스로 자기를 나비라고 했지만, 내 눈에는 내가 알고 있던 그 나비가 아니다. 나도 나비2처럼 그렇게 이상한 모습을 한 건 아닐까. 아니면 투명? 아, 그래서 장자가 나를 봤을 때 눈길이 나를 통과했고, 여기에 사는 들짐승들이 나를 보지 못하는 건 아닐까. 장자가 자기 아내를 시험했듯이, 나도 이들에게 나를 시험해 보고 싶었다. 나비2처럼, 슬쩍 가까이 날아가 보면 의문이 풀린다. 웅크렸던 몸을 일으켜 막 날려고 하다가 나는 그대로 다시 주저앉았다. 만약 내가 투명이 아니고, 이들이 알아본다면 나는 나비2처럼 꼼짝없이 이 지도리에 갇히게 될지도 모른다. 불안감이 밀려올 무렵, 나비2가 참새들에게 물었다.

"그럼 너희들은 결혼도 안 하니?"

"결혼은 또 뭐야?"

"이런, 그러니까 운우가 뭔지 모르지. 그럼 설명해 봤자 알지도 못할 테니, 관두자. 그걸 알고 나면 너희들은 모두 혼돈으로 쫓겨날지도 몰라. 아마 그래서 너희들이 모를 거야."

"너 참 웃긴다. 그럴 거면 이야기하지나 말지, 왜 실컷 말해 놓고 꽁지를 빼는 거야."

"혼돈 대왕처럼 알고 나면 죽어버릴지도 몰라서 그래."

"죽어? 그건 또 뭐야. 넌 왜 우리가 모르는 걸 죄다 알지. 참 이상한 애네."

"참 웃긴다. 도대체 너희들이 알고 있는 건 뭐야? 뭘 모르는지를 알아야 설명하지. 이쯤에서 관두는 게 낫겠다."

"그건 그렇고, 장자는 왜 자기 아내를 그딴 식으로 시험하냐? 나쁜 사람이네."

"결혼이 뭔지도 모르면서, 장자가 아내를 시험하든 말든 너희들이 왜 분개하는데?"

"응, 그러네. 내가 왜 그런 기분이 들었지? 어쨌든, 아내가 뭔지는 모르지만, 그렇게 남을 시험하면 안 되지."

이때 참새2가 끼어들며 참새1에게 핀잔을 준다.

"얘는 본래 이래. 붕이 하늘을 덮고 있다고 짜증을 내기도 해. 자기 아내와 싸우든, 누구와 바람을 피우든 뭔 상관이야."

그 말을 듣고 나비2가 놀란다.

"너희들 참 이상하다. 결혼도 모르고 운우도 모르는데, 바람은 또 어떻게 알았어?"

"바람? 내가 언제 바람이라고 했냐?"

"방금 네가 그랬잖아. '자기 아내와 싸우든, 누구와 바람을 피우든 뭔 상관이야'라고 했잖아."

"몰라. 그게 뭔 말인지. 내가 그런 말을 한 기억이 없는

데? 누가 들었냐?"

"아니, 아니. 난 금시초문이야."

참새들이 모두 고개를 저었다. 나비2는 어이없다는 표정이다. 참새2가 의기양양하게 말했다.

"거봐. 야, 그건 너의 생각이잖아. 너의 생각을 네가 내게 집어넣어서 내가 그렇게 말했겠지. 너 참 이상한 녀석이다."

"내가 이상한 게 아니라, 여기가 참 이상한 곳이네, 너희들도 이상하고. 혼돈에서도 이랬는데……, 너희들 혹시 혼돈에서 이곳으로 바로 온 거 아냐?"

"우린 혼돈이 어디 있는 줄도 몰라. 네가 얘기해서 안 거지."

나도 헷갈렸다. 누가 무슨 말을 했는지 말 가닥이 뒤엉켜 버렸다. 나비2가 한 말인지, 참새1이 한 말인지, 아니면 참새2가 한 말인지 이젠 구분도 안 되었다. 들리는 소리도 앞뒤 문맥이 안 맞는 건 물론 시차까지 뒤엉켜 도무지 내용을 알아들을 수가 없다.

문득 또 노자와 장자가 한 말이 생각난다. 사실 이것도 기억이 희미하다. 장자의 친구인 혜시가 한 것 같기도 하다.

아, 그러고 보니 혜시에게 들은 것 같다. 지도리에서는 이렇듯 뭐든지 정확하게 이름 지어지는 게 없다. 혜시의 후계자인 명가의 공손룡公孫龍이 "백마白馬는 말이 아니다"라고 해서 나는 얼마나 웃었는지 모른다. 그러다가 이 이야기를 듣고 나서야 그 뜻을 새겼다. 아까 나비2가 말하던 혼돈을 정리한 것과 같은 말이다. 그 말 줄기를 정리하면 이렇다.

이 세상은 원래 미지未知였다. 아무것도 보이지 않고, 그 무엇도 아니며, 그냥 그렇게 존재했다. 혼돈混沌 시대다. 여기에 기氣가 생기고, 이 기가 변화하여 모양[形相]이 생겼다. 모양이 또 변하면서 나무와 풀, 그리고 바위와 돌 등 물질物質이 만들어졌다. 그렇게 다양한 물질이 사물事物로 재생성되면서 마침내 생명체가 태어나고, 이 생명체에서 사람이 생겼다. 이 생명체들이 이해관계로 싸우기 시작하면서 혼돈에서 혼란混亂이 시작되었다. 이 혼란에서 생명체 중 유일하게 사람만이 생각하고, 꾸미고, 가꾸는 능력이 진화했다. 그래서 사물을 구별하기 위해 사람들은 물질에 이름을 붙이고 의미를 결정했다. 그런데 불행하게도 '욕망'이라는, 없어도 될 물건까지 만들어 버렸다. 욕망이 생기고부터 인간은 인간끼리 서로 다투기 시작했다. 더 많이, 더 크게, 더 높게 가지려고 그 귀하게 얻은 목숨까지 내던지기도 한다. 그 욕망을 채우려고 생각하고 느끼고 결정하는 고귀한 기술까지도 제멋대로 고치면서 싸우기 시작했다. 그러고 나서부터 질서가 무너지고 다시 혼란이 시작되었다. 이 혼란에서 벗어나려면 피안彼岸으로 돌아가는 길밖에 없는데, 그 피안이 바로 원래 있던 무지無知, 바로 혼돈의 땅이다. 그곳으로 '돌아가는 것' 그것이 죽음이다. 죽음은 시작된 곳으로 돌아가는 여정이다. 어쩌면 인간이 태어나기 이전에 이미 이런 상황을 예상하였으며, 그 순환을 위해 4계절이 만들어졌는지도 모른다. 장자라고 해서 욕정을 피해 갈 수 없다. '도道'를 알라고 했지, 도를 담으라고는 하지 않았다. 장자의 아내라고 해서 욕정을 피해 갈 수 없다. 역시 도를 알고 담지는 말라는 뜻이다. 마음에 이는 물결을 흐르는 대로 흐르게 하는 게 '道(도)'다. 나비2가 하는 이야기는 이 물[水]이다. 노자와 장자는 공자와 맹자가 주창한 '인仁'과 '예악禮樂'을 극히 싫어했다. 사람을 하나의 틀 안에 가두어 길들인다고 본 것이다. 자연 그대로, 무애無碍 자유自由 속에 질서를 만들며 가는 봄 여름 가을 겨울을 따라 물 흐르듯 그 길을 가라고 했다. 나비2가 이야기를 하면서 자꾸 헷갈린다고 말한 건 사람들이 장자가 말한 지락至樂의 의미를 해석하면서 이야기를 보태고 보태었기 때문이다. 아마도 나비2는 그렇게 떠도는 이야기에다 자기가 더 보태어 전하는 듯하다. 천하유지락 무유재(天下有至樂無有哉; 하늘 아래 즐거움이 있는가, 없는가), 이렇게 시작하는 장자의 '지락至樂'의 결론은 지락 무락至樂無樂 지예무예至譽無譽다. 즐거움에는 괴로움이 따르고, 명예가 있으면 불명예도 함께 따른다. 즐거움을 찾지 말고, 괴로움을 피하지 않으면 무위無爲의 지극한 즐거움(極樂; 극락)에 이른다.

그때 나비2가 아직 이야기가 끝나지 않았다면서 말을 시작했다.

"그다음 이야기가 또 있어."

"끝난 거 아냐?"

"바람피우려다가 들켰는데, 이렇게 끝날 리 없지. 「고분이가鼓盆而歌」라는 노래인데, 이게 지락至樂이라는 거야. 난 아무리 생각해도 뭔 말인지 아직도 잘 몰라. 잘 들어보고 너희들이 뭔 뜻인가 맞춰 봐."

장자의 아내는 불륜 직전에 들킨 게 창피하여 마당으로 뛰쳐나가 항아리를 뒤집어쓰고 죽어버렸다. 순식간에 일어난 일이라 장자는 속수무책이었다. 아내가 죽으리라는 걸 그는 전혀 예감하지 못했다. 어쨌든 졸지에 아내를 잃은 장자는 잠시 고민에 빠졌다. 자기가 아내를 죽인 건지, 아내가 죽을 때가 되어 죽은 건지 얼른 판단이 서지 않았다. 그러다가 그는 이 또한 자연의 흐름이라 여기며 아내의 장례를 준비했다. 조금 전까지 그의 아내는 장자의 장례를 치렀고, 지금은 장자가 그의 아내 장례를 치르고 있다.

　　소식을 듣고 장자의 친구인 명가의 혜시가 문상을 왔다. 이때 장자는 아내의 관 앞에서 항아리를 두드리며 노래를 부르고 있었다. 그의 아내가 뒤집어쓰고 죽은 바로 그 항아리다.

　　"아니, 이 사람아. 아내가 죽었는데, 노래를 부르다니. 평생을 가난한 그대를 위해 헌신한 아내가 세상을 떠났네. 울어도 시원찮은데, 이럴 수가 있는가."

　　"나고 죽는 건 자연의 섭리일세. 내 아내는 봄 여름 가을 겨울을 보내듯 그렇게 인생을 보내고 지금 본래 있던 자기 자리로 돌아갔네. 가장 편한 세상으로 갔는데 노래를 불러야지. 아마도 이 사람은 지금 우리 집 안에서 단잠을 자고 있을 걸세."

장자와 토론을 즐기는 유일한 친구인 혜시도 장자의 이런 행동을 이해할 수 없어 고개만 갸웃했다.

"여기까지야. 장자가 어떤 사람일까. 솔직히 말해서 진인眞人 같기도 하고, 만담꾼 같기도 해. 더 이상한 건 장자 이야기를 들으면 나도 모르게 껍데기를 하나씩 벗게 돼. 이건 또 뭘까? 그러다 결국 내가 껍데기를 다 벗고 나비가 되어 여기로 왔는데, 솔직히 말하면 아직도 뭐가 뭔지 얼떨떨해."

"우리가 그걸 어떻게 알아. 아까까진 네 말을 알아들었는데, 지금은 네가 뭔 말을 했는지도 몰라. 그냥 윙윙거리며 노래를 부른 거 같은데, 너 노래한 거 아냐?"

"노래? 내 이야기가 노래로 들렸단 말이야."

어이없다는 듯 나비2는 참새들을 노려보았다.

정말 이상한 현상이다. 나는 나비2의 말도 참새들의 말도 다 알아들었다. 참새들은 지금까지 나비2가 한 이야기를 재미있게 듣고 있었는데, 엉뚱하게 노래로 들었다니. 이건 또 무슨 조화인가.

아, 이제야 생각난다. 나비2는 지금 지도리 들짐승이 되어가는 중이다. 그는 곧 지금까지 겪은 모든 기억을 잃을 것이다. 참새1과 참새2처럼, 과거도 미래도 없는 현재를 살아가게 될 것이다. 남 생각할 사이가 없다. 어쩌면 나도 나비2처럼 지도리에서 빠져나갈 수 없게 될지도 모른다. 나는 다시 주위를 두리번거리며 '장자의 길'을 찾았다.

그때 눈앞이 번쩍했다. 나비2가 궁금해하던 그 정답이 보였다. 노자와 장자가 말한 무위無爲와 유위有爲의 변곡점이다. 그 변곡점을 '고분이가'로 말하고 있었다. 그나저나 난데없이 나타난 이 나비2가 문제다. 나도 모르게 나까지 나비2의 이야기에 휘말려 노장老莊까지 끌고 왔다. '오늘'이 언제 끝날지 모른다. 이러다가 나도 이 순간, 현재를 붙들고 과거와 미래를 잃어버린 채 이 지도리에 갇힐지도 모른다는 불안감이 밀려왔다.

눈치도 없는 나비2 때문에 나의 이 불안은 뒤로 또다시 밀려나고 말았다. 나비2가 이야기를 시작할 모양이다. 나비2는 날개를 살짝 펴서 앞으로 모으는 시늉을 하면서 참새들을 가까이 불러보았다.

"그럼 뭐부터 이야기할까. 아, 내가 지나온 정원 순서대로 하면 되겠구나. 내가 맨 처음 산 곳은 혼돈混沌이야."

혼돈, 장자가 말하던 그 혼돈이다. 나도 혼돈을 거쳐왔으나 희미한 기억으로만 남아 있다. 나비2와 달리 나는 구체적으로 어떤 곳이었는지는 까마득히 잊어버렸다. 천만다행이다. 그래서 나비2와 달리 나는 이 지도리에 갇히지 않아도 된다. 어찌 되었든, 나비2가 나와 같은 곳에 살았단 거 아닌가. 어이가 없었다. 나비2는 참새였다잖아. 그럼 인간이었던 나와 참새였던 나비2가 똑같은 존재로 살았다는 말인가. 말도 안 된다. 참새는 한때 포장마차에서 술안주로 팔리던 놈이다. 그물을 쳐서 무더기로 잡던 때도 있었다. 나도 포장마차에서 참새구이 안주로 소주를 마신 적 있다. 그 참새가 나와 같은 공간에서 같은 존재가치로 살았다니, 아닐 거야. 혼돈, 정말 머릿속이 어지럽다. 이 지도리에서는 도무지 생각이 정리되지 않는다. 새인지 나비인지, 사람인지 도통 알 수가 없다. 여기에서는 오히려 나보다 나비2가 더 존재감이 있다. 난 숨어서(숨은 거라기보다 당랑을 경계하고 있다) 지켜보는 위치에 있다. 뭔가 잘못된 거 아닌가. 지도리가 정원 중에 최상위라고 떠들어대는데, 난 아무래도 여기는 내가 편하게 머물 곳이 아닌 듯하다.

나비2가 조용하고 담담하게 혼돈 정원에 관해 이야기를 시작했다. 내가 보기에는 나비2가 분명히 새인데, 본인이 나비라고 해서 무척 헷갈린다. 더 웃기는 건 다른 참새들도 모두 나비2를 나비로 인정해 주고 있다. 아무러하든 나비2가 나를 몹시 혼란스럽게 만들었다.

정원2
혼돈混沌; 욕망이 불러온 혼란混亂

   혼돈混沌 정원에는 남해, 중앙, 북해 등 3개 왕국이 있다. 남해 대왕이 숙儵이고, 북해 대왕이 홀忽이며, 중앙 대왕이 혼돈混沌이다. 남해나 북해와 달리 중앙의 혼돈 대왕 영지領地는 땅이다. 바다에서만 살던 남해 숙과 북해 홀 대왕은 해마다 혼돈 대왕의 영지에 와서 평화연합회를 연다. 이때마다 혼돈 대왕은 두 왕에게 매우 잘 대해 주었다. 누가 보면 친형제라고 할 정도로 세 대왕은 우의가 돈독했다.

   어느 해, 혼돈 대왕 영지에서 극진한 대접을 받고 돌아가던 숙과 홀 대왕이 매번 신세 지는 혼돈 대왕에게 뭔가 좋은 일을 하고 싶어 의논했다.

"이보시오, 홀 왕. 우리가 매번 혼돈 왕에게 대접만 받고 가니 미안한 마음이 드오."

"훌륭한 생각이오. 나도 그런 생각을 하던 참입니다."

"그래서 하는 말인데, 다음번에 갈 때는 뭔가 우리도 좋은 선물을 해주고 싶소. 무슨 선물이 좋겠소?"

"아무리 궁리해도 마땅한 물건이 떠오르지 않소. 혼돈 대왕은 물질이 뭔지도 모르잖소. 듣지도 보지도 냄새도 못 맡는데, 좋아하는 물건이 있을 리 없지 않소. 숙 왕께서는 뭐가 좋을지 생각해 봤소이까?"

"아, 좋은 생각이 났소이다."

"그래요? 뭡니까?"

"우리처럼 보고 듣고 냄새 맡고 먹고 즐길 수 있도록 머리에 7개 구멍을 뚫어줍시다."

숙과 홀 대왕은 머리에 7개 구멍이 있어서 보고 듣고 냄새 맡고 맛있는 음식을 먹을 수 있지만, 혼돈 대왕은 이 구멍이 없다.

"가능하겠소이까?"

"우리도 원래 그랬다가 구멍을 뚫었잖소. 우리가 누구요. '숙홀倏忽' 아니오. 마음만 먹으면 우리가 못 하는 일은 없소. 한번 마음먹으면 바람같이 거침없이 해치울 수가 있소이다."

이듬해 중앙을 방문한 숙과 홀 대왕은 혼돈 대왕에게 하루에 한 개씩 구멍을 뚫어주기 시작했다. 구멍이 뚫릴 때마다 혼돈 대왕은 감탄했다.

"아, 세상이 이렇게 생겼소이까. 내가 마음으로 생각하고 그리던 것과는 좀 다르오이다."

"대왕께서 마음으로 보던 세상은 어떤 모양이었소이까?"

"모양이라……, 모양이 뭐요? 뭔지는 모르지만, 그런 건 없었소. 개념을 존재하게 하는 형상이 있었는데, 그건 그때그때 필요한 모양을 내가 만들었소이다. 존재하는 모양이 아니라, 드러내는 형상으로 곧 사라지고 없는 거라서 그릴 수가 없소."

이 말을 들은 숙과 홀 대왕은 혼돈 대왕이 무슨 말을 하는지 알아듣지 못했다. 그래서 다시 물었다.

"혼돈 왕께서 마음으로 보던 세상이 지금 눈으로 보는 세상과 똑같은 것인데, 그땐 이렇지 않았단 말이시오?"

"여기가 내 땅이고, 내가 보고 있는 것이니 같은 세상은 맞소. 그러나 지금은 아무리 봐도 그게 그것이오. 나무는 나무고, 풀은 풀인데……, 이렇듯 미리 모양이 정해져 있으니, 내가 할 게 없어진 게 다르오. 내가 생각하고 결정 짓는 게 없군요. 이게 달라진 건데……, 좋은 건지 나쁜 건지는 아직 모르겠소."

숙과 홀 대왕은 혼돈 대왕의 말을 알아들을 수는 없지만, 뭔가 재미있는 게임이 될 것 같다는 예감이 생겼다. 그래서 다시 구멍 하나를 더 뚫었다. 이번에는 귀 하나가 생겼다. 그러자 혼돈 대왕이 뚫린 귀를 손으로 막으며 갑자기 몸부림쳤다. 놀란 숙과 홀 대왕이 혼돈 대왕을 붙잡으며 진정시켰다.

"왜 이러시오이까?"

"이상하오. 참 이상하오."

"이번엔 뭐가 이상하오이까?"

"소리가 다르오. 구멍이 없을 땐 내가 소리를 결정했소. 내가 필요한 소리만 들을 수 있었는데, 지금은 내가 원하지도 않는 소리가 마구마구 들리오. 무척 시끄럽소. 특히 두

분 대왕의 소리가 이전과 달라진 게 이상하오. 현기증이 나오."

"조금 전까지도 우리와 대화를 나누지 않았소이까. 우리 목소리가 달라졌다니, 어떻게 다릅니까?"

"소리가 송곳처럼 가슴을 찌르오. 가슴이 찢어질 듯 아프오. 왜 이렇소이까. 뭔가 잘못된 게 아니오?"

"7개 구멍을 다 뚫고 나면 한 번도 경험하지 못한 환상적인 세상을 보게 될 것입니다. 걱정하지 마십시오."

이튿날 숙과 홀 대왕은 혼돈 대왕에게 또 하나 구멍을 뚫었다. 이번에는 입이다. 그런 다음 늘 대접했던 생선요리를 내왔다.

"이 음식 맛이 어떠시오이까? 북해에서 나는 대구와 남해에서 건져 올린 옥돔이오이다."

"지난번에 가지고 온 물고기도 대구와 옥돔이라고 하지 않았소?"

"맞습니다. 매년 저희가 제일 싱싱하고 큰놈을 가지고 왔지요."

"대구와 도미가 이렇게 생겼군요. 참 신기하오. 그런데 고기에 얹은 이것들은 모두 무엇이오?"

"조리할 때 넣은 양념과 채소들입니다. 저희도 이름은 잘 모르오니다. 요리사를 불러 물어보시겠소이까?"

"됐소이다. 이름을 알아서 무엇하겠소. 그런데……."

"왜 그러시오이까? 맛이 이상하오이까?"

"그렇소이다. 지난번과 맛이 다르오."

"그럴 리가 있겠사옵니까. 지난번과 같은 바다에서 잡은 같은 물고기를, 같은 요리사가 같은 양념으로 조리했는데 맛이 다를 리가요."

"내 입맛이 달라질 리가 있겠소. 나는 여전히 나고, 내가 바뀐 건 아니지 않소?"

숙과 홀 대왕은 서로 쳐다보며 고개를 갸웃했다. 그러다 숙 대왕이 무릎을 치면서 말했다.

"아, 이제 알겠사옵니다. 그때는 물고기를 보지 않은 채 마음으로 보고 마음으로 맛을 보며 드셨고, 지금은 눈으로 보고 혀끝으로 맛을 보니 그 맛이 달라진 것인가 봅니다. 이제 하나 남은 구멍을 마저 뚫으면 제대로 맛을 느끼고 즐거워질 것이옵니다."

그날은 종일 먹구름 속에 천둥 번개가 치며 장대비가 쏟아졌다. 하늘이 예견한 것일까. 혼돈 대왕 영지에 큰일이 일어났다. 일주일째 되던 날, 숙과 홀 대왕이 혼돈 대왕에게 마지막 7번째 구멍을 뚫었다. 한 개 남겨놓은 눈을 마저 뚫은 것이다. 눈 두 개가 동시에 열리자 갑자기 혼돈 대왕이 세차게 몸부림을 한 번 친 뒤 그만 죽어버렸다. 너무 갑작스럽게 일어난 일이라 숙과 홀 대왕은 어찌할 바를 모르고 허둥댔다. 처음에는 혼절한 줄 알고 물을 뿌리고 등을 두드리는 등 응급조치를 했으나, 숨이 완전히 끊어져 버렸다. 숙과 홀 대왕은 몹시 당황했다. 남의 나라에 와서 본의 아니게 국왕을 시해한 범인이 된 것이다.

　평소 마음이 부드러운 남해 숙 대왕이 떨리는 목소리로 말했다.

　"이 일을 어찌하면 좋소이까."

　"당분간 이 사실을 숨기는 게 좋겠소."

　"여긴 혼돈 왕의 땅인데 어떻게 감출 수가 있겠소?"

　"우선 혼돈 왕의 명을 위조하여 호위군을 물린 뒤, 비밀리에 우리 군을 투입하여……."

　"군사를 말이오? 그래서요?"

　"혼돈 대왕의 땅을 우리 두 나라가 나누어 갖는 것이오."

"에에?"

아무렇지 않게 말하는 북해 홀 대왕과 달리 남해 숙 대왕은 화들짝 놀란다. 놀라는 숙 대왕을 바라보며 홀 대왕이 의뭉스럽게 물었다.

"무슨 문제가 있소이까?"

"어찌 그런…… 아, 그런 게 아니오."

놀라긴 했지만, 남해 숙 대왕 역시 아무리 궁리해 봐도 그 방법보다 더 좋은 해결책이 없었다. 자칫 이 사실이 혼돈 백성들에게 알려지면 온전하게 돌아가지도 못한다. 숙 대왕이 조심스럽게 홀 대왕에게 물었다.

"그럼, 땅을 어떻게 나눌 작정이시오?"

"글쎄요…… 이 문제는 좀 생각을 해봐야 할 것 같소이다."

"어째서요?"

"혼돈 대왕이 다스리던 이 땅은 사실 남쪽이 중심이오이다. 남쪽은 햇볕이 좋고 비가 잘 내려서 비옥한 땅이 많지만, 북쪽은 산이 많아 거칠고 추워서 쓸 만한 땅이 별로 없지 않소이까."

이 말을 들은 남해 숙 대왕은 이해할 수 없다는 듯 고개를 갸웃했다. 잠시 뜸을 들이고 나서 숙 대왕이 말했다.

"듣고 보면 홀 왕 말씀이 그럴듯하지만, 후환을 없애려면 공평하게 가운데를 기준으로 반반씩 나누는 게 가장 좋다고 생각하오이다."

"북쪽 땅은 쓸모가 없고, 남쪽 땅은 비옥한데. 어찌 그런 말을 할 수가 있소?"

"생각해 보시오. 우리 같은 남해 백성들은 늘 따뜻한 물에 살아서 거친 북쪽 땅에서는 살지 못하오. 반대로 북해에 사는 왕의 백성들은 추위와 거친 환경에 잘 적응한 터라 남쪽 땅에 오면 더위에 견디지 못할 것이오. 그리고 산이 많다고 하나, 북쪽 땅속에는 자원이 많지 않소이까, 그래서 공평하다고 한 것이오. 그리고 또 있소."

"무엇이오?"

"홀 대왕께서 혼돈의 남쪽 땅을 가진다면 당연히 북쪽 땅은 우리가 차지해야 하는데, 생각해 보시오. 이게 가능한 일이오니까?"

"숙 대왕께서 무슨 말을 하는지 도통 알아들을 수 없소이다."

"그렇게 되면 홀 왕도 본국과 고립되어 갇힌 모양이 되고, 우리도 남해 본국과 떨어져서 고립되오. 이렇게 되면 더 큰 문제가 발생하오. 그러니 홀 대왕이 북쪽을, 우리가 남쪽을 차지하면 좋겠소."

"그건 남해에서 늘 따뜻한 물에 살던 숙 왕이나 그런 생각을 하지, 북해에 사는 우리 백성들은 따뜻한 남쪽을 그리워하오."

"아무래도 우리가 착각하고 사는 듯하오. 혼돈 대왕에게 구멍을 뚫어주다가 죽인 것처럼, 중앙에서 모이느라 따뜻한 것과 추운 것을 모두 알아버려서 이런 혼란이 생긴 것 같소이다."

"그럼 어쩌면 좋겠소이까?"

"일단은 공평하게 남쪽과 북쪽으로 반반씩 나누고, 살아가면서 개선해 나가는 게 어떻겠소?"

"말이 개선이지, 그건 어렵소이다. 살다 보면 좋은 걸 더 많이 알게 될 거 아니오. 좋은 걸 알면 안 내놓으려 할 것이고, 한쪽에서는 자꾸 요구할 텐데, 그땐 어쩔 것이오. 그뿐이오? 혼돈 대왕에게 7개 구멍을 뚫어 놓지 않았소이까. 혼돈 대왕은 그렇게 죽었지만, 혼돈에 사는 백성들은 이제 볼 것 못 볼 것, 들을 것 못 들을 것 구별하지 않고 다 보고 들었는데, 이들이 가만히 있겠소이까. 죽을지도 모른다고 생각하면 사생결단으로 달려들 텐데, 이를 어찌 통제할 것이오. 나는 이들을 통제하며 통치하는 일이 더 큰 문제라고 생각되오."

"그렇담 다른 좋은 해결 방법이 있소이까?"

"우리 북쪽이 중앙 혼돈 대왕 땅을 전부 차지하면 좋을 듯합니다만……. 우리 북해 군대는 용맹하고 거침없어서 이 혼란을 잘 수습할 수가 있소이다."

"아니, 무슨 그런 말 같지 않은 소릴 다 하시오? 그게 좋은 방법이라면, 내가 생각하는 방법이 더 좋소이다."

"어떤 방법이오?"

"내가 보기에는 우리 남해 숙이 모두 차지해서 백성들을 따뜻한 바다와 비옥한 땅에서 살게 하는 게 더 좋을 것 같소이다. 배부르고 등 따뜻하면 백성들은 말썽을 안 피우오. 나도 처음에 이런 생각을 했다가 북해 홀 대왕께서 반발할 것 같아 공평하게 나누자고 한 것이오."

처음부터 해결되지 않는 문제였다. 숙과 홀 대왕이 밀고 당기며 끈질기게 토론했으나, 결국 협상은 무산되었다. '숙홀儵忽'이란 말을 남길 정도로 사이가 좋았던 숙과 홀 대왕은 이제 원수지간이 되어 마주치기만 하면 으르렁거렸다. 주로 추운 지방에 사는 홀 대왕이 성질이 급해 먼저 시비를 걸었다.

남해와 북해가 혼돈 대왕의 중앙 영지를 놓고 해결되지 않은 문제로 그렇게 싸우던 어느 날, 느닷없이 북해 홀 대왕이 혼돈 대왕의 중앙을 기습 공격했다. 싸움 잘하는 군사를 모아 비밀리에 훈련 시킨 것이다. 그때까지 혼돈 백성들은 7개의 구멍을 뚫은 지 얼마 되지 않아 처음 경험하는 낯선 세상에 적응하느라 정신이 없었다. 들판에 널려 있는 음식을 먹고 싶은 대로 먹다가 공장에서 만든 맛있는 사료를 먹기 시작한 것도 변화 가운데 큰 변화다. 눈과 비바람을 맞으며 돌아다닐 필요도, 힘센 녀석들을 피해 다닐 필요도 없어졌다. 돈이 생기면 얼마든지 맛있는 사료를 사 먹을 수 있었다. 가뭄을 걱정할 필요도 없다. 미리 곳간에 식량을 쟁여 놓으면 된다. 이렇게 생전 처음 보는 세상을 구경하며 맛있는 음식을 찾아 먹고, 노래와 춤을 즐기다가 순식간에 기습 당했다. 전쟁이 무엇인지도 모르던 중앙은 홀 군대의 상대가 되지 못했다. 졸지에 당한 기습이라 전열을 갖추어 방어할 틈도 없었다.

홀 대왕이 중앙 땅을 절반 이상 차지하고 나서야 이를 알아챈 남해 숙 대왕이 부랴부랴 군대를 정비하여 달려왔다. 숙과 홀 대왕의 군대, 그리고 혼돈의 민병대가 뒤섞여 엎치락뒤치락 싸웠다. 죽고 다치는 이들이 부지기수였고, 싸움을 피해 도망 다니던 혼돈 대왕의 백성들도 많이 다치거나 죽었다. 혼란 속에 싸우느라 내 편 네 편을 구별할 수 없어서 어떨 때는 자기 편에 죽는 억울한 일도 많이 생겨났다. 아비규환이 따로 없었다.

싸움은 쉬 끝나지 않고 오래 계속되었다. 남해와 북해 모두 자원이 고갈 날 지경이 되었다. 서로 한 치도 물러서려 하지 않았다.

전쟁 당사국들은 그렇다 치고, 난데없이 싸움터로 변해 날벼락을 맞은 중앙의 혼돈 대왕 백성들은 살아남기 위해 발버둥이쳤다. 어떤 이는 북해 편에, 어떤 이는 남해 편에 가담했다. 살던 곳이 북해 홀 대왕이 차지하면 북해 편이, 남해 숙 대왕이 차지하면 남해 편이 되었다. 그러다 싸움에 밀리면 살던 고향을 버리고 북해로 도망가거나 남해로 도망갔다. 문제는 땅 위에서 살던 혼돈의 백성들은 바다에서 제대로 살 수가 없었다. 이쪽에도 저쪽에도 가담하지 않고 고향에 남아 있던 이들은 눈치를 보며 도망 다녀야만 했다. 불안에 떨던 이들은 침입자들이 남쪽인지 북쪽인지 빨리 알아차리지 못하여 무조건 도망치기부터 했다. 도망치면 살고, 얼른 실체를 파악하지 못하고 우물쭈물 기다리던 이들은 그 자리에서 죽음을 맞았다.

남해와 북해로 넘어간 이들은 대부분 그곳에 적응하지 못하고 고생하거나 토박이들에게 박해받다가 죽었다. 살아남은 이들은 천신만고 끝에 다시 혼돈으로 도망쳐왔다. 한 번 반대편 진영으로 갔다가 돌아온 이들에게는 새로운 문제가 기다리고 있었다. 생각이 서로 다르고, 행동 규범이 틀리는 사람들이 고향에 돌아와 함께 살게 되면서 대립이 시작된 것이다. 얼마 전까지는 이웃으로 함께 살았고, 친구였고, 심지어는 친척이었던 이들이 원수가 되어 소리 없는 싸움을 하였다. 더 기막힌 일은 양쪽 싸움이 길어지자 내 편 네 편으로 갈리면서 이상한 비밀조직들이 생겨나기 시작했다. 선전부대, 협박부대 같은 것들이다. 선전부대는 주로 참새들이 맡았는데, 옳고 그름을 떠나 자기네들이 하는 일은 무조건 좋은 것이고 상대편이 하는 일은 뭐든 나쁘다고 선전했다. 심지어는 거짓으로 조작하기까지 한다. 자기편이 한 일은 잘못한 일도 잘한 일로 포장하였고, 상대편이 한 일은 좋은 일도 나쁜 일로 조작하여 사방으로 돌아다니며 떠들어 댄다. 선전부대 활동에서 큰 효과를 보지 못하면 협박부대가 투입된다. 협박부대는 벌과 뱀이 맡았다. 자기들에게 쓴소리하거나 방해가 되면 먼저 벌떼들이 달려가서 상대방이 무너질 때까지 계속 독침으로 공격하고 물어뜯었다. 그래도 별 효과가 없으면 이번에는 뱀들이 소리 없이 다가가 겁을 주거나 몰래 침투하여 맹독으로 제거한다.

본래 이들은 남해와 북해 침략자들과 싸우던 민병대였다. 두 나라의 싸움이 소강상태에 빠지자 전쟁 이후 서로 먼저 권력을 차지하기 위해 비밀조직을 만들어 자기네들끼리 싸웠다. 지도층은 대부분 상위 들짐승들이 차지했는데, 최고 지도자 그룹은 날쌔고 단결력이 높은 늑대들이 맡았다. 이 늑대들이 하위 들짐승들을 중간 관리자로 끌어들여 조직을 움직인다. 늑대들이 이끄는 상위 조직 아래에서 비밀조직을 움직이는 그룹은 여우다. 치고 빠지는 작전을 여우가 잘하기 때문이다. 현재 최고 지도자는 늑대1이고, 실세 지도자는 늑대5다. 재미있는 건 늑대5는 사실 늑대가 아니다. 여우1이다. 여우 우두머리를 늑대1이 발탁하여 자기네 편으로 끌어들이고는 느닷없이 늑대5로 만들어 버렸다. 실제로 모습이 늑대로 바뀐 게 아니라, 그냥 늑대5라고 부른다. 지도리에서 만났던 나비2가 새인데도 나비라 하듯이, 늑대5도 모양은 여우1이면서 늑대5로 믿게 만든 것이다. 세뇌 작전이다. 더 웃기는 건, 같은 여우들마저도 세뇌당하여 여우1을 보고 거부감 없이 늑대5라고 부른다. 이들 세계에서는 그렇게 이름 붙여주면 그 이름이 된다. 황당해하는 건 오히려 늑대들이다.

가장 속이 뒤집힌 건 늑대6이다. 그 자리에까지 천신만고 끝에 올라왔는데, 난데없이 여우가 늑대 옷을 걸치고 앞자리에 끼어들었기 때문이다. 그것도 늑대2, 늑대3, 늑대4을 제치고 실권을 거머쥐었으니, 속이 부글부글 끓고 심장이 터질 듯 타들어 갔다. 그러나 비밀 협박부대가 겁나 겉으로는 축하한다며 웃어야 했다.

솔직히 말하면, 뱀을 제외한 참새와 벌떼는 이제 비밀조직이 아니다. 처음에는 있는 듯 없는 듯 몰래 행동했으나, 점차 의도적으로 정체를 드러내며 목적을 위해 수단과 방법을 가리지 않고 행동했다. 이는 상대방을 응징하는 것만 목적이 아니라, 조직과 동지를 배반하는 자기 편에게 보내는 경고이기도 했다. 자기편이라도 충성하지 않으면 적에게 하듯 그렇게 응징한다는 메시지를 전하는 효과도 동시에 노렸다. 지위가 높거나 낮은 사람 모두 이들을 두려워했다. 숙과 홀 대왕이 싸울 때와 달리, 참새와 벌떼의 신분도 달라졌다. 자기 무리에서 소외되었거나 존재가치가 없어 폐기 처분될 위기에 있는, 자기 잘못으로 주류에서 밀려났으면서도 제도나 사회를 탓하며 불만을 키운 세력들로 구성했다. 쓸모있는 사람인데 억울하게 밀려났다고 부추기고 상대 집단을 비난하면서 이들을 자기네 집단 주류에 편입시킨 것이다. 뜻을 이루면 안정된 생활을 할 수 있다는 희망도 심어주었다. 그 희망을 얻기 위해 이들은 목숨을 걸고 조직이 시키는 일을 다 했다. 윤리와 도덕은 내던진 지 오래다. 친구 아버지든 할아버지뻘이든 가리지 않고 상대편을 보면 입에 거품을 물고 욕부터 해댄다. 옳고 그름과는 상관없이 사실을 조작하고 왜곡하여 무조건 상대를 몰락시키는 게 목적이다. 무엇이 옳고 무엇이 나쁜지 판단조차 할 수 없는 세상으로 만들어 버렸다. 합습을 버리고, 정반正反으로 나뉜 사람들의 생각을 한 그릇에 뒤섞어 버렸다. 이젠 정·반이 아니라, 내 편 아니면 네 편 둘 중 하나를 선택해야 한다. 옳고 그름으로 선택하는 게 아니라, 누구 편이냐가 더 중요하다. 사는 쪽과 죽는 쪽만 남는다. 중앙의 혼돈 백성들은 혼란으로 살벌해져 갔다.

비밀조직에 가담한 참새와 벌떼들이 모르는 일이 있었다. 성과를 이루지 못하거나 색깔이 희미해서 보안이 취약해진 참새들은 쥐도 새도 모르게 아미스타트(La Amistad) 호號에 태워 암시장에 내다 팔았다. 용도 폐기다. 겉으로는 본인이 실수하여 참새잡이 그물에 걸려 희생된 것처럼 위장했다. 아미스타트, '우정友情'이라는 뜻이다. 악어의 눈물처럼 잔인한 폭거를 달콤한 우정으로 위장한 노예선이다. 참새들의 동요를 잠재우기 위해 그렇게도 조작한다. 아미스타트 호를 탄 참새들은 결국 참새구이 식당이나 포장마차에서 소주 안주가 된다. 이것도 모르고 참새들은 죽자 살자 반대편 인사를 공격해 대고 있다. 벌떼도 마찬가지다. 용도 폐기된 벌들은 봉침 용으로 팔리거나, 소주병에 담가 벌술을 만들어 주당들에게 판다. 혼돈 대왕이 다스리던 중앙은 이렇게 무서운 세상이 되었다. 모두 갈망하는 그 희망이 보이지 않는다.

늑대1이 여우1을 늑대5로 만들고 실권을 준 데도 이유가

있다. 늑대5(사실은 여우1)는 이 사실을 전혀 모른다. 비밀
조직의 참새가 문제를 일으키고 조직의 근간을 위태롭게 했
을 때 폐기 처분하는 것처럼, 꼬리를 자르고 폐기 처분하는
데는 늑대보다 여우가 적격이다. 여우1을 늑대5로 만들어
맨 앞에서 조직을 위해 싸우도록 실권을 주고, 문제가 발생
하면 제일 먼저 꼬리를 잘라 폐기 처분하려는 것이다. 말하
자면 완장을 채워서 미친 듯이 날뛰게 만든 뒤 효용 가치가
없으면 숙청해버리고, 다른 여우를 데려와 그 자리를 채운
다. 불쌍하게 그것도 모르고 여우1은 온몸을 다 바쳐 늑대
5 행세를 하는 중이다. 그렇게 하면 늑대가 될 줄 알지만, 늑
대5는 늑대의 서열에 끼지 못하는 영원한 여우다.

혼돈 땅은 안개로 뒤덮였다. 미래가 보이지 않는다. 혼돈
은 혼란으로 변하여 매일매일 불안에 떠는 세상이 되었다.
선량한 혼돈 들짐승들은 외적과 내적, 이중으로 전쟁에 시
달렸다.

쥐도 막다른 골목에 이르면 고양이에게 달려드는 법이
다. 비밀조직 그룹에 속수무책으로 당하던 선량한 혼돈의
들짐승들이 단합하여 자구책을 만들어 저항하기 시작했다.
전면전은 불리하여 게릴라전으로 상대의 취약한 곳부터 공

격했다.

혼돈에서 내전 양상을 띤 내분이 일어나자 무소불위의 힘으로 밀어붙이던 북해 홀 대왕과 남해 숙 대왕은 당황하기 시작했다. 전선이 분산되어 있어서 어느 한쪽에서 승리해도 다른 한쪽이 내전 무리의 공격에 무너졌다. 한쪽을 지원하여 복구하면 이번에는 다른 쪽이 또 공격당해 무너졌다. 승산 없는 소모전이 계속되자 급기야 숙과 홀 대왕은 협상을 시작했다. 현재의 전선을 기준으로 휴전하기로 한 것이다. 협상하는 동안 양측 싸움은 더 치열했다. 휴전협정이 성사되기 전 현 전선을 유리하게 가져가기 위해 마지막 남은 전력을 한꺼번에 쏟아부었다. 그동안 싸울 때보다 이때 희생된 들짐승들이 더 많을 정도였다.

아무러하든, 이렇게 하여 많은 상처를 남긴 채 마침내 숙과 홀 대왕은 싸움을 멈추었다. 종전終戰이 아닌 휴전休戰이라 전쟁이 완전히 멈춘 건 아니었다. 상황에 따라 언제든 전쟁은 다시 불붙을 수 있다.

혼돈 대왕이 살아있을 때는 숙과 홀 대왕이 매년 중앙에서 만나 사이좋게 지냈으나, 중앙이 2개로 분리되면서 모든 게 바뀌었다. 같은 땅에 살던 혼돈 사람들이 이제는 서로 오고 가지 못하게 장벽이 세워졌다. 부모와 자식, 형제들끼리 그렇게 두 조각으로 나뉘어 버렸다. 그뿐만 아니다. 생각과 이상도 나뉘었다. 서로 그렇게 정반대로 체제가 바뀌면서 북쪽에서 남쪽으로 남쪽에서 북쪽으로 염탐꾼을 보내 서로 동향을 살피고, 민심을 선동하거나 테러를 감행했다. 그러다가 걸핏하면 한판 붙겠다고 으름장까지 놓았다. 전면전은 중지되었지만, 소리 없는 싸움은 계속되었다. 그래도 이 싸움은 분계선이 있어서 피아彼我를 구별할 수 있지만, 특히 남해 숙 대왕이 차지한 남쪽 지역에서는 내분이 가라앉지 않아 조용한 날이 없었다.

이 모든 현상은 7개의 구멍을 뚫은 뒤 죽은 혼돈 대왕처럼, 좋고 나쁜 것을 알 수 있는 변별력이 생기고 나서부터 일어났다. 모르는 게 약인데, 아는 게 힘이 되는 바람에 큰 혼란을 만들었다. 이미 바뀐 세상을 처음으로 되돌려놓을 수는 없다. 7개 구멍을 뚫어 만들어진 질서 때문에 혼란이 생겼으며, 이젠 이 혼란 속에 서로 새로운 질서를 만든다며 또 싸웠다. 겉으로는 모두 함께 잘사는 평화로운 세상을 만든다고 했지만, 그런 세상을 만드는 해답을 아는 이는 없다. 방법은 나열하면서 해답을 아는 이는 없다. 새로운 혼란이다. 어떤 형태로든 결과가 생겨났으면 분명히 해결하는 방법도 있을 것이다. 온갖 분야의 전문가들이 다 모여 머리를 맞대고 연구했으나 방법을 찾지 못했다. 시간이 흐르면서 불가능하다고 포기하는 팀이 늘어났다. 연구가 안 되는 게 아니라, 자기 말이 옳다고 서로 우기며 싸우는 바람에 풀려가는가 싶던 일이 오히려 얽히고설켜 더 복잡하게 꼬여 버렸다.

이제 혼돈 땅에는 이해관계에 따라 서로 주도권을 잡으려고 붕당朋黨하여 동족끼리 내전에 버금가는 싸움이 계속되었다. 흡사 북해 홀 대왕과 남해 숙 대왕이 전면전을 할 때와 같은 모양이 되어버렸다. 겉으로는 더 발전된 정책을 두고 정당하게 경쟁한다고 주장하지만, 속으로는 상대를 재기불능으로 만들어 제거한 뒤 권력을 독차지하려는 전쟁이었다. 이를 알아차린 선량한 들짐승들이 반발하거나 목소리를 높이면, 선전부대, 협박부대가 움직인다. 이 비밀조직을 이젠 붕당 조직 내에 끌어들여 반대편을 가차 없이 응징했다. 가장 강한 붕당은 홀 대왕을 지지하는 그룹이다. 이 비밀조직은 갈수록 진화하여 마치 특수부대처럼 조직적으로 움직인다.

나비2가 잠시 이야기를 멈추고 숨을 헐떡거렸다. 참새1
과 참새2가 놀란 눈으로 나비2를 잡고 흔들며 말했다.

　"너 왜 그래?"

　"어디 아프니? 아니지, 우리 지도리에서는 병이 없는데?
뭐야, 얘가 좀 이상하네."

　나비2는 참새1과 참새2의 손길을 세차게 뿌리치고 한 걸
음 물러났다.

　"저리 가!"

　"얘가 정말 왜 이러니?"

　"너희들 참새떼 맞지?"

　"우리? 응, 참새 맞아."

　"혹시…… 너희들 선전부대지?"

　"얘가 뭐라는 거야?"

　"혼돈에서 활동하는 그 비밀조직, 참새떼 말이야."

　"야, 그건 네가 말한 거잖아. 우린 중앙이니 혼돈이니 하
는 거 뭔지 모른다니까. 얘는 자기가 말하고, 자기가 그걸
도로 담아가네?"

　"너 정말 희한한 놈이다."

나비2는 고개를 갸우뚱한다. 그 바람에 나비2가 고개를 돌려 나를 바라보았다. 나는 얼른 몸을 웅크렸다. 나비2는 나를 보려고 한 게 아니었다. 나는 최대한 몸을 낮춘 채 그들을 관찰했다. 여전히 나는 나비다. 거듭 말하지만 생각하고 행동하는 건 사람이다. 저들의 느낌, 행동을 예측하고 방어하고 있어 아직은 이 들짐승들보다 한 수 위에 있다. 이 이중 행동이 저 참새 떼들에게 들키면 영락없이 응징당할 것 같았다. 아무래도 여기는 불안하다. 저 들짐승들은 평화롭다고 말하지만, 나는 아직 이곳을 이해할 수 없고 적응할 수도 없다. 이젠 그만 돌아가야겠다.

그나저나 돌아갈 길이 막막하다. 장자의 길을 찾을 수가 없다. 나는 조심스럽게 사방을 휘둘러보았다. 처음 본 그대로의 정원이 펼쳐져 있다. 들어왔으니, 나가는 길도 어디엔가 분명히 있을 것이다. 우선 정신을 차리고 곰곰이 생각을 정리해 보았다.

"?"

뭔가 내 기억 주머니를 강하게 때린다. 기억의 실체가 잡히지는 않으나, 희미하게 실마리가 보이는 듯했다. 나는 나비2를 뚫어지게 바라보았다. 저 녀석이 열쇠를 가지고 있을 듯했다. 이야기하는 품새가 아무래도 수상쩍다. 어떻게 혼돈 대왕의 땅에서 일어난 그 많은 일을 기억하고 있으며, 마치 자기가 겪은 듯이 말할 수 있단 말인가. 혼돈 대왕의 땅에서는 태어나기만 했고, 잠시 머물다 제물로 갔다고 하지 않았는가. 나비2가 혹시 숙 아니면 홀 대왕이 아닐까? 아직 숙과 홀 대왕이 죽었다는 소문을 듣지 못했다. 아니면, 비밀 조직에서 일하던 참새 중 하난가? 나는 머리를 세차게 한번 흔들었다. 생각이 풀리기는커녕 오히려 더 복잡하게 꼬여 버렸다.

나비2가 정신이 돌아온 듯하다.

"방금 어디까지 이야기했지?"

"너도 이제 지도리 들짐승이 되어가는구나. 점점 더 머릿속이 하얘질 거야."

"빨리 말해야 하는데, 빨리……."

"비밀조직 어쩌고 한 것 같은데?"

"어, 생각난다. 난 사실 남해 숙 대왕이 통제하는 땅에 살았어. 처음에는 천국 같았는데, 홀 대왕과 싸운 뒤부터는 지

옥으로 바뀌었지. 끊임없이 누군가와 싸우지 않으면 살아
갈 수 없는 땅이 되어버렸어. 심지어 부모 형제와도 싸워야
하는 지경에 이르자, 나는 그곳에서 탈출하기 위한 계획을
세웠어."

"어디로 가려고?"

"갈 데가 어디 있겠어. 혼돈을 떠나면 갈 곳이라고는 숙
과 홀 대왕 땅밖에 없는데, 가 봐야 거기가 거기 아니겠어?
그래서 생각했어. 유일하게 살 수 있는 방편을 하나 발견한
거야."

"그게 뭔데?"

"껍데기를 버리는 거야."

"껍데기? 그게 뭔데?"

"7개의 구멍을 뚫고부터 모든 짐승이 껍데기를 바꿔가면
서 신분을 위장하는 게 유행이 되었어. 더 비싸고, 더 화려
하고, 더 멋진 껍데기로 바꾸어 쓰려고 도둑질도 하고 강도
질도 하는 거야."

"넌 계속 희한한 말만 한다. 도통 알아들을 수가 없어. 모
양을 바꾼다는 거야?"

"아예 모양을 바꾸기도 하고, 모양은 그대로 두고 품질만

바꾸기도 해. 낯선 물질이 되는 거지."

"그러면 뭐가 달라져?"

"원래 자기보다 훨씬 높은 가치로 값이 달라지는 거야."

"그래서 자기를 팔아먹니?"

"팔아? 응, 맞아. 파는 거지. 파는 거 맞아. 자기를 팔면서 이중 잣대로 살아가는 거야."

"아, 이제 알았다. 그래서 네가 이 모양이구나."

"내가? 내가 뭐 어때서. 난 나비야."

참새들과 까치, 메뚜기들이 일제히 까르르 웃었다.

"넌 새처럼 생긴 나비야. 네가 껍데기를 잘못 바꾼 모양이다."

"새라고? 내가 새처럼 생겼다고?"

"그래."

나비2는 믿을 수 없다는 듯 눈을 동그랗게 떴다.

나는 다시 정신이 번쩍 들었다. 나비2, 저 녀석은 정말 속을 알 수 없다. 껍데기? "껍데기는 가라!" 하고 외친 어느 시인이 생각난다. 생각이 나? 아, 나는 점점 사람으로 변해가는 것 같다. 그 시인의 이름도 어렴풋이 떠오른다. 안 돼! 여기서 사람으로 바뀌면 정말 난 돌아가지 못한다.

참새 2가 말했다.
"너의 이야기가 참 재미있기는 한데, 솔직히 말해 무슨 말인지 도무지 이해가 안 가. 갈수록 낯설어 어지럽기까지 하다."
"그럼, 그만할까?"
"안 돼! 계속해 줘. 재미있어!"
까마귀와 메뚜기들이 한꺼번에 소리쳤다. 참새들이 놀라서 그들을 돌아본다. 나비2가 그들을 향해 다리 하나를 번쩍 치켜들었다. 그 바람에 중심을 잃고 옆으로 픽 쓰러졌다. 참새1과 참새2가 놀라 나비2를 황급히 붙잡아 일으켰다.
"넌 말하는 건 용감한데, 몸은 좀 약골이다."
"고마워. 껍데기를 벗고, 그러니까 나를 버리고 나를 찾는 방법."
"너 아무래도 장자인가 뭔가 하는 아내를 세 번이나 바꾼 그 사람에게 홀린 듯하다."
"널 버리면, 넌 없어지잖아."
"응, 없어지지. 껍데기를 버리는 거야. 껍데기가 난 줄 알던 사람들에게는 내가 사라지고 없겠지. 껍데기를 벗고 그 안에 있던 본래의 나를 꺼내는 거야. 물론 그런 몸으로 세상 살아가기는 힘들겠지. 죄다 검은데 흰색 하나가 돌아다녀 봐. 살아남기 위해서 세상 돌아가는 모양에 따라 몸을 바꾸는데 혼자 껍데기를 벗고 알몸을 꺼내어 보여줘 봐, 정신이 나갔다고 하겠지."

"재미있는 일도 다 있네?"

"그런 다음, 아무도 건드리지 못하는 가장 센 놈을 치는 거야. 알몸이 되려는 용기가 없으면 불가능한 일이겠지. 그 것도 그냥 센 놈이 아니라 늑대5를. 막강한 권력을 거머쥐고 잘 사는 나라를 만든다며 착한 들짐승들을 괴롭히는 그 녀석을 칠 계획을 세웠어. 참새들과 벌떼와 뱀들에게 당하더라도 많은 착한 들짐승에게 희망을 줄 수 있기 때문이다. No pain no gain."

"그건 또 무슨 소리야? 아까와 다른 말인데? 혼돈 대왕 백성들이 그런 말을 하냐?"

"No pain no gain. 북해 홀 대왕 군인들 가운에 누가 이 말을 혼돈 땅에 퍼뜨린 거래. 북해와 남해에는 우리가 모르는 물고기들이 참 많아. 바다가 넓어서 그들은 어디든 돌아다녀. 어느 나라 말인지는 모르나 '고통 없이 얻는 것은 없다'라는 뜻이야. 다치는 게 싫어 모두 침묵하면 결국 나중에 더 큰 고통을 겪거나 죽임을 당한다는 교훈이지."

"야, 나비2. 너 보기보다 참 센 놈이구나."

"모두가 바라는 그 '희망'을 싹틔울 수 있다면, 내가 그 밀알이 되겠다는 거야. 내가 사라지는 게 아니라 영원히 존재하는 게 되잖아?"

"나비 주제에 그런 힘이 어디서 생겼어?"

"이제 고백해야겠다. 사실 중앙 혼돈에 살 때 난 나비가 아니었어."

"혼돈 땅에서는 껍데기를 바꾼다더니 몸도 마음대로 바꾸나?"

"그게 아니라, 혼돈 땅에서 제물, 그리고 소요유를 거쳐 오는 동안 나비로 바뀐 거야. 혼돈에서 바뀐 게 아니라."

"그럼 넌 뭐였는데?"

"참새."

"뭐? 선전부대라는 그 참새 말이야?"

"아니, 착한 참새. 그냥 보통 참새야. 우리와 함께 살던 참새 친구들 가운데 좀 모나거나 비딱한 생각을 하던 녀석들은 모두 선전부대로 갔어. 선전부대에서 활동하지만, 평소에는 우리와 함께 살아. 신분을 드러낸 녀석도 있으나 비밀리에 활동하는 놈들은 우리가 알 수 없지. 어디서 무얼 하는 놈인지. 나와 친한 친구들 가운데 선전부대원들이 참 많았어. 그래서인지 일반 들짐승들은 모두 우리 참새들만 보면 잡아먹으려고 해. 사실 비밀조직 활동하는 그 나쁜 참새 녀석들 때문에 처형된 동물들이 많았거든. 어쨌거나 그렇게 필요할 땐 잘 부려먹으면서 평소에는 조직 우두머리들조차 참새를 우습게 보는 거야. 멧돼지들이 시끄럽게 떠들어도 '참새떼 같다'라고 비아냥거려. '멧돼지가 시끄럽다'라고 하면 어디 덧나냐? 멧돼지들 얼마나 시끄러운데. 들짐승들이 떼로 달려들 때도 '벌떼처럼 달려든다'라고 하는 건 아마도 참새와 벌들이 비밀조직이라 짐승들에게 밉보여서 그러나 봐. 그러면 그 비밀조직인 그들에게 욕하지 왜 선량한 참새와 벌들이 욕먹냐고. 필요할 땐 실컷 이용하고, 필요 없으면 내다 버리는 거잖아. 그래서 내가 조직의 실세인 늑대5(실제로는 여우1)를 향해 '이젠 우리 들짐승들을 잘살게, 자유롭게 살게 해 줘!' 하고 소리를 쳤어."

"야, 너 보기보다 정말 용감하다. 그러다 참새 구이집으

로 가면 어쩌려고. 하기야, 네가 여기까지 온 거 보니 잘한
일이 맞기는 맞는 모양이네."

　"참 우스운 일이 일어났어."

　"왜?"

　"비밀조직 참새떼나 높은 양반들은 그렇다고 하더라도,
좋아할 줄 알았던 우리 참새들을 비롯하여 착한 들짐승들
가운데 날 공격하는 녀석들이 있었어. 내가 헛소리하는 바
람에 도매금으로 자기들이 공격받는다는 거야. 그래서 잡
아먹을 듯이 내게 달려들었어. 심지어는 나보고 유명해져
서 여우나 늑대가 되려고 일부러 그런다는 녀석들도 있었
어. 세상이 이렇게까지 꼬여 버린 줄은 몰랐어. 이젠 누가
옳고 누가 그른지도 모를 정도로 뒤죽박죽이 된 거야. 어
쨌든 나 때문에 애꿎은 우리 참새들이 아미스타트 호를 탈
지도 모른다고 생각하니, 사실 걱정되기도 했어. 더 웃기는
건, 내가 홀 대왕 편에 가담하여 혼돈을 공격했던 전력이 있
다며, 한 번도 본 적 없는 홀 대왕과 내가 나란히 서 있는 그
림을 조작해서 그려 내돌리기도 했어. 나를 첩자로 모는 거
야. 이 그림을 비밀조직 참새떼와 벌떼에게 주면서 나를 파
상 공격하게 했어."

"야, 너 대단하다. 정말 무서웠겠다."

"아니."

"엉? 안 무서웠다고?"

"처음엔 그렇게 조작한 글과 그림을 봤을 땐 분통이 터졌지. 나도 참샌데, 자존심이 왜 없었겠어. 그런데 말이야. 시간이 지날수록 편안해지는 거야. '잘했다. 참새의 자존심을 살렸다'라면서 내게 몰래 칭찬하는 참새들이 늘어났거든. 다른 들짐승들도 늑대5가 사라져야 평화가 온다며 내 행동을 칭찬하기도 했어."

"좋은 일이라면서 왜 몰래 칭찬해?"

"비밀조직들이 그 사실을 알면 벌떼처럼 달려들어 공격하거든. 그걸 겁내는 거야. 사실 나를 공격하는 참새들 숫자는 얼마 되지 않아. 내 편을 드는 참새들이 훨씬 더 많지만, 이들은 침묵하기 때문에 공격하는 참새가 많아 보이는 거야. 그걸 알고부터 마음이 편안해졌어."

"말만 들어도 소름이 돋는다. 뭐 그런 놈들이 있어. 난 침묵하는 참새들이 더 미워."

"아냐, 그렇지 않아. 혼돈을 몰라서 그래. 나도 처음에는 그렇게 생각했는데, 차츰 침묵하는 그 들짐승들을 보호해

주고 싶어졌어. 내 목소리가 효과가 있었거든. 참새와 벌 가운데 일부만 북해 홀 대왕의 사주를 받았다며 나를 모함하지만, 정작 높은 자리에 있는 늑대나 여우들은 날 공격하지 않았어. 내가 옳은 말을 했다는 거 아니겠어? 왠지 알아?"

"왜?"

"같은 조직 내, 늑대나 여우 중에도 늑대5(여우1)를 미워하는 사람들이 있었어. 자기편인데 대놓고 욕할 수는 없잖아? 늑대5한테 밀리거나 뒤통수 맞은 늑대와 여우도 많았거든. 내가 대신 늑대5를 공격하니까 속으로 좋아하는 거야. 어떤 늑대는 나한테 찾아와서 '너 참 잘했다'라며 등을 두드려 주기도 했어. 그런데 말이야. 돌아가다가 다시 와서 내 귀에다 대고 '내가 이런 말 했다고 절대로 말하면 안 돼, 알았지?' 하는 게 아니겠어."

"왜 그러는데?"

"비밀조직 참새나 벌 떼, 또는 늑대5에게 그 말이 들어가면 바로 집중 공격당하거나 목이 날아가거든."

"와, 늑대5. 그 녀석 정말 못됐네. 그건 늑대도 여우도 아니다. 듣고 보니. 괴물이네."

"암튼 그 효과를 얻은 것으로 난 만족했어. 아 참, 잊어버릴 뻔했네. 그러는 중에 나도 모르는 나를 발견했어."

"너 또 다른 껍데기를 쓴 거야?"

"아니, 그게 아니고. '안티 프레질'이라는 말 들어봤어?"

"그게 뭔데? 넌 참 희한한 말도 다 알고 있네. 그건 또 뭐야."

"아, 맞다. 여긴 지도리지. 혼돈에서 하도 당해서, 나도 모르게 자꾸 혼돈으로 착각한다. 북해와 남해 짐승들은 온 세상을 다 돌아다니나 봐. 남해 숙왕의 군인들에게서 들은 건데 anti-fragile, 요렇게 쓰는 글이야. 얼핏 들어서 안티 프레질인지 안티 프레절인지 자세히는 몰라. 아무러하든, 그들에게서 들은 말인데 부서지면서 단단해진다는 뜻이래. 그래서 이런 사람은 건드리면 안 되는 거란다. 공격받으면 더 강해지니, 잘못 건드렸다간 건드린 사람이 다치게 되거든."

"와, 네가 그렇게 된 거야?"

"뭐, 내가 꼭 그랬다기보다…… 그래, 맞아. 그렇게 된 거지. 고기도 먹어본 녀석이 잘 먹는다잖아. 공격을 그렇게 받다가 보니까 오기, 맞아 오기일 수도 있어. 내가 옳은 말 했는데 옳지 않은 녀석들에게 당할 수는 없잖아. 싸우다 죽으면 내가 죽는 거지 옳은 게 죽는 거는 아니잖아? 옳은 건 영원히 옳은 거야. 그래서 점점 힘이 나는 거 있지."

"듣고 보니, 네 말이 맞네. 넌 볼수록 희한한 놈이다. 그럼 늑대5가 없어지면 혼돈이 평화로워지는 거야?"

"아니."

"아니, 그럼 왜 그랬어."

"늑대5는 또 만들면 되잖아. 뛰어난 여우들이 참 많거든. 그래도 누군가 그렇게 외치면 침묵하는 선량한 들짐승들이 하나둘 나타나 힘을 보태 줄줄 알았지. 그렇게 하나의 큰 덩어리가 되면 좋은 세상이 오리라 믿었는데, 내 예상이 빗나갔어. 침묵은 금이다. 입 다물면 금이 되는 줄로 착각하는 짐승들이 의외로 많았어."

"우리가 혼돈을 모르는 게 참 다행이다."

"그러던 어느 날…… 장자를 만났어. 아마도 내 기억에는 꿈이 아니었나 싶은데, 확실하지 않아. 내가 나비가 되었고, 난 혼돈을 떠나서 제물齊物을 날고 있었어."

"제물 정원?"

"응, 혼돈과는 전혀 다른 정원이야."

"그래서?"

"너무 채근하지 마. 놀라면 기억이 사라질지도 몰라."

"그래, 알았어."

"아, 어렴풋이 생각난다. 뭔지는 모르지만, 신념에서 우러나는 생각을 행동으로 옮길 때 장자가 나타난 것 같아. 생각과 행동이 일치할 때."

"그건 뭔데?"

"지금까지는 생각이 일어나면 꼭 필터를 거쳐서 행동했거든."

"필터? 그건 또 뭐야. 왜 넌 자꾸 어려운 말만 하는데. 좀 쉬운 이야기를 해."

"혼돈에서 7개 구멍을 뚫고 난 뒤 생긴 거야. 질서? 응, 뭐 그런 거야. 이전과 달리, 알게 된 모든 것들은 먼저 이 '필터'라는 상자에 담겨. 이 상자를 통과하면 처음 생긴 마음과 다른, 가장 편하고 유리한 행동을 골라서 할 수 있어. 사실은 편하고 유리한 행동이 아니라, 내 마음을 배반한 눈속임 같은 거야. 누가 정해 놓은 원칙에 따라 움직이는 건데, 내가 하고 싶은 대로 하는 게 아니고, 마치 그림자처럼 주인이 움직이는 대로 따라 하는 거야."

"우린 네가 무슨 말을 하는지 모르겠다."

"나도 확실히는 몰라. 기억나면 다시 말해줄게. 장자, 장자의 길, 그게 해결책이었어. 혼돈에서 희망을 찾는 해결 방법을 연구했다고 했지? 그 열쇠가 '장자의 길'이야. 여기, 이 지도리에 들어오는 열쇠기도 하지."

아, 기억난다. 나비2의 이야기를 듣는 순간, 나도 기억이 살아났다. 나는 제물 정원에서 지도리로 왔다. 그곳에는 사람들과 길들인 짐승과 길들이지 않은 들짐승들이 함께 섞여 산다. 나비2의 이야기를 듣고 보니, 사람이 사는 곳은 제물 정원밖에 없는 듯하다. 나머지 정원 3개에는 오직 들짐승들만 살고 있다. 가만, 그러면 사람보다 들짐승이 더 낫다는 거 아냐? 그건 아니지. 사람이 짐승보다 못하다니, 절대 그럴 리 없다. 정신 차리자. 쓸데없는 생각을 할 겨를이 없다. 제물로 돌아갈 길을 찾는 게 더 급하다. 나는 제물로 돌아가야 한다. 가만히 있자, 나비2는 제물 정원과 소요유 정원을 모두 거쳤다고 하지 않았나. 이건 또 뭐지? 내가 모르는 또 다른 길이 있다는 말인가.

아까 나비2가 말한 안티 프레질, 나도 이 말이 기억난다. 제물이 아니라 재물을 좇는 어느 사람이 재물을 더 크게 쌓기 위해 지어낸 말이라고 했다. 실패하거나, 재화가 예상한 대로 움직이지 않고 손실을 보이면 희망을 잃기 쉽다. 이걸 뒤집은 것이다. 오히려 이 실패가 더 크게 재화를 형성하도록 힘을 집약하는 기회가 될 수 있다는 의미로 받아들였다. 이 말이 이젠 재화 형성을 위한 목적을 넘어 세상 모든 일에 널리 적용되고 있다.

제물에서 이 말이 유행했는데, 혼돈에 있던 나비2가 어떻게 이 말을 알았을까. 남해 숙왕의 병사에게서 들었다고 했는데, 아무래도 나비2가 기억에 착각을 일으킨 듯하다. 나비2는 혼돈에서 장자를 만나 제물로 갔으니, 아마도 제물에서 이 말을 들었을 것이다. 아니면 혼돈에서 말하는 북해 홀과 남해 숙은 혹시 제물에서 간 게 아닐까? 지금 나비2는 혼돈과 제물을 오가며 생각을 뒤죽박죽 섞고 있다. 이런 생각을 하는 나는? 나비 아닌가. 그럼 나는 또 뭔가. 나비가 어떻게 이런 생각들을 다 하지? 어디서 이런 혼란을 가져왔단 말인가. 제물에서 지도리로 갔다면 지도리에서는 내 경험이 미치지 않는다. 아, 모르겠다.

나는 좀 더 가까이에 있는 앞쪽의 장다리꽃으로 날아갔다. 이번에는 배추 장다리꽃인지 달짝지근한 향기가 났다.

오랜만에 감미로운 향기가 코로 들어오자 갑자기 몸이 흐물흐물해진다. 잠들면 안 돼! 나는 내 볼을 세게 한번 꼬집었다. 너무 세게 꼬집었다. 하마터면 소리를 지를 뻔했다. 나는 날개로 코와 입을 틀어막으며 소리를 막았다. 들키지 않은 채 이번 이야기만 잘 들으면 길을 찾을 수 있을 것 같았다.

내가 살던 곳이 제물 정원이라는 사실(아직은 확실하지 않다)도 나는 오늘 처음 알았다. 참 이상하다. 내가 살 때는 그곳이 제물이라는 걸 왜 몰랐을까. 그 누구도 그곳을 제물이라고 말하지 않았다 아니, 대부분 그 말을 모르고 살거나, 알아도 이해를 못 하거나, 그것도 아니면 아는 체하기 위해 장식품처럼 기억에 담고만 있는지도 모른다. 내가 생각하기엔, 차라리 '제물齊物'보다 '재물財物'이라고 했으면 사람들이 금방 알아듣고 기억했을 것이다. 그곳에 사는 사람들, 특히 길들인 사람들(참, 그곳에서는 사람이 사람을 길들이기도 한다)과 길들인 짐승들은 재물 모으는 재미로 산다. 내가 장자를 만나기 직전까지(그게 언제인지 아리송하다. 2,300년 전의 장자를 만난 뒤부터 날짜가 뒤죽박죽 섞여 버렸다) 그곳에서는 천정부지로 오르는 부동산 가격을 잡는 문제로 시끌벅적했다. 한 번도 본 적은 없지만, 재물이란 녀석은 사람이나 짐승들과 달라서 그 누구도 쉬 길들이지 못한다. 심지어 불가능하다고 말하는 사람도 있다. 아무리 당근과 채찍을 들고 휘둘러도 엉덩이에 뿔이라도 났는지 제멋대로 날뛰기만 했다. 설건드리다가는 자칫 저희 재물들끼리 목숨 걸고 싸움을 벌여서 재기불능 상태로 주저앉아 버린다. 고래 싸움에 새우 등 터진다는 말처럼, 이전에도 한번 IMF인가 뭔가로 추락하여 애꿎은 사람들과 착한 짐승들이 혼쭐 난 적도 있다.

가만, 왜 잘 잊어버리는 이를 보고 '새 대가리'라고 할까. 갑자기 그 생각이 난다. 나비2나 여기 참새들을 보면 매우 똑똑하다. 혼돈의 비밀조직에 새와 벌들이 활동하는 것만 보더라도 네 발 단 짐승들보다 사람들보다 이들이 더 똑똑하다. '새떼'니 '벌떼'니 하고 놀리는 건 날개 달린 짐승들을 우습게 봐서 그런 것 같다. 제물로 돌아가면, 난 '새 대가리' 대신 '사람 머리'라고 고쳐 불러야겠다. 잘 잊어버리기도 하지만, 잊어버린 척하고 속이는 데는 사람이 최고다.

어쩌면 장자가 財物(재물)이라고 이름을 붙이려다가 그래도 사람이 사는 정원인데 싶어서 齊物(제물)이라고 이름 붙이지 않았을까 싶다. 장자도 사람이니 실수할 때도 있을 거야. 그래서 세 번 장가를 갔겠지. 그렇게 잘 알면 고생스럽게 왜 장가를 세 번 갔겠어. 그렇지 않고서야 어찌 혼돈과 같은 그런 정원을 만들었을까.

　도무지 이해할 수가 없다. 아무러하든, 이 재물끼리 싸움 붙으면 길들인 사람들도 덩달아 이상해진다. 재물에 맛 들이면 곧이어 권력을 가지려 하고, 권력을 잡으면 더 높은 권력을 잡으려고 목숨 걸고 싸운다. 길들인 사람들이 길들인 짐승이 된다. 남의 권력을 빼앗으려 하거나 자기 권력을 지키려고 물불을 안 가리고 싸우는 이 길들인 짐승들 때문에 선량한 사람들이 고통을 받는다.

　아니지, 혼돈을 욕할 게 아니다. 이제 생각해 보니, 내가 있던 제물 정원이 혼돈 정원과 많이 닮았다. 아니, 거의 똑같은 모습이다. 혹시 혼돈과 제물은 같은 곳 아닐까? 나비2가 처음에 그렇게 말했다. 혼돈, 제물, 소요유, 지도리, 이 정원들은 모두 같은 집에 있다고 했다. 어쩌면 이 장자의 정원은 모두 같은 공간인지도 모른다. 그렇다면 왜 계단을 올라가듯 하나하나 거치도록 하였을까. 아, 또 머리가 복잡해진다. 혹시 나비2가 제물에서 일어난 그 사건을 보고 혼돈에서 일어났다고 착각한 건 아닐까? 안티 프레질 건만 해도 그렇다. 그건 분명히 제물 정원에서 나온 말인데, 나비2는 혼돈에서 남해 숙왕의 병사에게서 들었다고 했다. 장자는 물아일체物我一體라고 하지 않았는가. 사물에 이름 붙이며 의미를 만드는 걸 경계했다. 그러면서 왜 정원을 4개나 만들었을까. 아, 또 머리가 복잡해진다.

우선 정신 차리고 하나씩 풀어나가자. 어쨌든 정원이라고 하니 한 가지 묘안이 떠오른다. 좋은 것은 두고 나쁜 것을 없애는 방법, 농약을 뿌리면 병충病蟲들과 잡초를 깨끗이 없앨 수 있겠다고 생각했다. 내가 탈 없이 잘 돌아간다면 그런 약을 꼭 찾아봐야겠다.

지도리의 참새들이 갑자기 조용해졌다. 아무 일 없었다는 듯, 내가 처음 이곳에 왔을 때 그 모습으로 열심히 모이를 쪼고 있다. 그 옆에 혼돈 이야기를 막 끝낸 나비2가 입을 다문 채 졸리는 듯 눈을 게슴츠레 뜨고 있다. 기억이 서서히 사라지는 모양이다. 지도리 들짐승으로 변하는 중이다. 그렇게 혼돈에서 겪은 일들을 똑 부러지게 이야기했지만, 지도리 참새들이 말했던 것처럼 그도 이젠 옛일들을 전혀 기억하지 못하게 될 것이다. 어제도 내일도 없는, 오늘 현재 세상만 바라보며 살 것이다.

'장자의 길'을 이제 찾을 수 있을 듯도 하다. 겨드랑이가 너무 간지러워 나는 날개를 옴지락거리며 긁었다. 장자가 한 말이 일목요연하게 정리되어 떠오른다.

아, 이제 알았다. 내가 장자의 방에서 장자를 만난 건 『호접몽』에서 본 장자의 나비 때문이다. 얼떨결이었던 것 같다. 나는 장자의 나비를 보고 첫눈에 '지도리'를 떠올렸다. 그리고 보니, 장자의 방에 있던 문갑의 지도리도 나비 모양이었다. '장자의 나비'가 지도리 모양으로 생겼다는 것만 알았지, 장자처럼 내가 왜 나비가 되었는지는 몰랐다. 처음에 그걸 알았다면, 지도리 정원으로 온 이유도 알았을 것이다. 그렇게 얼떨결에 나는 나비가 되었던 거다. 그래서 이 지도리 정원은 아직 내가 있을 곳이 아니다.

장자는 '이것도 저것도 아닌 것', 모든 물질이 분별없는 가치와 의미로 합일된 물아일체物我一體의 제물齊物 정원을 만들려고 했다. 혼돈에서는 숙과 홀 대왕이 혼돈 대왕에게 7개 구멍을 뚫어주는 바람에 이러한 장자의 꿈이 날아가 버렸다. 7개의 구멍, 눈·귀·코·입이 뚫리자 혼돈의 힘센 짐승들이 힘이 약한 다른 짐승들을 길들여 더 큰 힘을 만들려고 했다. 그 바람에 혼란이 발생했다. 길든 짐승들이 서로 주인이 되기 위해 물고 뜯고 싸우는 통에 길든 짐승을 비롯하여 이에 부화뇌동하던 참새와 벌떼들이 자멸하는 큰 사건이 발생했다. 힘겨루기의 균형을 잃은 게 원인이었다. 힘센 짐승들, 늑대와 여우들이 붕당朋黨하여 힘을 너무 키웠다. 힘이 세면 뭐든 다 할 수 있을 줄 알고 계속 힘을 키워 간 게 화근이 되었다. 어느 한쪽의 힘이 세면 세질수록 다른 한쪽은 힘이 약해진다. 이들은 그렇게 되면 당연히 힘센 쪽이 이길 줄 알았다. 그런데 어이없게도 힘센 쪽이 자멸해 버렸다. 줄다리기 양익兩翼의 법칙, 천균天鈞을 몰랐다. 줄다리기는 서로 팽팽하게 힘의 균형을 이룰 때 온전한 게임이 된다. 이 균형이 깨지면 힘이 강한 쪽이 먼저 쓰러진다. 약한 쪽이 줄을 놓아버리기 때문이다. 제힘에 무너지기에 힘이 세면 셀수록 더 빨리 쓰러진다. 혼돈에 살던 길든 짐승들은 이 천균을 몰랐다.

지도리 정원에서 곤鯤이 붕鵬이 되어 하늘 높이 날아가는 모습을 나는 보았다. 막 7개 구멍이 뚫린 혼돈의 짐승들은 갑자기 눈 앞에 펼쳐진 신천지에 푹 빠져 지내느라 지도리 짐승들과 달리 그때까지 붕을 보지 못했다. 날개 2개로 천균을 이루는 붕은 한 번 날갯짓으로 9만 리를 날아간다. 곤이 붕이 된 까닭이다. 똑같이 날개 2개가 달렸으나 혼돈의 참새들은 날기만 했지 천균을 이루지 못했다. 실권을 잡은 늑대들도 대붕이 된 북해의 곤처럼 거대한 날개를 가지려는 욕심만 가졌지 붕이 날개 2개로 난다는 사실은 알지 못했다. 혼돈의 들짐승들은 오직 한쪽, 왼쪽 또는 오른쪽 날개만 만들려고 했다. 천균을 놓친 혼돈의 늑대들은 결국 날지 못하고 자멸해 버렸다.

이보다 더 신기한 일이 혼돈에서 일어났다. 늑대 붕당이 허물어지자 이들이 길들인 참새와 벌떼가 무서워서 그동안 숨죽이며 살던 착한 들짐승들이 제 세상을 만난 듯 춤추며 즐거워했다. 얼마 가지 못해 이들 역시 자멸하고 말았다. 늑대5에게 달려든 나비2(본래는 참새다)와 달리 대부분 착한 들짐승들은 늑대와 여우들이 난장판을 칠 때 제 한 몸 지키느라 침묵했다. 그 침묵이 금金이 되지 못하고 최악의 패牌가 되었다. 밥을 빌어먹는 사람일지라도 깡통과 숟가락은 준비한다. 침묵하며 자기 몸 하나 보전하는 데는 능숙했으나, 자신을 드러내며 대중을 아우르는 치治의 묘妙가 이들에게는 없었다. 혼자서 올바르게 살면 좋은 세상이 되는 줄 알았던 착한 짐승들에게는 다른 짐승들과 함께 잘 살 수 있는 정략政略이 없었다. 지도리에서 나비2가 이를 예고하는 말을 했다. 북해 홀 대왕 군인들 가운에 누가 퍼뜨렸다는 'No pain no gain(고통 없이 얻는 것은 없다)'라는 이 말이 자신의 발목을 붙잡을 줄 몰랐다. 좋은 세상이 왔지만, 노력 없이 차려놓은 밥상에 숟가락 하나만 들고 달려드는 사람이 더 많았다. 침묵을 지키던 이들 역시 천균을 체험하지 못한 치명적 결함이 있었다. 많으면 덜고, 모자라면 채우는 게 천균이다. 힘이 없으면 힘을 길러 힘센 자와 균형을 이루든지, 힘센 자의 힘을 덜어내어서 균형을 맞추려고 노력해야 한다. 이들 역시 천균을 이루지 못해 무너졌다.

나는 지도리 들짐승들이 눈치채지 못하게 조용히 배추장다리를 떠났다. 처음 이곳으로 왔던 강줄기를 따라갔다. 어렴풋이 기억이 났다. 나비2, 그러니까 혼돈에서 늑대5에게 큰소리쳤던 이 참새 녀석은 장자가 구해주었다. 나비가 되어 무너진 혼돈을 떠나 제물로 날아간 것이다.

길[道]은 찾는 게 아니다. 머리로 갈 곳을 가는, 그게 길이
다. 찾으려는 사람에게는 길이 보이지 않는다. 길은 '없는
것(無爲)'에 있기 때문이다. 그래서 길을 보는 순간 그 길은
사라진다. 보고 싶은 것만 보고, 봐야 할 것만 보는 사람에
게는 그 길이 보이지 않는다. 보이는 대로 보는 사람만이 그
길을 갈 수 있다.

정원3
제물齊物; 흰 돌과 단단한 돌

    물을 따라 날아가는 사이에 지도리가 없어졌다. 참새들
도 오곡백과가 무르익은 지도리의 정원도 이제 내 눈에 보
이지 않는다. 물안개 위를 나 혼자 날고 있다. 길을 보는 게
아니니 어디로 날아가는지, 지금이 언제인지 나는 모른다.
시간과 공간의 개념이 없다. 가끔 내가 정말 나비가 되었는
지, 아직도 사람인지가 궁금했으나 물어볼 사람도 나를 비
추어볼 거울도 없다. 다만 꿈을 꾸는 듯, 이전에 내가 보았
거나 만났거나 겪었던 일들이 희뿌옇게 생각 속을 들락거린

다. 이게 유일하게 아직 내가 사람이라 믿는 일이다.

　나비2가 말한 혼돈 이야기가 자꾸 마음에 걸린다. 7개의 구멍을 뚫어주자 혼돈 대왕이 죽어버렸고, 그때부터 혼돈은 혼란으로 치달았다. 모르는 게 약이었을까. 모르는 것보다야 아는 게 낫지 않은가. 그렇지, 아는 게 힘이라는 말도 있다. 그럼 뭐가 맞는 일인가. 생각이 더 혼란스러워진다.

　그때 물길이 갑자기 넓어졌다. 마치 바다 같다. 그 순간, 혼란스럽게 뒤흔들던 생각들이 마치 실타래의 실이 풀리듯 정리되었다.

　혼돈의 소멸은 없어진 게 아니라 생성을 위한 순환이다. 언제인지 정확히 알 수 없으나 존재를 드러내지 않았던 새로운 동물, 인간人間이 바람처럼 나타났다. 지금까지 본 짐승들과 달리 손 2개를 사용하는 동물 무리다. 바람처럼 나타난 게 아니라, 사실은 그런 동물이 있는지 없는지도 모른 채 새로운 세상이 만들어졌다. 혼돈에서 길든 짐승들이 일으킨 사나운 회오리바람을 피해 이들은 선한 들짐승들 틈바구니에 끼어서 산야를 돌아다니며 살았다. 짐승들이 만든 세상이라 그 짐승들 눈에 인간이 보이지 않았을 뿐이다. 인간들이 보지 못하는 그 어떤 물질처럼, 짐승들에게 인간의 모습이 보이지 않았던 거다.

인간은 본래 혼자 외로이 살아야 하는 동물이다. 그래서 '人間(인간)'이라 이름 붙였다. 人(인)이 '사람'인데, 떨어져 살라고 間(간) 하나를 더 붙인 것이다. 네 발로 걷는 짐승들과 달리 두 발로 걷고 머리와 손을 사용하기 때문에 서로 사이를 떼어놓지 않으면 반드시 사단이 생긴다. 희한하게도 하지 말라는 건 일부러 찾아서라도 해야 직성이 풀리고, 네발짐승과 달리 먹을 만큼 먹고 배를 채웠는데도 더 쟁여놓아야 발 뻗고 자는 게 또 인간이다. 들풀처럼 이런 욕망이 자라고 있으며, 때론 영악하게 이 욕망을 스스로 키우기도 한다. 혼자서 채우는 욕망은 한계가 있다는 것도 알아서 다른 인간을 길들이거나 힘으로 제압하여 무리를 만들고, 그들 몫까지 빼앗는다. 그래서 인간은 무리 짓기를 좋아하며, 이 무리의 우두머리가 되기 위해 패거리 싸움을 벌이기도 한다. 이것이 인간 무리다. 떨어져 살아야 하는 동물이 붙어 살면서 생긴 폐단이다.

혼돈이 혼란으로 무너지자 짐승들에게 뚫었던 7개의 구

멍이 다시 막혀버렸다. 짐승들의 눈이 닫히고 대신 인간의 눈이 떠졌다. 인간은 혼돈에서 살아남은 선한 들짐승들 가운데 나비2를 닮은 착한 짐승들을 길들여 가축으로 만들고, 나머지 들짐승들은 자기들이 그랬던 것처럼 산과 들을 돌아다니며 살게 내버려 두었다.

새로운 세상을 얻은 인간들은 혼돈·숙·홀이 살던 최초의 혼돈과 마찬가지로 평화롭게 살았다. 이 평화는 오래 가지 않았다. 인간도 역시 혼돈의 길든 짐승들과 마찬가지로 누구에겐가 길들임 당하지 않으면 누굴 길들여서라도 함께 살아야 하는 숙명을 만들어버렸다. 홀로 살아가라고 했는데, 홀로 살아가지 못하는 연약한 동물이 된 것이다. 이렇게 무리 지어서 모이면 꼭 문제가 발생한다.

모양과 색깔만 바뀐 새로운 혼돈이 만들어졌다. 눈과 귀가 뚫린 인간이 인간을 길들이고, 들짐승들을 길들여서 독자적인 세상을 만들었다. 짐승들과 달리, 인간은 지락至樂조차 다듬어서 즐기는 재주도 가졌다. 혼돈보다 더 혼란한 세상 하나가 생겼다. 7개의 구멍이 뚫린 혼돈에서는 손이 없는 짐승들이 일으킨 혼란이었다. 새로 바뀐 세상에는 손 2개가 달린 인간이 만든 혼란이라 그 힘이 혼돈의 혼란과 비교도 안 되게 더 거셌다.

　장자는 꿈을 버리지 않았다. 무위無爲에서 도망쳐나간 길
든 인간과 길들어진 짐승들이 한계에 이르면 스스로 되돌아
오리라 희망했다. 혼돈에서와 달리 이들이 몰락하는 걸 장
자는 원하지 않았다. 만약, 이들이 돌아오지 못한다면 마지
막 희망의 끈 하나를 남겨두었다. 그건 인간이 아닌, 들과
산으로 돌아간 착한 '들짐승'에게서 소요유逍遙遊를 얻으려
한 것이다. 이 들짐승들은 무위에서 자연에 동화하여 질서
를 찾아 자유롭게 살고 있지만, 아직은 유위有爲로 길든 인
간과 길들인 짐승들의 무지막지에 밀려 숨어서 살 수밖에
없다. '없는 것(無爲)보다 있는 게(有爲) 낫다'라며 큰소리
치는 인간들이 지금은 우위에 있지만, 유의는 결국 무의에
의해 무너지게 된다. 만약 인간들이 미리 이를 알아채지 못
한다면 결국 혼돈에서 자멸한 늑대나 여우들과 같은 길을
갈 것이다. 그리하여 무위에서 사는 착한 이 들짐승들이 광
장으로 나오는 날 제대로 된 제물을 이룬다.
　아, 천하의 장자도 모르는 게 있었다. 길든 인간들이 스
스로 진화한다는 걸 간과했다. 혼돈의 들짐승처럼 여러 개

의 집단이 나뉘어 싸우다 무너지는 게 아니라, 이기는 쪽이 새로운 세상을 다시 연다는 걸 몰랐다. 인간이 사는 세상은 그렇게 반복하는 혼란이다. 짐승들과 달리 인간은 생각하는 머리와 자유롭게 사용하는 손이 있다. 더 중요한 건 한 무리가 남는 게 아니라, 최소한 2개 집단이 존재한다. 하나는 재화財貨의 유통을 물리적 힘으로 통제 조절하여 분배하는 세상이다. 또 하나는 재화 스스로 유통하게 하고, 그 재화의 축적을 즐기는 세상이다. 이 때문에 몰락한 혼돈과 달리 전혀 희망이 없는 건 아니다. 어느 쪽이든 제대로만 가면 장자가 말한 齊物(제물)의 천균을 이루게 된다. 제대로, 이 '제대로'가 중요하다. 그리할 수 있는 해답만 찾으면 된다. 아쉽게도 장자는 그 해답까지는 주지 않았다. 장자는 재화에는 관심이 없었다. 그래서 '재화'라는 눈에 보이지 않는 또 하나의 생명체를 놓쳤다. 인간 스스로 그 해답을 찾아야 한다.

풍경이 약간 달라졌다. 지도리처럼 오곡백과가 영근 들판이 아니라, 집이 보이고 성곽도 보인다. 분명히 사람이 사는 곳 같아 보이는데, 지도리에서와 마찬가지로 사람도 짐승들도 눈에 띄지 않는다. 내 기억을 모두 동원했지만, 지금 내가 언제 어느 때 어느 곳에 있는지 도무지 알 수가 없다.

멀리 나무 한 그루가 보인다. 오랜 세월을 지켜본 듯한 커다란 고목이다. 가까이 다가가니 한 노인이 나무에 기대 앉아 멍하니 하늘을 올려다보고 있다. 마치 나무와 한 몸이 된 듯, 나무의 나이를 고스란히 안고 있다. 숨을 쉬고 있는지 죽은 사람인지 분간할 수 없을 정도로 노인은 미동도 없다. 가벼이 부는 바람에 노인의 머리칼과 긴 수염만 살아서 춤춘다. 흡사 나무가 노인 같고, 노인이 또한 나무 같다.

나는 더 가까이 다가가 날개를 펄럭였다. 산 사람이면 낯선 이의 방문을 눈치챘을 텐데, 장자가 그랬던 것처럼 이 노인도 아무런 반응이 없다. 아, 내가 또 사람 행세를 하려고 한다. 어쩌면 노인은 사람이 아니라 나무의 또 다른 모습일지도 모르는데, 나는 겉모양만 보고 자꾸 노인이라고 말한다. 나도 사람인데 나비지 않는가. 지도리에서 만난 그 이상한 참새도 자기를 나비라고 했다. 또 심하게 헷갈린다.

그때 저만큼에서 중년 남자 한 사람이 나무쪽으로 걸어왔다. 두 발로 걷는 걸 보니 분명히 사람이 맞다. 그가 노인을 발견하고 잰걸음으로 다가간다.

"스승님, 여기 계셨군요."

스승? 누군지는 모르나 제자를 둔 걸 보니 예사로운 노인이 아닌 듯하다. 나는 눈길을 떼지 않은 채 귀를 기울였다. 제자가 말을 걸어도 노인은 여전히 반응이 없다. 죽은 듯하다는 표현이 어울린다. 아니다. 고개를 치켜들고 하늘을 보고 있으니 죽었다는 것도 올바른 표현이 아니다. 숨을 쉬는 사람이 그렇게 죽은 듯 혼을 빼고 앉아 있다. 제자가 혼잣말처럼 또 말을 건넸다.

"정말로 사람의 몸을 죽은 나무같이 할 수 있고, 불씨가 사라진 재처럼 사그라지게 할 수 있는 겁니까? 스승님의 지금 모습이 그렇습니다."

그제야 노인이 천천히 몸을 일으켰다. 몸은 긴 잠에서 깬 사람처럼 부스스한데, 눈은 매섭게 반짝인다. 제자만 놀란 게 아니다. 나도 처음에는 미동도 없이 앉아 있어서 죽은 사람인가 하다가 살아있는 사람이어서 많이 놀랐다. 뭔가 예사롭지 않은 노인일 거라는 예감이 든다.

"언(偃)아, 보았느냐? 네가 그런 질문을 하는구나. 정말
훌륭하다. 편견에 물든 껍데기를 벗어던지고 발가벗은 나
를 찾아 놀고 있었느니라. 네가 사람 소리(人籟; 인뢰)는 들
어봤겠지만, 땅이 내는 소리(地籟; 지뢰)를 들은 적 있느냐?
땅 소리를 들어보았다면, 하늘이 내는 소리(天籟; 천뢰)는
들어보았느냐?"

"스승님께서도 편견의 옷을 벗으려고 이렇듯 공부하시
는데, 제가 감히 어찌 세상 소리를 제대로 들을 수 있겠습니
까. 이 삼뢰三籟는 금시초문이라, 스승님께 가르침을 청하
옵니다."

"어려운 게 아니다. 네가 모른다는 건 몰라서 모르는 게
아니라, 이를 보지 못해서 모르는 것이다. 지행일치知行一致,
즉 아는 만큼만 보고 행동하면 보인다. 크게 행동한다고 해
서 많이 아는 것이 아니요, 작은 행동이라고 해서 아는 게
적은 게 아니다. 많고 적은 앎이 중요한 게 아니라, 아는 만
큼 행동하는 지행일치가 중요하다. 앎보다 행동이 크면 유
의에서 놀고, 행동이 앎보다 작으면 무위에서 지락至樂을 얻

는다. 사람의 소리 인뢰는 물론物論에서 비롯된다. 시시비비是是非非가 그러하며, 백가百家의 쟁명爭鳴 역시 그러하다. 옳은 게 그른 것이고, 그른 게 옳은 것인데(是卽非非卽是; 시즉비 비즉시), 시비를 가린다며 시끄럽고, 저마다 자기가 더 많이 안다며 떠드는 것 역시 그렇다. 천균이 무너지면 인뢰가 쏟아지고, 지뢰가 요동친다."

"스승님, 그럼 지뢰와 천뢰는 어떤 것이옵니까?"

"땅의 숨소리가 바람이고, 이 바람이 내는 소리가 지뢰다. 땅 구멍에서 나온 지뢰는 구릉을 넘고 크고 작은 나무 구멍을 지나면서 온갖 소리를 만든다. 퉁소에 바람을 넣으면 소리가 나듯이 큰 구멍에서는 큰 소리가, 작은 구멍에서는 작은 소리가 난다. 이렇듯 산천의 모양에 따라 수만 가지 소리를 내게 된다. 바람이 없으면 소리 또한 없다. 퉁소를 가만히 두면 소리가 없는 것과 같다. 소리가 사라지면 소리가 없느냐? 소리가 발생하기 전, 바람이 일기 전에는 아무것도 없었느냐? 허공인가? 인뢰와 지뢰는 하늘의 소리 천뢰가 근원이다. 천뢰는 소리의 뿌리다."

"그럼 스승님께서는 지금 그 천뢰를 듣고 계셨습니까?"

"오상아吾喪我!"

아, 이것이구나. 나는 놀라서 날개를 세차게 한번 저었다. 吾喪我(오상아), 자기를 죽여야 자기를 본다. "天下萬物生於有(천하만물생어유; 천하 만물이 유에서 생겨나고) 有生於無(유생어무; 유는 무에서 생겨난다)"라고 한 노자의 말이 문득 떠올랐다. 나는 하늘을 한번 올려다본 뒤 날갯짓하며 두 사람의 머리 위를 한 바퀴 돌았다. 두 사람은 대화에 열중해서인지, 아니면 내가 보이지 않아서인지 아무런 반응이 없다. 나는 막 싹을 틔우려는 나뭇가지 끝에 앉았다.

긴가민가하던 대화의 끈을 붙잡았다. 언제인지 정확히 기억나지 않으나 이 두 사람의 대화를 나는 장자에게서 들었다. '오상아吾喪我'는 제물 정원으로 들어가는 문門을 여는 열쇠다. 오吾는 본래의 자기(眞我; 진아=본질)고, 아我는 지금의 자기(假我; 가아=허상)다. 이 세상에 태어날 당시에는 吾(오)였으나, 사람 소리 땅 소리를 듣기 위해 我(아)로 변했다. 그 껍데기 옷인 나[我]를 버려야(喪) 참 나[吾]를 만날 수 있다. 이것이 오상아다. 참 나가 되면 하늘의 소리 천뢰를 들을 수 있으며, 사람 소리와 땅 소리의 시작점을 볼 수가 있다. 시시비비의 뿌리가 거기 있어서, 옳은 게 그른 것이며 그른 게 옳은 것임도 볼 수가 있다. 하늘의 소리 천뢰는 무성無聲이다. 소리가 없는 소리다. 이 소리 없는 소리를 들을 수 있어야 한다. 그곳에 참 나가 있다. 물아일체物我一體인 제물齊物은 이 하늘 소리에 있다. 오상아를 얻지 못하면 제물 정원에 들어갈 수가 없다.

그제야 나는 두 사람의 정체를 알았다. 스승은 초나라 소왕昭王의 서제庶弟인 남곽자기南郭自綦고, 그의 제자는 안성자유顏成子遊다. 안성자유는 성姓이 안성顏成이고, 이름이 자유子遊며, 언偃은 그의 자字다. 스승 남곽자기는 실존 인물이 아니라 장자가 설정한 허구의 인물인데, 바로 장자 자신이다. 안성자유에게 천뢰를 보여주기 위해 남곽자기로 등장했다. 흥미로운 것은 허구로 창조한 인물인데 소왕의 서제로 설정하여 실제 인물처럼 사실성을 부여한 점이다. 장자는 아무래도 소설가였던 모양이다.

안성자유 덕분에 나도 덤으로 천뢰를 들었다. 하지만, 안다는 것도 여기에서는 의미가 없다. 오히려 앎으로써 땅의 소리에 휘둘릴지도 모른다. 다행히 나는 사람 소리 말고는 지금까지 아무 소리도 듣지 못하고 있다. 날아다니는 것으로 보아 내가 나비가 틀림없으나, 사람인지 아닌지는 여전히 헷갈린다. 참새 소리도 들었고, 지금은 사람 소리도 들린다. 아직은 나도 내가 누구인지 알지 못하고 있다.

고목을 떠나 나는 다시 날아갔다. 이상한 현상을 발견했다. 내가 날아갈 때만 물길이 나타났다. 내가 어디로 간다는 생각 없이 날아갈 때 이 길이 나타났다. 내가 자리에 앉으면 그 물길은 사라진다. 물길이 나를 부르는지, 내가 물길을 부르는지 구분되지 않는다. 더 이상한 건 그걸 알려고 하는 마음이 내게 없다. 무엇이 먼저고 무엇이 나중인지 모르지만, 나는 그렇게 열심히 날갯짓하며 날아갔다.

이번에는 이상한 돌을 만났다. 견백석堅白石이라는 돌을 놓고 사람들이 모여 옥신각신 싸우고 있었다.

"보면 몰라? 자세히 봐, 흰 돌이잖아!"

"뭔 소리야? 단단한 돌이라고! 한번 만져봐."

한 사람은 흰 돌이라며 우기고, 한 사람은 단단한 돌이라며 우긴다. 흰 돌이라며 우기는 사람은 단단한 돌이라고 하는 사람을 무시하는 듯한 태도로 바라보며 거들먹거린다. 단단한 돌이라고 하는 사람은 흰 돌이라고 하는 사람에게

"앉아서 세상을 다 아는 듯 말한다"라며 비웃는다. 신기하게도 그렇게 우기는 두 사람 주위에 많은 사람이 서로 패를 나누어서 모여 있다. 이들 역시 서로 자기편이 옳다며 삿대질한다. 격돌 일보 직전이다. 사실 패거리 지은 이들은 말다툼하는 두 사람과 달리 이 돌을 오늘 여기에서 처음 본다. 자기가 따르는 사람이 흰 돌이라고 하니 흰 돌이 되었고, 단단한 돌이라고 하니 단단한 돌이 되었다. 직접 이 돌을 보거나 만져 본 적이 없는데도, 이들은 부화뇌동하여 그렇게 믿고 있다. 그러함에도 흰 돌이라 우기는 사람 편에 선 사람들은 당연히 그래야 하는 것처럼 "흰 돌이 맞다!"라며 소리를 지른다. 반대로 단단한 돌이라고 하는 사람 편에 선 사람들은 그 돌을 직접 만져보지도 못했으면서 "단단한 돌이 맞다!"라며 삿대질하고 있다.

한쪽에서 이 광경을 구경하는 사람들이 있다. 구경한다기보다 그냥 그 자리에서 자기 할 일을 하고 있다. 한 사람은 소문昭文인데 사람들이 시끄럽게 떠들거나 말거나 금琴을 타고 있다. 또 한 사람은 진晉나라의 이름난 악사 사광師曠인데 태평하게 북을 두드리고 있다. 두 사람이 합주하는 것으로 보이지만, 합주가 아니다. 화음이 전혀 이루어지지 않는다. 각자 따로 자기 악기를 연주하는 데 몰입하고 있다. 이 두 사람 사이에 혜시惠施가 오동나무 의자에 앉아서 빙긋이 웃고 있다. 한 장소에서 같은 사건을 벌이고 있는 것처럼 보이지만, 금을 타는 소문이나 북을 치는 사광이나 웃고 있는 혜시나 말다툼을 하는 사람들이나 모두 각자 놀고 있다. 아무런 연관이 없는 듯한 이 행동들이 같은 장소에서 하나의 상황을 만들고 있다.

공중에서 나는 이 광경을 지켜보았다. 도무지 무슨 사건인지 가닥이 잡히지 않는다. 신경이 쓰이는지 말다툼하는 사람들 가운데 몇몇이 금을 타는 소문과 북을 두드리는 사광을 힐끗 쳐다보며 얼굴을 찌푸리기도 했지만, 대부분 이 두 사람을 전혀 의식하지 않고 있다. 두 사람 역시 말다툼하는 사람들을 의식하지 않은 채 연주에 몰두하고 있다. 나는 픽 웃었다. 동상이몽同床異夢이다. 두 사람이 악기를 연주하지만, 돌을 가지고 싸우는 이들에게는 싸움을 부추기는 잡음으로밖에 들리지 않는다. 연주하는 두 사람에게 돌을 두고 시비하는 이들의 소리는 무심한 바람이 되어 귓가를 스치고 간다. 명가名家의 혜시는 양쪽을 번갈아 보며 뜻 모를 웃음을 짓고 있다.

제물 정원에 왔으나 나는 여전히 물아物我의 진정한 경지에 들지 못했다. 이들의 분별이 보이는 것으로 보아, 나는 아직 오상아에 이르지 못하고 있다. 다툼이 더 극렬해져 갈 무렵에 나는 이 상황을 알아차렸다. 장자가 혜시에게 이견 백론離堅白을 논쟁한다며 타박하던 그 장면이다. 그동안 긴가민가하며 뜻을 새기지 못했는데, 오늘 이들에게서 나는 이 견백론의 본질을 제대로 보았다.

이들이 여기 모이기 전에 '이곳'이란 본래 없었다. 돌[石]도 그냥 자연과 함께 존재하는 물건 가운데 하나지만, 이들에겐 이 돌이 존재하지 않았다. 누군가 이곳에서 이 돌을 보고 '흰 돌'이라 이름 붙이면서 본래의 돌은 사라지고 흰 돌이 '옷'을 걸치고 나타났다. 그 순간 흰 돌은 돌이 아닌 '흰(白) 돌'이 되었다. 또 누군가가 이곳을 지나다가 이 돌을 주워 만져보았다. 단단했다. 그 순간 돌은 사라지고 '단단한(堅) 돌'이 되었다. 이때부터 이 돌과는 아무 상관 없이 시비是非가 일어나고, 혼란이 발생했다. 흰 돌 이전에는 흰 돌이 없었으며, 단단한 돌 이전에는 단단한 돌이 없었다. 흰 돌이 되고 단단한 돌이 되면서 '희다'와 '단단하다'로 분열되었다. 그리하여 눈으로 보기만 한 사람은 흰 돌이라고 말하고, 만져만 본 사람은 단단한 돌이라고 서로 우긴다. '돌'과 '희다'와 '단단하다'는 본디 한 몸인데, 이름을 붙이면서 각기 갈라져 혼란을 만들었다.

세상만사는 우주관에서 보면 모두 한 몸이다. 이름을 붙이면서 분별이 생기고, 감추어진 온전한 몸을 보지 못한 사람들이 자기가 보고 아는 게 전부인 줄 알고 그게 옳다며 싸운다. 명가의 창시자인 천하의 혜시도 견백론을 벗어나지 못했을 정도로, 이 시비의 뿌리는 끝도 없이 깊다. 소문이 혼자서 금을 뜯고, 사광이 혼자서 북을 두드리고, 혜시가 혼자서 빙그레 웃지만, 이들 역시 흰 돌과 단단한 돌을 두고 싸우는 이들과 한 장소에 한 덩이로 있다. 이들에게는 흰 돌과 단단한 돌이 처음부터 없는 물건이다. 서로 관련이 없으면서 관련이 있고, 관련이 있으면서 관련이 없다. 도대체 이 모호한 현상을 어떻게 설명하겠는가. 열쇠는 吾喪我(오상아)에 있다. 나를 없애고(喪我) 무아無我가 되어야 온전한 나[吾]를 만나고, 그리하여야 온전한 현상이 보인다.

나는 나비다. 여기 없으면서 여기 있어 이 현상이 내 눈에 들어왔다. 여기 없기에 이들은 나를 보지 못한다. 여기

있기에 나는 이들을 볼 수가 있다. 장자가 기다리는 나비는 이런 것이다. 아, 아무래도 나는 나비가 아니라 사람인 모양이다. 지도리에서보다 이 사람들이 하는 이야기를 더 잘 알아듣고 더 잘 이해하고 있다. 이건 유의에서 내가 온전히 벗어나지 못했다는 게 아닌가.

사람에게 더 가까이 다가가자 또 불안해진다. 나는 잠시 주춤했다. 사람들이 집 문제로 쥐어뜯고 싸우던 모습이 뜬금없이 떠올랐다.

빈 땅에 사람들이 집을 지었다. 원래 그 자리에는 집이라는 게 없었다. 집을 짓고 '집'이라고 이름 붙이는 순간, 그것은 집이 되었다. 분별이 일어나기 시작했다. 어떤 이는 사람이 사는 집이라 하고, 어떤 이는 세貰 들어 사는 집이라 하고, 어떤 이는 재산이라 한다. 이때부터 이건 집이 아니라 '사람이 사는 집=甲(갑)' '세 들어 사는 집=乙(을)' '재산=丙(병)' 등 3개의 이름이 되었다.

집 하나를 두고 甲, 乙, 丙 세 갈래로 나뉘어 각기 자기 이름이 옳다며 싸우기 시작했다. 여기에 지나가던 나그네 둘이 참견했다. 하나는 재화財貨의 유통을 물리적 힘으로 조절하여 분배하는 갈래(乙2)다. 다른 하나는 재화 스스로 유통하게 하고, 그 재화의 축적을 행복으로 여기는 갈래(甲2)다. 이 다섯 갈래가 뒤엉켜 서로 자기가 옳다며 다투는 바람에 세상이 시끄럽다. 이 문제 역시 새로이 등장한 '신견백론新堅白論'이다.

甲: 왜 내 집을 가지고 남들이 감 놔라 배 놔라 하나. 나는 조상 대대로 그냥 여기 살 뿐이고, 세월이 흐르면서 물가가 변하여 집값이 올랐을 뿐이고, 비싸거나 말거나 기어이 이 동네에 살고 싶다며 집을 사 들어오는 사람이 많이 생겼을 뿐인데, 그걸 왜 내가 책임져야 하나. 우리 동네에 좋은 학교 세우고, 길 잘 닦고, 높은 건물들을 세우라고 내가 부탁한 적 있냐고. 새로운 세상 만든다며 나라에서 그렇게 한 건데, 그 때문에 오른 집값을 멀쩡하게 잘 사는 주민들 탓으로 돌리면서 이렇게 구박하면 안 되지. 5억 원짜리 집이 10억 원짜리가 되었어도, 내가 먹고 자는 데는 아무런 차이가 없다고. 집값 좀 올랐다고 해서 집 기둥 뜯어서 먹을 것도, 여기 사는 내 몸값이 오르는 것도, 공짜로 밥 생기는 것도 아니잖아. 그런데 왜 자꾸 세금을 올리는 건데? 이젠 비싼 세금 내기 힘들어서 이 집을 팔게 생겼어. 내가 팔고 나간다 해도 이 집이 없어지는 게 아니라, 누군가 돈 많은 사람이 이 집에 새로 들어와 살 거 아냐. 내가 여기 사는 거나 그 사람이 여기 사는 거나, 사람이 바뀐 거 말고 달라진 게 뭐가 있느냐고. 가만히 잘살고 있는 사람을 왜 이리저리 굴려서 내쫓을 궁리만 하는 거야?

乙: 집주인이 때마다 집세를 많이 올려서 도무지 살 수가 없다. 허리를 졸라매며 죽어라 하고 2년 동안 저축해도 내 집을 장만하기는커녕 오른 집세 내기에도 모자라니 죽을 맛이다. 지난해 받은 은행 대출금도 연체되어 더는 대출받지 못해 이젠 변두리로 이사 갈 수밖에 없어. 제발 집 없는 설움을 해결해 줘. 집 가진 부자들이 너무 미워(여기에 甲이 한마디 거든다. "제발 나보고 욕하지 마. 집세라도 더 받아야 해마다 오르는 세금을 내지, 안 그러면 내가 빚을 내어 세금 내게 생겼어. 자칫 잘못하면 내 집이 '세금'에 잡아 먹히게 생겼는데, 나보고 어쩌라고. 여러 채 가진 사람 잡으려다 한 집에 멀쩡히 잘살고 있는 사람들만 쫓겨나게 생겼어").

丙: 주식에 투자해서 돈 번 사람은 옳고, 부동산에 투자

해서 돈 번 사람은 나쁜 사람이야? 무슨 그런 경우 없는 소리가 다 있어. 집 때문에 우는 사람도 있지만, 주식 때문에 자살하는 사람도 있잖아. 그런데 주식 하다 망한 사람은 왜 자기 책임이라 내버려 두는 거야? 아, 주식은 세 들어 사는 사람이 없고, 집에는 세 들어 사는 사람이 있어서 통제해야 한다. 그게 말이 되는 소리야? 뭐라고? 집 없는 사람들이 너무 많아서 집값을 내려야 한다는 거다? 그건 나라에서 빈 땅을 찾아 집을 많이 지어 싼값에 팔아 해결해야지, 집값 비싼 동네 사람 때문에 집 없어 힘겨워하는 사람 생긴다는 말 같지 않은 소문을 퍼뜨리면 안 되지. 비싸도 사겠다는 사람이 있으면 집값 오르는 거, 그거 자유 시장경제에서 당연히 있는 일 아닌가? 돈이 오가는 시장길을 통제하면 재화가 힘을 잃어. 그러면 모두 함께 힘들어지게 돼. 그냥 놔두면 재화가 저희끼리 알아서 움직이는데, 왜 엉뚱하게 사람이 나서서 당겼다 밀었다 하는 거야. 이 동네 집값 잡으려고 법을 만들면 집 없이 고생하던 사람들이 여기 들어와 살 것 같아? 웃겨 정말, 어차피 돈 더 많이 있는 사람이 들어와 살아. 점점 집값을 올리면서 사람만 뒤바꾸는 일을 왜 하는지 모르겠어.

乙2: 재화라는 놈은 통제하지 않으면 돌연변이가 생겨. 이 돌연변이가 건강한 재화를 야금야금 상처 내며 병들게 해. 그래놓고 나서 몇몇 덩치 큰 돌연변이 녀석들이 병들어 비실비실하는 재화를 모조리 긁어 삼키는 거야. 비실대는 재화를 잡아먹고 몸을 불린 이 돌연변이는 결국 사람까지도 노예로 만들어 버리지. 그러기 전에 꿈틀거리는 돌연변이를 찾아 제거하는 거야. 이게 왜 나쁜데? 우리 모두 행복하게 살자는 거잖아. 행복하게 사는 게 싫어?(여기에 乙이 합세 한다. "맞아요. 대신 말해줘서 고마워요. 우리는 甲과 丙의 욕심 때문에 비바람 맞으며 살게 생겼어요. 甲도 밉고 丙도 미워요. 나는 적극적으로 乙2의 말씀에 찬성합니다").

甲2: 사유재산을 왜 통제해야 하는데? 그게 부당한 방법으로 남을 해친 적 있어? 아님, 도둑질이라도 해서 모은 재산이라는 거야? 세금 잘 내고, 열심히 일해서 번 재산인데, 이게 왜 비난을 받아야 하는 거지? 그럼 돈 버는 것도 속도 조절하며 적당히 벌어야 한다 이 말인가? 아, 집값 오르고, 집세 올라서 피해 본 사람들이 있다고 하자. 그게 왜 내 책임이야. 돈을 풀어서 물가를 올린 사람들 책임 아냐? 아니면, 누구는 통 크게 돈 벌게 해주고, 누군 죽어라 하고 고생

해도 쥐꼬리만큼 돈을 벌게 하는 게 잘못된 거 아냐? 은행 이율이 낮으니 부동산에 투자하겠다는 사람 생기고, 그래서 집값이 올라가는데, 그게 왜 집 가진 사람 책임이래(甲이 말을 거든다. "맞아요. 난 그냥 내 집에 살고 있는데, 돈 많은 사람이 비싸게 집 사서 이웃으로 들어왔고, 그 바람에 집값이 올랐잖아. 그게 왜 집 가진 사람 책임이냐고요").

돌 하나를 두고 사람들은 아직도 싸운다. 내가 보기에 이 싸움은 끝낼 수 없을 것 같다. 집 문제도 마찬가지다. 누가 옳고 그른 게 아니다. '저것이 이것이고, 이것이 저것인데' 무슨 해결책이 나오겠는가. 시비가 일어나기 이전 모습, 사물의 본래 모습을 보지 못하는 한 사람들은 그렇게 자기가 본 대로 느낀 대로 이름 지은 대로 그것이 정답이라고 굳게 믿는다. 머리가 지근지근 아프다. 이건 물아物我가 일치되지 않는 한 해결 못 할 문제다. 옛사람들이 "밑돌 빼서 위를 받히고, 윗돌 빼서 아래를 받힌다"라고 하던 말이 생각난다. 어려운 시절에 우리 조상들은 그렇게 가계를 꾸려갔다. 따지고 보면, 가정도 작은 세상이다. 그 세상을 탈 없이 꾸려가던 '가장家長'이 참 훌륭한 지도자였다. 무릇 세상을 다스리는 지도자는 이처럼 자기 가정을 지키듯 일하면 덕을 쌓을 것이다.

이런 생각이 떠오를 땐 내가 나비라는 사실이 믿어지지 않는다. 내가 정말 나비가 맞나? 그래도 나는 날개가 있어 날아간다.

物無非彼(물무비피)
物無非是(물무비시)
自彼則不見(자피즉불견)
自知則知之(자지즉지지)

사물은 저것 아닌 게 없고
사물은 이것 아닌 게 없다
저것에서는 나를 보지 못하면서
자기가 알고 있는 걸 모두 다 아는 것이라 여긴다

－『장자』'제물론' 중에서

장자가 이렇게 외쳤지만, 너무 쉽거나 너무 어려워서 사람들은 거들떠보지 않고 싸우기만 한다. 문득 지도리에서 만난 나비2가 생각났다. 혼돈과 제물, 그리고 소요유 정원을 거쳤다고 했다. 어쩌면 이곳에서 그를 만날 수 있을지 모른다. 만난다고 해도 어떻게 알아보는가. 참새인가, 아님 나비인가. 어쩌면 그 녀석도 나처럼 어정쩡하게 나비가 된 건 아닐까. 그래도 혹시나 하고 나는 주위를 살펴보았다. 그러고 보니 이곳에 온 뒤로 들짐승 날짐승을 본 적이 없다. 나 혼자 이렇게 날아다니고 있다. 나는 얼른 도망치듯 그 자리를 피했다.

이번에는 온통 바위투성이 산 하나가 나타났다. 아, 면산綿山이다! 진晉나라 충신 개자추介子推가 그의 어머니와 함께 소신燒身한 그 면산임을 나는 한눈에 알아보았다. 면산이라 이름 써놓은 것도 아닌데, 한 번도 와 본 적이 없는 이곳을, 내가 어떻게 면산임을 알아보았을까. 여기에선 이런 의문조차도 일어나지 않는다. 내가 면산이라고 생각하면 그냥 면산이고, 그것은 면산이 되었다. 내가 나비가 된 것을 세상 그 누구도 알지 못하며, 나 또한 내가 알지 못하는 세상은 그 무엇도 알지 못한다. 내 눈앞에 보이고, 그렇게 생각하고 그렇게 느끼는 그것이 내가 보는 세상이다. 나는 나조차도 보지 못한다. 그냥 나다. 어떻게 생겼는지도 모르면서 나비라고 상상하니 그냥 나비가 되었다.

　이제 알았다. 지도리의 참새들도, 제물에서 만난 사람들도 나를 보지 못하는 이유를 알았다. 그들 마음에 내가 없기 때문이다. 조금 전, 돌 하나를 놓고 흰 돌이라며 우기는 사람들과 단단한 돌이라고 우기는 사람들 가운데 그 돌을 보지도 만져보지도 않은 사람들이 있었다. 같은 장소에 있지만, 그들에게는 그 자리에 그 돌이 없다. 소문과 사광이 한자리에서 금을 뜯고 북을 치지만, 소문은 사광의 북소리를 듣지 못하고, 사광 또한 소문이 뜯는 금의 가락을 듣지 못한다. 흰 돌, 단단한 돌이라며 말다툼하는 사람들 대부분 금을 뜯는 소문과 북을 치는 사광이 그 자리에 있는 줄 모른다. 장자의 정원에서는 '마음'에 없는 것은 눈앞에 나타나지 않으며 존재하지 않는다. 내 눈앞에 없다고 해서 그 물질이 그 자리에 존재하지 않은 건 아니다. 내가 보지 못하는 그 물질 역시 나를 보지 못하고 있을 뿐이다. 집 가진 사람은 세 든 사람을 모르고, 세 든 사람은 집 가진 사람을 모른다. 서로서로 상대방을 모르는데 제삼자가 이를 해결한다며 마치 땅 고르듯이 괭이와 삽을 휘두르면 더욱 일을 그르친다. 다리가 길어 불편하다며 학 다리를 자르거나, 뱁새의 짧은 다리가 불편하다며 다리를 늘이는 것과 무엇이 다른가. 학과 뱁새는 학과 뱁새로 사는 게 가장 행복하다. 이것이 무위無爲에서 보는 물아일체다.

오금이 저리도록 깎아지른 절벽에 도교道敎 사원들이 아슬아슬하게 세워져 있고, 그 사원으로 올라가는 잔도棧道가 지그재그로 길게 수직 바위에 붙어 있다. 어쩌면 노자와 장자도 이 면산에서 '새로운 길'을 찾고 있었을지도 모른다. 수직 절벽에 길을 낸 잔도처럼, 길 없는 곳에서 길을 찾았을 것이다. 이런 곳에서는 권력을 위해 싸울 일도 싸워서 얻을 이익도 없다. 자연에 순응하지 않으면 하루도 살 수 없는, 여기가 바로 그런 곳이다. 저 깎아지른 절벽을 살아서 오르내리려면 오직 눈앞에 움직이는 내 발만 내려다보아야만 한다. 잠시라도 고개를 돌려 위아래를 훔쳐보려 하거나 눈앞에 나타나지도 않은 현상에 현혹되거나 길을 조작하려 했다가는 천 길 낭떠러지로 떨어진다.

나는 더 가까이 다가갔다. 바위 계곡 여기저기에 도교 사원이 있다. 몇 개의 도교 사원 사이에 바위를 파내고 지은 낯선 건물 하나가 눈에 띈다. 사찰인가 하고 살펴보니, 개자추介子推를 기리는 사당이다. '介神廟(개신묘)'라는 현판이 걸려 있다. 개자추를 신으로 모시고 있다. 먼 눈길로 이미 면산인 줄 알았지만, 눈앞에 개자추의 사당을 보자 나는 잊고 있던 옛일을 상기하며 깊은 감회에 젖었다. 사당 가까이에 그의 무덤도 있다.

노자와 장자가 세상에 나타난 이유, 그중 하나를 지금 내가 보고 있다. 원인이 있어야 결과가 있다고 말하지만, 세상일이라는 게 다 그렇게 원인 결과로만 따질 수 없다. 때로는 결과가 먼저 나타나고 원인이 만들어지기도(造作; 조작) 한다. 세상이 망가지던 춘추春秋, 그 춘추는 그렇게 앞이 되어야 할 게 뒤가 되고 뒤가 되어야 할 게 앞이 되는 바람에 혼란으로 무너졌다. 무엇이든 다 할 수 있을 것 같은 권력의 달콤함, 그 욕망의 씨앗이 그렇게 인간의 마음을 뒤죽박죽 뒤흔들고 눈을 흐리게 했다.

이번에는 춘추가 내 눈앞에 펼쳐졌다.

춘추의 불씨를 만든 건 주周나라 여厲왕이다. 기원전 11세기, 상商나라 주紂왕의 폭정을 견디다 못해 서백(西伯; 서쪽 지역을 다스리던 지방관) 희창姬昌의 둘째 아들 희발姬發

이 주왕을 치고 호경(鎬京; 지금의 시안)에 주나라를 세운 뒤 무武왕이 되었다. 무왕은 이전의 하夏나라와 상商나라와 달리 나라를 공公·후侯·백伯·자子·남南 등 5등급 제후국으로 분봉分封하여 최초로 봉건 통치했다. 그로부터 250여 년 뒤, 제10대 여왕 대에 와서 주나라는 큰 혼란을 맞는다. 여왕이 4년 가까이 백성들을 착취하고, 언로를 막으며 간신배를 앞세워 충신을 내치는 공포 정치를 한 게 원인이었다.

건디다 못한 백성들이 중국 역사상 최초의 민중 폭동을 일으켰다. 이때가 기원전 841년이다. 역사에는 이를 국인國人들이 주동했다 하여 '국인폭동國人暴動'이라 기록했다. 봉지를 받은 제후들이 봉록을 다시 나누어 준 경卿과 대부大夫 등 사족土族들을 '국인'이라 불렀다. 국인들이 주동하고 여기에 백성들이 농기구를 무기로 들고 참여했다. 수십 명에서 시작하여 순식간에 수만 명으로 불어난 민중 세력은 급기야 수도 호경을 점령한다. 여왕은 다급히 도성을 버리고 도망쳤다. 얼마나 다급했으면 태자 희정姬靜을 사지에 내팽개치고 줄행랑쳤는데, 충신 소공召公이 그를 거두어 자기 집에 숨겨주었다. 성난 군중이 소공의 집으로 쳐들어가자 소공은 자기 아들을 왕자 정으로 속여 대신 희생시키고 정을 살리는 충성심을 보였다.

　백성들은 주공과 소공을 대표로 뽑아 도망간 여왕을 대신하여 국정을 펴게 했다. 최초로 왕이 아닌 관료가 공화정共和政을 편다. 중국 역사에서는 이를 '공화행정共和行政'이라 부른다. 공화정 14년 동안 여왕은 돌아오지 못하고, 망명지에서 세상을 떠났다. 여왕이 세상을 떠나자 버리고 갔던 그의 아들 정이 제11대 주나라 선宣왕에 즉위했다. 소공이 숨겨주어 살린 그 태자다.

　한번 골병든 나라를 바로 세우는 일은 쉬운 게 아니다. 우여곡절 끝에 살아남은 선왕이 일찍 세상을 떠나고, 그의 아들 유幽왕이 즉위하자 또다시 주 왕조에 혼란이 찾아온다. 피는 못 속인다는 말처럼, 유왕은 아버지 선왕과 달리 할아버지 여왕의 피를 그대로 옮겨 받았다. 유왕은 정비 신후申后를 두고 포사褒姒라는 여인에게 혼을 빼앗겼다. 얼마나 마음을 빼앗겼는지, 그녀를 웃게 하려고 왕이 비단을 징발하여 찢기도 했다. 포사는 평소에는 웃지 않다가 비단을 찢을 때만 웃었다고 한다. '천금매소(千金買笑; 천금을 주고 웃음을 산다)'라는 말이 이때 생겼다. 포사와의 사이에 왕자 백복伯服이 태어나자 유왕은 포사에게 더욱 마음을 쏟았다. 그녀를 즐겁게 해주기 위해 갑자기 봉화를 올려 제후들을 여산驪山으로 불러 모았다. 적이 처들어온 줄 알고 군사를 모아 허겁지겁 여산으로 달려온 제후들은 웃음 짓는 포사를 보자 기가 막혔다. 급기야 유왕은 정비 신후申后 소생의 태자 의구宜臼를 폐하고 포사가 낳은 백복을 태자로 삼았다. 그러자 신후는 아들 의구와 함께 친정인 신申나라로 가버렸다. 신 왕후의 아버지 신후申侯가 진秦나라와 정鄭나라 및 견융犬戎족과 연합하여 수도 호경으로 처들어왔다. 유왕은 다급하게 봉화를 올렸으나 매번 속은 제후들이 이번에도 거짓 봉화인 줄 알고 움직이지 않았다. 유왕과 태자 백복은 이들에게 살해당하고, 포사는 포로로 잡혔다. 포사는 견융족에게 끌려갔다기도 하나 이후 그녀의 행방을 아는 사람이 없고, 여우가 되었다는 전설만 전해온다. 훗날, 사람을 홀리고 세상을 어지럽히는 이를 두고 '여우같다'라고 한다. 이때가 기원전 771년이다.

난을 성공시킨 신나라는 신 왕후 소생 의구를 주나라 평平왕으로 옹립했으나 후유증이 컸다. 승리에 도취한 견융족의 분탕질이 계속되었다. 평왕은 견융을 피해 수도 호경을 버리고 동쪽 낙양洛陽으로 도읍을 옮긴다. 이 바람에 난에 참여했던 진秦나라가 주나라 창건 도읍이던 호경을 차지했다. 호경은 '천하제일험관天下第一險關'이라 불리는 함곡관函谷關을 끼고 있어 천혜의 요새다. 이를 계기로 뒷날 진나라가 전국7패의 패자가 되어 천하를 통일하는 발판을 마련했다. 이때부터 호경 시대를 서주西周라 부르고, 낙양 시대를 동주東周라 부른다.

이 사건 이후 주나라의 체면이 구겨지면서 봉건 통치 질서가 무너졌으며, 제후국들은 저마다 힘을 앞세워 약한 제후국을 치고 병합하여 세력을 키웠다. 이 동주 시대를 춘추春秋라고 부른다.

평화를 구가하던 서주가 무너진 것은, 군주가 백성을 노예로 여기며 폭정을 일삼았기 때문이다. 또 군주가 여색女色에 빠져 정사를 돌보지 않았고, 어진 신하를 내치고 간사한 신하를 가까이하며 국력을 분열한 데서 비롯되었다. 역사가들이 이 뼈저린 교훈을 남겨주었으나, 후대 사람들 역시이 틀에서 벗어나지 못하고 같은 불행을 반복했다. 춘추의혼란을 바로잡겠다며 백가百家가 등장하여 쟁명爭鳴을 하지만, 이미 권력의 달콤함에 길든 정치인들은 그 외침이 귀에들어오지 않았다. 백약이 무효한 깊은 병에 걸렸으니 헤어

나올 길이 보이지 않았다.

이때 이 모든 백가의 쟁명을 뒤엎으며 노자와 장자가 등장한다. 세상을 생긴 대로 내버려 두라고 외친 것이다. 저마다 자기가 똑똑하다며 나타나서 사람들을 길들이고, 틀을 만들어 그 속에 가두는 바람에 사람을 이념의 노예로 만들어버렸다. 장자는 이를 타파하고, 사람들을 본래의 자리로 돌려놓기 위해 도道를 제시했다.

백가 출현의 원점을 노자와 장자는 공자와 맹자가 설파한 인仁과 예악禮樂이라 보았다. 공자와 맹자가 인간을 혼란으로 인도하려 한 건 물론 아니었을 것이다. 공자와 맹자의 생각과는 전혀 상관없이 사람들은 저마다 자기 생각을 앞세워 무위를 버리고 유의로 넘어가 버렸다. 욕망을 성취하려는 인간의 사악함이 그렇게 진화시켜 버렸다. 좋게 말하면 사람들이 똑똑해졌지만, 규격화된 인간이 진화하면서 욕망과 오만을 키우는 불행을 자초했다. 어찌 공자와 맹자가 그러한 모순을 만들었을까만, 노자와 장자는 그러한 싹이 잘 자라도록 하는데 인과 예악이 거름이 되었다고 본 것이다.

요순堯舜까지는 잘 왔다. 여기까지가 인간이 가질 수 있는 자율自律의 한계였던 모양이다. 하나라와 상나라를 거쳐

오면서 인간은 권력과 욕망의 달콤함을 알아버렸다. 순 임금이 토목공 우禹에게 나라를 맡길 때까지만 해도 아름답고 평화로운 세상이었다. 우가 세운 하나라가 세월을 거듭하는 동안 권력과 욕망의 달콤함이 고개를 들기 시작했다. 하 왕조 마지막 걸桀왕에서 그 욕망이 폭발해 버렸다. 말희末喜라는 여인과 놀아나면서 걸 왕은 백성들을 괴롭히고, 어진 신하들을 살육하며 폭정을 거듭했다. 급기야 걸 왕은 요순의 덕목을 따르던 탕왕湯王을 체포하기에 이른다. 하늘이 노했다. 탕 왕 세력이 하늘의 이름으로 걸 왕을 제거해 버렸다. 중국 역사상 최초의 반정反正이다.

이렇게 폭정을 제거하고 올바른 정치를 펴기 위해 탕왕이 상商나라를 세웠지만, 상나라도 하나라의 전철을 그대로 밟았다. 상나라 마지막 주紂 왕 역시 달기妲己라는 여인과 함께 주지육림酒池肉林을 만들어 방탕과 폭정을 거듭했다. 걸왕과 주왕의 폭정이 얼마나 심했는지, 후대에서 폭군을 가리킬 때 '걸주桀紂'라고 말한다. 하나라 걸왕과 상나라 주왕이 폭군의 대명사가 된 것이다.

서백西伯 희창姬昌의 아들이 상나라 주왕을 치고 주周나라를 세워 시조 무왕武王이 되었다. 명목은 '요순시대로 돌아가자'라는 하늘의 뜻을 들었다. 그랬던 주나라 역시 요순으로 돌아가지 못했다. 춘추로 내리막길을 달리다가 그만 더 험악한 전국戰國으로 흘러가 버렸다. 이 역시 눈이 흐린 통치자가 폭정을 했기 때문이다. 주나라 왕실이 약해지면서 몇몇 제후들이 패권을 쥐고 세상을 지배했다. 그 많던 제후국이 대충 정리되고, 진晉·초楚·제齊·오吳·월越이 5패로 각축했다. 이를 '춘추5패'라고 한다. 여기에 서주 땅 호경에 똬리를 틀고 있는 진秦나라가 뜨거운 감자로 힘을 키우며 꿈틀거렸다.

이번에는 진晉나라에서 불씨를 만들었다. 조카가 물려준 봉지에 만족하지 못한 삼촌 집안이 본가의 조카 집안을 치는 곡옥대진曲沃代晉으로 진나라는 직계直系가 방계傍系에게 통치권을 빼앗긴다. 여기에도 여인 하나가 등장하면서 나라를 풍비박산 내버렸다. 조카 나라를 빼앗은 무공武公의 아들 헌공獻公이 아버지의 여인인 제강齊姜과 정을 통하여 낳은 아들 신생申生을 태자로 삼으면서 망국의 불씨를 만들었다. 헌공은 많은 여인을 첩으로 두었다. 이민족 여융驪戎을 치고 여융의 딸 여희驪姬 자매를 데리고 와 후궁으로 삼기도 했다. 두 자매 역시 사이좋게 자식을 낳는다. 빼어난 미모로 무공의 눈에 든 여희가 제강 사이에서 태어난 태자 신생을 죽이고, 자기 아들 해제奚齊를 태자로 책봉했다. 그러자 신생의 배다른 형제인 중이重耳와 이오夷吾는 위험을 느끼고 외가인 적狄으로 도망쳤다. 19년 동안 해외를 떠돌며 망명 생활하던 중이가 매제의 나라인 진秦의 도움으로 귀국하여 문공으로 즉위한다. 망명할 당시 43살이었으니, 그는 62살에 진나라 문공이 되었다. 성품이 어질었던 문공은 망명 생활 때 숙부를 비롯하여 많은 가신이 동행했다. 그중 한 명인 개자추는 먹을 게 없자 자신의 허벅지 살을 베어 국을 끓여 중이에게 바쳐 '할고봉군割股奉君'의 고사를 남기기도 했다. 공자는 문공을 가리켜 '덕과 신의로 천하를 얻은 사람'이라고 평했다. 그런 문공에게도 부족함이 있었다. 진나라에 복귀하여 논공행상하면서 그만 개자추를 잊어버렸다. 개자추는 구차하게 공을 탐내(貪天之功; 탐천지공) 서로 싸우는 세상이 보기 싫다며 노모와 함께 면산으로 들어가 버렸다.

뒤늦게 이 사실을 안 문공이 사람을 보내어 개자추를 데려오게 했다. 그는 출사를 거부하고 산속으로 더욱 깊이 숨어 자취를 감추었다. 문공은 그를 찾기 위해 산을 뒤지다 끝내 불까지 질렀으나, 그는 나타나지 않았다. 불에 타 민둥

산이 된 면산을 샅샅이 뒤진 끝에 버드나무 아래에 어머니를 끌어안고 불에 타 죽은 개자추의 시신을 발견했다. 문공은 자신이 지른 불에 타 죽은 개자추를 기리기 위해 매년 이날에는 불을 피우지 못하게 하고 찬 음식을 먹었다. 이날이 찬 음식을 먹는 한식寒食이 되었다. 문공은 개자추를 기리기 위해 면산 주위를 개자추의 땅으로 봉하고, 산 이름도 면산에서 개산介山으로 고쳐 부르게 했다. 개자추가 쉰다고 하여 이 지역을 지에시오우(介休; 개휴)현으로 부른다. 개자추의 죽음은 '포목소사抱木燒死'라는 고사를 남기기도 했다.

문공의 덕치로 나라를 키워 춘추 패자霸者가 된 진나라는 얼마 못 가 군웅이 할거하며 저마다 세력을 키워 싸우고 죽이는 혼탁한 정치판으로 변했다. 이들의 힘에 쏠려 백성들도 편을 가르고 부화뇌동하는 바람에 결국 주나라 정통 왕계인 희씨姬氏의 권위가 무너지고, 지씨智氏·조씨趙氏·위씨魏氏·한씨韓氏 세력이 남았다. 이들끼리 또 싸웠다. 조·위·한씨가 연합하여 가장 세력이 강한 지씨를 쓰러뜨린 뒤, 세 가문이 사이좋게 땅을 나누어 조·위·한 나라로 진나라를 쪼개 버렸다. 이 삼분三分 사건으로 춘추가 사라지고 전국시대戰國時代가 시작된다.

춘추, 그리고 보니 이 혼란이 어디서 많이 본 듯한 모습이다. 최근에 본 한 편의 영화처럼 내 기억에 너무나 또렷하다. 2,300년 전 춘추시대 역사가 아니라, 지금까지 끊임없이 반복하며 진행하는 오늘날 세상 이야기를 그대로 닮았다. 언제 어느 곳 어떤 인종이든 사람이 사는 곳이면 춘추전국과 같은 세상이 펼쳐진다. 왜 사람들은 힘들여 세웠다가 부수기를 반복할까. 장자의 비밀정원에서 그 원인과 해결책을 찾을 수 있을까. 그런데 참 희한하다. 지도리에서도 그랬지만, 나비임에도 나는 점점 더 사람처럼 생각하고 행동하려고 한다.

잠시 어지러운 머리를 식히기 위해 절벽 끝 소나무 가지에 앉았다. 방금 눈앞에서 펼쳐졌던 춘추가 다시 떠오른다. 정말 어디에서 많이 본 이야기처럼 생생하다. 눈만 뜨면 이해관계가 다른 집단끼리 서로 지지고 볶는 싸움이 벌어졌다. 어디에서 본 이야기일까. 나는 곰곰 생각을 더듬었지만, 그 실체가 드러나지 않는다. 내가 사람임을, 어디서 살던 사람임을 알아야 하는데, 아직 나는 나비다. 내가 기억을 쉬찾지 못하는 건 굳이 알 필요가 없기 때문인지도 모른다. 나와 이해관계가 없고, 알아봐야 해결책을 가지고 있는 것도 아니다. 나비 주제에 전차戰車를 몰고 달려가 싸울 수도 없는 일이다. 그냥 나는 나비인 지금이 행복하다.

나는 개자추 사당 앞으로 갔다. 한 번도 본 적이 없는 사람이지만, 모시는 주군을 위해 자신의 허벅지 살을 떼어낼 정도의 충성심과 세상만사에 초연하기 위해 면산에서 소신燒身을 선택한 그 절개에 경의를 표했다. 그가 살아서 장자를 만났는지 죽어서 만났는지는 알 수 없지만, 여기까지 온 거라면 세상을 평안하게 할 사람일 수도 있었겠다 싶어 아쉬운 마음이 남는다. 이렇듯 내가 기억하는, 혼탁한 사람이 사는 세상에는 개자추 같은 사람은 살아남을 수가 없다. 그의 허벅지 살을 먹은 문공도 그를 잊었고, 그를 불태우지 않았는가. 가까이 두기 위해 불을 질렀다지만, 결국 그를 죽음으로 내몬 행위는 욕망의 또 다른 모습이다.

발목을 잡는 개자추 사당을 떠나 나는 또 어디론가 날아갔다. 점점 사람처럼 생각하고 행동하지만, 나는 이대로 나비로 살고 싶다. 사람이었을 때와 달리 어제와 내일을 고민하지 않아서 좋다. 나타났다가 사라지는 '장자의 길'처럼,

지금 눈에 보이는 현재 세상만 보고 행동하면 된다. 나비로 있는 한 내겐 오만과 욕망이란 이 두 물건도 보이지 않는다.

그렇게 장자의 길을 따라가다가 저 멀리 홀로 걸어가는 사람을 발견했다. 제멋대로 헝클어진 머리에 다 해진 옷을 걸쳤다. 지팡이를 짚고 가는데, 무척 힘들어 보인다. 뒷모습이라 얼굴이 보이지 않지만, 어디서 많이 본 듯한 모습이다. 개자추? 조금 전 면산에서 그의 사당과 무덤을 보았다. 그가 환생한 것인가. 그렇지, 장자의 정원에서는 시간의 흐름이 없다. 2,300년이나 세월을 뛰어넘어 내가 장자를 만나지 않는가. '장자시처莊子試妻'에서 장자는 스스로 죽었다가 살아나기도 했다. 여기에서는 순서나 절차가 그다지 중요하지 않다. 혹시, 굴원屈原? 나는 초나라 충신이자 시인인 굴원을 떠올렸다. 그러고 보니 개자추와 굴원은 성품이 많이 닮았다. 한 사람은 스스로 불에 타죽고, 한 사람은 스스로 강물에 뛰어들어 생을 마감했다. 맑은 이들을 품기에는 세상이 너무 혼탁했다.

나는 그를 더 자세히 보기 위해 열심히 날갯짓했다. 가까이 가보니 개자추가 아니라 굴원이다. 장사長沙에 있는 멱라수汨羅水로 가는 굴원이다. 그를 붙잡아야 할까 그냥 둬야 할까 나는 잠시 갈등했다. 나비 주제에 역사를 거스를 수도 그를 잡을 방도도 없다. 그냥 보고만 있는 일이 가슴 아프다. 그가 없는 세상이 너무 허망하다. 굴원이 곧 초나라고 초나라가 굴원임을, 그와 함께 초나라가 없어진 뒤에야 사람들이 알았다.

진晉나라 문공이 덕치를 베풀었음에도 꿈틀거리는 인간의 욕망을 완벽하게 다스리지 못했다. 헌공 때 여희의 분탕질로 한번 허물어진 진나라는 내분으로 조, 위, 한으로 쪼개지면서 춘추시대가 막을 내린다. 뒤이어 시작된 전국시대에서 연燕나라, 조趙나라, 제齊나라, 위魏나라, 한韓나라, 초楚나라, 진秦나라만 살아남았다. 이들 나라를 '전국7웅'이라 부른다.

이들 중 초나라가 가장 영토가 크고 강력했으나, 서주 때의 수도였던 호경을 차지한 진나라가 전국 통일 대업을 꿈꾸며 발톱을 감춘 채 야망을 불태우고 있었다. 진나라는 위나라 혜왕이 버린 공손앙公孫鞅을 받아들여 상나라를 식읍으로 주고 재상으로 삼았다. 이때부터 그를 상앙商鞅으로 불렀다. 공손앙은 변법變法을 시행하여 진나라가 패업霸業

을 이루는 기틀을 만들었다. 또한 소왕昭王 때 진나라는 위나라에서 도망쳐온 범저范雎를 받아들여, 그가 제시한 가장 먼 나라와 동맹을 맺고 가까운 나라를 먼저 치는 원교근공遠交近攻 책을 채택했다. 여기에 역시 위나라에서 쫓겨난 종횡가縱橫家의 비조 장의張儀가 합세했다. 이처럼 진나라는 인재를 잘 등용했고, 위나라는 인재를 내쫓는 바람에 무너졌다. 진나라 국력이 커지자 불안을 느낀 나머지 6국이 연합하여 진에 대응하고자 했다. 이것이 '합종合縱'이다. 이에 반해 6국이 개별로 진과 횡으로 동맹하여 평화를 유지하자는 게 '연횡連橫'인데, 전국7웅이 서로 데려가려고 탐내는 장의가 주창했다. 당시 전국 7개 나라 중에 초나라와 제나라가 가장 강성했다. 진나라가 전국을 통일하자면 제일 먼저 제나라와 초나라를 격파해야 한다. 그러나 제나라와 초나라가 합종으로 동맹을 맺고 있어서 이 또한 간단한 일이 아니다. 장의가 머리를 썼다. 초나라와 제나라를 갈라놓은 뒤, 초나라를 치는 전략을 세운 것이다.

초나라는 회왕懷王이 굴원屈原이라는 훌륭한 충신을 좌도(左徒; 좌승상) 및 삼려대부三閭大夫로 두고 태평성대를 누리고 있었다. 도둑이 들려면 개도 안 짖는다는 말처럼, 이런 초나라에 불행이 닥친다. 춘추에서도 그랬지만, 역시 권력을 다투며 시기하는 간신이 문제였다. 그러는 사이에 서쪽 변방에 주나라가 낙양으로 가면서 버리고 간 땅을 차지하고 있던 진나라가 전국칠웅의 선두주자로 부상했다. 7국 중 제일 먼저 상앙이 제시한 법가法家 사상을 받아들여 엄격한 법치를 시행하면서 국력을 왕에게 집중시켜 통치력을 안정시켰다. 여기에 유목민족인 이족을 받아들여 군사력을 강화했다. 굴원이 이런 진나라의 야심을 미리 간파하고 초나라에 법치를 펴도록 회왕에게 건의했고, 회왕이 이를 받아들여 그에게 법을 제정토록 명했다. 그러자 굴원이 왕의 총애를 받는 걸 시기한 간신들이 법령 초안이 나오기 전에 그 공을 자기들이 차지하기 위해 혜왕에게 굴원을 모함했다.

"대왕께서 굴원에게 법령 제정을 명했는데, 굴원은 법령을 만들 때마다 자기가 아니면 해낼 수 없는 일이라며 대왕을 무시하고 자기 공을 내세우고 다닙니다."

"뭐라? 굴원이 그런 말을 했단 말인가?"

"그렇습니다. 이는 대왕을 능멸하는 일이 아닐 수 없습니다."

이 모함으로 굴원은 관직에서 쫓겨났다. 워낙 오래전 일이라 기록이 완벽하지 못해서인지 충신을 쫓아낸 이유로는 좀 어이없긴 하지만, 이로 보아 당시 왕의 기분에 따라 아침저녁으로 생각이 뒤바뀐 것만은 확실하다.

비록 벼슬에서 쫓겨났지만, 굴원은 초나라에 대한 걱정을 한시도 놓을 수 없었다. 여섯 나라가 호시탐탐 노리고 있어 살얼음판 위를 걷는 심정인데, 간신들이 정권을 쥐고 흔들었다. 이때의 심정을 그는 시로 남겼다. 이 시가 「이소(離騷)」다. '離騷(이소)'는 직역하면 근심스러운 일과 헤어졌다는 뜻인데, 속뜻은 '그리하여 더 큰 근심'을 만났다는 의미다. 나라를 위한 근심은 이별할 수 없다는 걸 말하고 있다. 백성과 나라를 걱정해야 할 왕은 한가롭고, 보호받아야 할 백성이 나라와 왕을 걱정하고 있다.

彼堯舜之耿介兮(피요순지경개혜)
既遵道而得路(기준도이득로)
何桀紂之猖披兮(하걸주지창피혜)
夫唯捷徑以窘步(부유첩경이군보)

惟夫黨人之偸樂兮(유부당인지투악혜)
路幽昧以險隘(로유매이험애)

豈余身之憚殃兮(기여신지탄앙혜)
恐皇輿之敗績(공황여지패적)

요순의 빛나고 바른 덕치는
나아가야 할 올바른 길로 갔기 때문이고
걸왕과 주왕의 부끄러운 몰락은
옳지 않은 길로 갔기 때문이다

욕망에 빠져 쾌락을 좇는 무리로
어둡고 혼탁해진 세상에서
어찌 나 한 몸을 걱정할 수 있으랴
임금님께서 탄 수레가 넘어질까 두렵네

　　　　　　　－굴원의 「이소(離騷)」 중에서

　「이소」는 중국 역사상 최초의 서사시로, 이를 시작으로
초나라에서 지은 운문韻文 작품을 '초사楚辭'라 불렀다. 초
사는 중국의 한시漢詩 문화를 발전시키는 초석이 되었다. 「
이소」에서 '욕망에 빠져 쾌락을 좇는 무리로, 어둡고 혼탁
진 세상에서'라는 말은 초나라 인심이 혼탁해져 맑게 돌이
킬 수 없다는 의미고, '임금님께서 탄 수레가 넘어질까 두렵

네'는 이로 인해 초나라가 패망할 것임으로 회왕을 걱정하는 마음을 담았다. 굴원이 멱라수에 몸을 던지기 전, 마지막으로 남긴 「어부사漁父辭」에서 그는 요순堯舜시절로 돌아가지 못하는 안타까움을 토로하기도 한다. 장자가 바라던 그런 세상을 개자추와 굴원 역시 바라고 행하고자 했다.

굴원이 없어진 걸 안 진秦나라가 움직이기 시작했다. 재상 장의가 혜왕에게 한 가지 책략을 제시했다.

"대왕께서 저를 재상에서 물리치소서."

"그게 무슨 말이오. 스스로 파직하겠다는 거요?"

"그런 다음 초나라에 가서 회왕의 신임을 얻은 뒤 제나라와 동맹을 끊고 돌아오겠습니다."

"아하, 훌륭한 생각이시오. 역시 천하의 장의요. 고맙소!"

진나라 혜왕이 장의를 파직했다는 소문이 퍼져나갔다. 굴원이 곁에 없어 불안하던 차에 이 소문을 들은 초나라 회왕은 너털웃음을 웃으며 무릎을 쳤다.

장의가 초나라를 도우면 얼마나 좋을까 하고 욕심내던 초나라 회왕 앞에 그가 나타났다. 금은보화를 싣고 초나라에 유세遊說하러 온 것이다. 회왕은 얼른 그를 궁으로 불러

들여 크게 환영한 다음 물었다.

"공께서는 어쩐 일로 이곳까지 찾아오셨소?"

장의는 초나라 회왕 앞에 엎드려 부드럽게 말했다.

"대왕님께 문안 올립니다. 비록 진나라 관직에서 물러났지만, 저는 진나라와 초나라가 동맹국이 되기를 원하옵니다."

"서로 사이좋게 지내면 그보다 더 좋은 일이 어디 있겠소."

"만약 그렇게 하실 수 있다면, 제나라와는 단교하심이 좋을 듯합니다."

"뭐요? 나라와 나라 간에 동맹을 맺는 일이 좋다고 하지 않았소. 진과 동맹하자면서, 제와는 단교하라니, 그게 도대체 무슨 말이오?"

"북쪽의 작은 제나라가 왜 초나라와 맹약을 했겠습니까. 초나라가 가장 큰 영토를 가지고 있어 불안했기 때문입니다. 초나라와 동맹으로 안정을 가진 뒤, 연·초·조 등 주변 소국과 연합하면 능히 초나라를 공격할 힘을 얻을 것입니다. 그럴 시간을 벌기 위해 제나라가 초나라와 동맹한 것입니다. 해서 서쪽에서 제일 강성한 우리 진과 초나라가 동맹을 맺으면 그 누구도 넘보지 못할 것입니다."

이 말을 듣고 회왕이 관심을 보였다. 책략가인 장의가 이 순간을 놓치지 않았다.

"대왕께서 제나라와 동맹을 끊고 진나라와 동맹하신다면 상商·오於의 땅 6백 리를 초나라에 바치고, 진나라 혜왕의 아리따운 궁주들을 대왕께 바치도록 하겠사옵니다."

"그래요? 공께서 그리할 수가 있소?"

"제가 비록 진나라 관직은 내려놓았으나, 아직 혜왕께서는 저를 신임하십니다. 그뿐만 아니라, 진나라와 초나라가 서로 사돈을 맺어 영원히 형제지국이 되도록 하겠사옵니다. 북쪽 제나라가 강성해지면 결국 초나라는 물론 진나라도 불안해집니다. 두 나라의 동맹으로 이 불씨를 제거하고 태평성대를 누리시옵소서."

"확실히 그렇게 할 수 있소?"

"제 몸을 담보로 드릴 수 있사옵니다."

"그대를?"

"두 나라의 장래가 걸린 문제입니다. 어찌 이 한 몸이 중요하겠습니까. 제 목숨을 기꺼이 담보하겠습니다."

잠시 생각에 잠겼던 회왕은 장의에게 "그럼 공이 우리 초나라 재상을 맡아 주시오"라고 했다. 책사로서 장의가 탐나기도 했지만, 초나라의 관직에 앉히면 그의 말대로 약속

을 틀림없이 지키리라 믿었다. 이리하여 장의는 초나라 재
상이 되었고, 장의의 말을 좇아 회왕은 진나라와 동맹을 맺
고 제나라와 외교를 단절했다. 초나라 관료들은 회왕과 함
께 크게 기뻐하며 잔치를 벌였다. 이 사실을 안 굴원이 한사
코 만류했지만, 회왕과 눈먼 간신들은 굴원의 말을 듣지 않
았다.

얼마 뒤, 장의는 회왕의 명을 받아 수행원과 함께 진나라
에 사신으로 갔다. 진나라에 도착하자마자 장의는 행동이
달라졌다. 진나라로 가던 길에 말에서 떨어진 걸 핑계로 다
쳐서 치료한다며 함께 간 초나라 사신들을 석 달 동안이나
만나주지 않았다. 회왕에게 약속한 6백 리 땅에 대해서도
동그라미 두 개를 날려 버린 뒤 6리를 준다고 말을 바꾸었
다.

장의는 다친 몸이 덜 나았다며 진나라에 남고, 초나라 사
신들만 빈손으로 돌아갔다. 아무런 소득 없이 돌아온 사신
들을 보고 초나라 회왕은 그제야 장의에게 속았음을 알았
다. 그 사이에 이미 장의는 몰래 제나라·조나라·연나라에
가서 합종을 깨고 연횡을 채택하게 했다. 이로써 6국의 합
종 연맹은 무너지고 말았다.

화가 머리끝까지 오른 초나라 회왕은 곧바로 대군을 이끌고 진나라를 향해 진격했다. 진나라는 초나라가 오길 미리 기다리고 있었다. 이 싸움에서 대패한 초나라는 병사 대부분이 죽고 한중漢中 땅까지 잃었다. 분을 삭이지 못한 회왕은 재차 진나라를 공격했으나 또다시 패해 중요한 성 2개를 빼앗긴 채 굴욕적인 강화를 맺어야 했다.

얼마 뒤 회왕은 진나라로부터 평화회담 제의를 받았다. 회담에 응하면 빼앗은 검중黔中 땅을 되돌려 주겠다는 것이었다. 회왕은 검중 대신 장의를 넘겨주면 생각해 보겠노라고 했다. 장의에게 속은 분노를 삭이지 못한 회왕은 나라의 장래보다 자신의 분노를 삭일 보복을 더 중요하게 여겼다.

황당한 일이 일어났다. 평화회담이 탐탁하지 않아 에멜무지로 제시한 회왕의 요구를 진나라가 선뜻 들어주었다. 정말로 장의를 죽음이 기다리는 초나라에 보낸 것이다. 장의를 보자마자 회왕은 당장 그를 죽이고 싶었지만, 더 통쾌하게 처분하기 위해 일단 그를 감금했다. 장의를 곧장 죽이지 않은 게 회왕에게 또 큰 패착이 되었다.

사실 장의는 회왕의 성격을 잘 간파하고 있었다. 곧바로 자신을 죽이지 않을 거라는 걸 미리 알고 있었다. 그 시간을 활용하기 위해 그는 스스로 초나라로 돌아온 것이다. 진나라와의 승부 결과를 이미 점치고 있던 일부 간신들이 앞다투어 옥에 갇힌 장의에게 줄을 댔다. 장의는 이 세력을 이용하여 과감하게 회왕의 왕비 정수鄭袖까지 구워삶아 버렸다. 진나라의 어여쁜 궁주들이 초나라에 오는 걸 탐탁지 않게 여기던 정수에게 이를 막아주겠다고 미끼를 던진 것이다. 정수가 이 미끼를 덥석 물었다. 정수는 후환을 없애기 위해 장의를 진나라로 돌려보내는 게 좋겠다며 회왕을 구슬려 삶았다. 처음에는 펄쩍 뛰던 회왕도 시간이 지나자 마음이 변했다. 두 번이나 진나라에 패한 회왕으로서는 후환을 가볍게 넘길 수 없었다.

장의를 죽이라는 굴원의 반대에도 불구하고 회왕은 그를 진나라로 다시 돌려보냈다. 반대로, 목숨을 걸고 바른말 하던 굴원을 장강 이남 소택지(澤地로 귀양 보내 버렸다. 귀가 얇았던 회왕은 이후에도 진나라의 회유책에 또 속아 진나라로 간 뒤 영영 귀국하지 못하고 객사하고 만다. 그러고 나서 얼마 뒤 초나라는 진나라에 합병되어 역사에서 사라졌다.

장강 이남의 소택지에서 귀양살이하던 굴원은 한 어부를

만났다. 어부는 굴원을 알아보고는 허리를 굽히며 예를 갖추었다.

"삼려대부께서 어찌 이 척박한 땅에 계십니까?"

"온 세상이 흐린데 나 하나 맑고, 모두 취했는데 나 혼자 깨어 있어서 추방당했소이다."

"잘못하셨습니다. 무릇 성인은 탁하고 맑은 것을 탓하지 않아야 하며, 탁하면 탁한 것에 섞여서 물결을 일구어 맑게 가라앉혀야 합니다. 모두가 취했는데 어찌 홀로 깨어 있다가 추방되십니까. 그러면 세상을 구할 수 없지요."

그러자 굴원이 대답했다.

"머리를 감으면 갓끈에 묻는 먼지를 털고 갓을 써야 하며, 목욕하고 나면 옷에 묻은 먼지를 털고 입어야 하지요. 어찌 청결한 몸으로 더러운 옷을 걸칠 수 있으리오. 차라리 깨끗한 강에 사는 물고기의 배 속으로 들어가는 게 낫지, 혼탁한 세상에 몸을 더럽힐 수는 없소이다."

그 말을 들은 어부는 입을 굳게 다문 채 굴원 곁을 떠나 버렸다. 떠나면서 어부는 굴원이 들으라는 듯 상앗대를 두드리며 큰소리로 노래했다.

滄浪之水淸兮(창랑지수청해)
可以濯吾纓(가이탁오영)
滄浪之水濁兮(창랑지수탁오)
可以濯吾足 (가이탁오족)

창랑의 물이 맑으면
내 갓끈을 씻으려고 했더니
창랑의 물이 흐려서
내 발이나 씻어야겠네

― 굴원의 「어부사(漁父辭)」 중에서

굴원은 어부의 이 노랫소리를 듣고 「어부사漁父辭」를 남긴 뒤, 멱라수로 가서 돌덩이를 안고 물속으로 들어가 버렸다. 이를 본 초나라 사람들이 굴원을 구하기 위해 배를 타고 달려가 강물을 뒤졌으나 끝내 그를 찾지 못했다. 그러자 마을 사람들은 물고기가 굴원을 먹지 못하게 대나무 잎에 찰밥을 싸서 강물에 던졌다. 이날이 5월 5일이었는데, 마을 사람들은 매년 이날을 단오절로 기린다. 단오절에 찰밥을 대나무 잎에 싼 '쫑즈(粽子)'를 멱라수에 던지고, 배 달리기 시합을 하는 풍습은 굴원을 구하기 위해 시작되었다.

차마 굴원이 멱라수로 들어가는 모습까지는 볼 수가 없어서, 나는 방향을 바꾸어 정신없이 날갯짓했다. 이런 세상을 보지 않으려고 노자와 장자가 도道를 일러주었는데, 사람들은 쓴 약보다 달콤한 욕망을 선택해 버렸다.

'맑은 물에는 고기가 없다'라는 속담이 있다. 희한하게도 이 말은 마치 음식에 들어가는 양념처럼 어디에든 집어넣으면 그쪽 맛으로 바뀐다. 부정행위를 좋아하는 사람들이 이용하면 '맑은 곳에는 훔쳐 갈 게 없다'라는 말이 된다. 먹을 게 없으니 맑은 곳은 그들이 원하는 세상이 아니다. 그래서 일부러 물을 흐리게 만드는지도 모른다. '난세에 영웅이 난다'라는 말도 이 속담을 양념으로 섞었다. 세상이 태평하면 영웅도 철학자도 필요 없다. 서로 잘났다고 다투거나, 힘자랑하거나, 내 편 네 편으로 편 가르고 떼싸움을 하는 어지러운 세상에 잘난 사람들이 몰려든다. 이런 곳에는 반드시 소영웅도 함께 등장한다. 힘을 모아 싸울 명분이 필요하기 때문이다. 이럴 때 가끔은 미꾸라지가 용으로 변신하기도 한다. 개천에서 용이 나기 딱 알맞은 그런 환경이다. 그래서 못된 사람들은 맑은 세상보다 흐린 세상을 더 좋아하는지도 모른다.

　노장老莊의 시선으로 보면 논쟁 자체가 필요 없으나 현실에서 논쟁을 피해 살아가기는 쉽지 않다. 당사자들만의 논쟁은 옳고 그름의 시비가 쉬 해결될 수 있다. 손뼉을 마주치다 보면 손바닥이 아프다는 걸 알기 때문이다. 그런데 논쟁과 아무런 관련이 없는 사람들, 또는 사주를 받은 오지랖 넓은 사람들이 부화뇌동하여 패거리를 이루면 논쟁의 본질은 사라지고 편싸움이 된다. 이런 형국이 되면 논쟁을 시작한 주인공은 대신 싸워주는 사람들이 생겨 손바닥이 아플 리 없다. 논쟁 당사자는 뒤에 숨어서 이들을 부추기기만 하면 된다. 옳고 그름은 중요하지 않고 오직 '내 편' '네 편'으로 갈라지게 한다.

　이런 세상이 되면, 무엇이 옳고 무엇이 그른지 모른다. 대중의 시선을 모으는 조작과 선동이 난무한다. 상대의 말꼬리를 잡거나, 빌미를 이용하여 논쟁의 본질과는 다른 엉뚱한 사건으로 방향을 틀어버린다. 없는 사실을 일부러 조작하여 자기 패거리를 돕고, 상대방을 비방하며 공격하는 일도 서슴지 않는다. 이런 싸움을 즐기는 주제넘은 사람들이 차고 넘치는, 그런 흐린 세상에 굴원과 같은 사람은 견딜

수가 없다.

> 庖人雖不治庖(포인수불치포)
> 尸祝不越樽俎(시축불월준조)
> 而代之矣(이대지의)

> 요리사가 음식을 만들지 않는다고 해서
> 제사장이 제사를 내버려 둔 채
> 요리사를 대신해 음식을 만들지 않는다.

> ─『장자』'소요유(逍遙遊)' 중에서

　사람이 건강 하려면 몸속 장기와 육체가 모두 제자리에서 제 역할을 잘해야 한다. 위장이 약하다고 신장이 나서서 위장역할을 할 수 없고, 손을 사용해야 할 일에 발이 나선다든지, 소리를 들어야 할 자리에서 입이 앞 나서면 몸과 정신이 제멋대로 놀아서 궁극에는 건강을 해치고 삶을 망친다. 우리가 사는 세상도 이와 같다. 각기 제자리에서 제 할 역할이 있다. 어느 한쪽이 부족하다고 해서 제 자리가 아닌 사람이 오지랖 넓게 참견하거나 대신해 주면 혼란이 일어난다.

만능의 재주를 가진 자라 해도 제 일에 서툰 사람보단 못하다. 남의 제사에 감 놔라 배 놔라 간섭하는 사람이 많아지고, 여기에 부화뇌동하는 무리가 생기면 반객위주反客爲主로 세상이 뒤집힌다. 진晉이 위魏·조趙·한韓의 창궐로 주인인 희姬가 무너졌고, 초楚나라도 장의의 말에 놀아나 굴원과 같은 맑고 올곧은 충신을 내쳤다가 나라를 통째로 잃었다.

장자는 이러한 세상이 오는 것을 걱정하여 '소요유逍遙遊'에서 "庖人雖不治庖(포인수불치포) 尸祝不越樽俎(시축불월준조) 而代之矣(이대지의)"라 했거늘, 권력의 달콤함에 젖어 사람들은 이 소리를 새겨듣지 못했다. 아무리 똑똑한 이라 해도 눈멀고 귀가 멀면 누구나 쉬 알아들을 말조차 듣지 못한다. 혼돈에서 내 편 네 편으로 갈려 부화뇌동하다가 세상을 무너뜨린 참새떼와 벌떼 역시 그러하다. 2,300년 동안 인간이 배우고 실천하며 진화해 왔는데도 여전히 정신은 춘추전국에 머물러 있는 것도 귀와 입이 제대로 뚫리지 못했기 때문이다. 숙과 홀이 혼돈 대왕에게 7개의 구멍을 뚫어주자 그가 죽어버린 것은, 열릴 때와 닫힐 때를 구분하지 못해서다. 장자의 지도리, 즉 '장자의 나비'를 제대로 가지지 못하면 두 날개로 여닫는 지도리의 순리를 알지 못한다.

나는 자꾸만 뒤돌아보았다. 이미 굴원의 모습은 보이지 않는다. 달려가 그를 붙잡지 못한 게 끝내 나를 슬프게 했다. 마치 내가 그를 죽게 한 듯 죄책감이 떠나지 않았다. 점점 더 불안해진다. 아직 나는 온전한 나비가 되지 못한 모양이다. 장자가 〈외물편外物篇〉에서 "筌者所以在魚(전자소이재어) 득어이망전得魚而忘筌"이라고 한 말이 떠오른다. '득어망전得魚忘筌'이라는 고사성어를 낳은 말로 '고기를 잡은 뒤에는 통발을 잊어라'라는 뜻이다. 늘 그랬듯이, 이 말도 物無非彼 物無非是(물무비피 물무비시; 모든 것은 저것 아닌 것이 없고 이것 아닌 것이 없다) 是亦彼也 彼亦是也(시역피야 피역시야; 이것이 저것이고, 저것이 이것이다)라는 장자의 무한 이해無限理解가 필요하다. '득어망전'은 생각하기에 따라 토사구팽兎死狗烹처럼 은혜를 저버리는 나쁜 말이 되기도 하고, 오상아(吾喪我; 나를 버리고 나를 찾는다)를 이루어 무애無碍의 경지에 이르는 열쇠가 되기도 한다. 이것이 장자가 말한 지도리다.

자꾸 뒤돌아보며 굴원을 찾는다. 내가 아직 오상아에 이르지 못한 탓이다. 과거와 미래를 버리고 현재를 붙들어야 하는데, 나는 자꾸만 이를 놓친다. 날개의 힘이 점점 줄어드는 느낌이다.

아무리 두드려도 소리를 못 듣고, 아무리 찔러도 반응하지 않는 사람들의 무지無知를 일깨우기 위해 장자는 새로운 카드를 꺼냈다.

> 衆人辯之以相示也(중인변지이상시야)
> 故曰 辯也者, 有不見也(고왈 변야자, 유불견야)

> 사람들이 시시비비 따지는 건 자기를 뽐내기 위해
> 서며
> 그렇게 따지는 사람은 제대로 세상을 보지 못한다

> － 『장자』 '제물' 중에서

사람들이 말귀를 알아듣지 못하자 장자는 '시是와 비非' 양행兩行을 이해할 수 있는 「조삼모사朝三暮四」와 「망량문영罔兩問景」 두 이야기를 일러주었다.

원숭이를 길러 재주를 보여주는 일을 하는 저공狙公이 어느 날 자신이 기르는 원숭이들에게 도토리를 나누어 주면서 말했다.

"아침에 도토리 3개, 저녁에 4개를 줄게."

그러자 원숭이들이 펄쩍펄쩍 뛰면서 화를 냈다. 곰곰 생각하던 저공이 말을 바꾸었다.

"그럼 아침에 4개, 저녁에 3개를 줄게, 어떠냐?"

그 말을 듣고 원숭이들이 일제히 기뻐하며 날뛰었다. 저공은 혼자 미소를 지었다. 모두 7개라는 총량은 변하지 않았는데, 원숭이들은 기뻐하고 화난 모습을 보였다.

유위有爲와 무위無爲는 한 그릇에 있다. 사람들은 어떤 '일'을 두고 생각할 때, 알고 있는 지식을 동원하여 분석하고 옳고 그름으로 걸러 모양을 만든다. 많은 사람이 모두 그러한 자세로 각기 자기 모양을 만드는 것이다. 이 모양이 달라서 이를 두고 시비가 생긴다. 사실 그러한 '일'은 분석으로 분류된 모습이 아니라, 본래 하나의 그릇에 담겨 있었다는 사실을 몰라서 일어나는 시비다. 유위에서 보면 무위를 보지 못한다. 무위에서 보면 유위와 무위가 모두 보인다. 원숭이들은 유위에서 저공의 말을 듣고 화를 내거나 기뻐했다. 현재, 지금의 계산에만 빠져서 총량을 보지 못하는 것이다. 아침에 3개를 주고 저녁에 4개를 준다고 했을 때 원숭이들은 '3개'만 보고 '4개'는 보지 못했다. 지금, 현재, 눈앞에 보이는 일이 전부라 여겼다. 그래서 아침에 4개 주고 저녁에 3개 준다고 했을 때 기뻐한 것이다. 전체를 보지 못하는 눈, 그게 유다.

'조삼모사朝三暮四'라는 고사를 낳은 이야기다. 이는 무릇 성인은 천균天鈞으로 시비是非를 조화에 녹인다. 이것이 양행兩行이다. 시비是非를 분별하면 내가 아는 것만 붙들고 옳다며 떠든다. 상대 역시 같은 본질에서 나온 가지인데도 그걸 보지 못한다.

「망량문영」 이야기는 망량罔兩이 영景에게 질문하며 나누는 대화다. 사람이 아니고 둘 다 그림자다. 망罔은 본래 고기를 잡는 그물인데, 여기서는 그물처럼 생각을 가두지 못하는 '허황함(그림자)'을 뜻한다. 그림자(罔) 2개[兩]가 한 몸이니 '그림자의 그림자'다. 영景은 본래 '빛[景경]'인데, 여기서는 빛이기도 하고 그 빛에 의해 생기는 그림자이기도 하다. 밝다는 것은 그림자가 있다는 의미며, 그림자 역시 밝음이 있어서 보인다. 두 개의 그림자 중 영은 가장자리의 희미한 그림자고 망량은 안쪽의 짙은 그림자다. 두 그림자는 한 몸이면서 다른 개체인 셈이다.

망량이 영에게 물었다.

"넌 조금 전까지만 해도 앉아 있었는데, 왜 일어섰니? 또 걷고 있었는데 왜 갑자기 선 거야? 넌 도대체 진득하지 못하고 일어섰다가 앉고, 가다가 멈추고, 왜 그렇게 중심을 못 잡니?"

영은 태연하게 이렇게 대답했다.

"네가 날 비난하면 난 도대체 누구에게 하소연하지? 나도 내가 그러는 게 아니야. 나는 내가 아닌 다른 것에 의지해서 움직이기 때문에, 그 사람이 움직이면 나도 따라 움직이고, 그 사람이 멈추면 나도 따라 멈추는 거야. 그런데 넌 뭐니? 망량, 너는 내가 움직이는 대로 따라 움직이잖아. 따지고 보면 너는 다른 이가 움직이는 대로 따라 움직이는 나를 또 그대로 따라 움직이잖아. 가만히 생각해 봐. 넌 네가 하고 싶은 대로 한다고 생각하지? 아냐. 너도, 나도, 누군가에 의해 이끌려갈 뿐이야. 어차피 너나 나는 같은 신세야. 그걸 알면서 우린 왜 이렇게 붙어 다닐까. 그리고 우리를 움직이게 하

는 그이도 또 누군가에 의지하여 따라 움직이고 있거든. 도
대체 이게 뭘까."

吾待蛇蚹蜩翼邪(오대사부조익사)
惡識所以然(오식소이연)
惡識所以不然(오식소이불연)

　뱀의 비늘이나 매미의 날개처럼, 나는 무엇에 의존
하는가.
　어떻게 그렇다는 걸 알며,
　어떻게 그렇지 않다는 걸 아는가

－『장자』 '제물' 중에서

　뱀은 비늘을 움직이고, 비늘은 뱀을 움직이게 한다. 그리
고 그 그림자는 뱀 비늘을 쫓아간다. 매미는 날개를 움직이
고, 매미 날개는 매미를 움직이게 한다. 그리고 그 그림자는
매미 날개를 쫓아간다. 그러면 뱀 비늘은 뱀에게, 매미 날개
는 매미에게 의존하는가. 아니면 뱀이 비늘을 매미가 날개
를 의지하는가. 그도 저도 아니면 뱀은 뱀대로 비늘은 비늘
대로, 매미는 매미대로 날개는 날개대로 자존을 가지고 움

직이는가. 아니면 서로서로 그림자처럼 움직이는 대로 따라 움직이는가. 그 해답을 얻었다면, 어떻게 그렇다는 걸 알며 어떻게 그렇지 않다는 걸 아는가.

오리무중이 따로 없다. 나는 이 말을 따라가는 것조차 힘이 든다. 누가 이에 올바른 대답을 할 수 있는가. 시시비비是是非非가 일어난다. 내가 옳고 네가 틀리고, 네가 틀리고 내가 옳다며 다툰다. 저것과 이것, 이것과 저것을 있는 그대로 아는 것, 보이지 않는 걸 볼 수 있는 눈, 그 천균의 양행兩行으로 해결해야 한다. '그리하여 그러하다'라는, 만물제동(萬物齊同; 모든 사물은 하나다)의 도道를 이해해야만 올바로 현상을 볼 수가 있다.

문득 천칭天秤 저울이 생각났다. 약국에 가면 흔히 볼 수 있다. 약국에서 약을 조제할 때 이 천칭 저울을 사용한다. 줏대에 가로막대를 얹어 양쪽에 접시를 올려놓은 저울이다. 병을 고칠 약의 무게만큼 추를 반대쪽 접시에 올려 수평을 이루도록 하는 것이다. 병과 약의 무게가 같아야 치유된다. "줏대 있게 행동해라"라고 하는 말은 바로 이 천칭 저울의 균형을 말한다. 인간이 타락한 데 실망하여 하늘로 올라가 '천칭자리' 별이 된 정의의 여신 아스트라이아(Astraea)가 천칭 저울을 들고 있다. 이 천칭 또한 천균天鈞이다. '내'가 옳다고 여기는 것에는 그만큼의 옳지 않은 게 함께 존재한다. '내'가 옳지 않다고 여기는 상대방에게도 역시 그만큼의 옳은 게 함께 존재한다. 그러함에도 '나'는 늘 내 좋을 대로만 생각하고 행동하며 상대를 보기 때문에 시비를 낳는다.

　뒤를 돌아보지 말아야지 하고 날아가던 내 눈앞에 느닷없이 개자추와 굴원이 나타났다. 깜짝 놀라 날갯짓을 멈추는 바람에 나는 하마터면 그대로 추락할 뻔했다. 나는 정신을 차리고 다시 살펴보았다. 개자추와 굴원이 맞기는 맞다. 그런데 가만히 살펴보니 개자추와 굴원의 가면을 쓴 짝퉁 개자추와 굴원이다. 그들이 언제 어디에서 개자추와 굴원을 만났는지, 그들처럼 똑같이 흉내 내며 사람들에게 영웅 대접을 받고 있다. 이들이 이곳 세상에서 주인이 되려고 한다. 이들의 정체를 알아차린 몇몇 사람들이 "그는 가짜 개자추다!" "그는 가짜 굴원이다!" 하고 외치지만, 소용없다. 이 가짜 굴원과 개자추가 힘이 더 세다. 이미 많은 사람이 그들을 진짜 개자추로 굴원으로 알고 따르고 있다. 우스운 건, 가짜인 줄 알면서 자신의 욕망을 채우기 위해 속내를 감추고 이들에게 계속 빌붙어 있는 사람들도 있다.

이렇게 세력을 부풀린 가짜 개자추와 굴원 패거리는 가짜라고 외치는 사람들을 무자비하게 공격했다. 마치 혼돈에서 본 부화뇌동하는 그 참새떼와 벌떼를 닮았다. 권력을 쥐고 있는 가짜 굴원과 개자추의 힘을 이용하여 무소불위로 반대편을 공격하는 것이다. 아무리 가짜라고 외쳐도 믿지를 않는다. 하나의 돌을 놓고 흰 돌 단단한 돌이라며 서로 다투던 사람들, 집 문제로 다투던 사람들과는 또 다른 무리다. 이건 만물제동萬物齊同으로 해결될 문제가 아니다. 미혹迷惑에서 일어난 현상으로 스스로 오류를 발견하지 못하면 다툼을 멈출 수가 없다.

여기가 어딘가? 나는 두리번거리며 사방을 살펴보았다. 아무리 살피고 더듬어도 도무지 어딘지 알 수가 없다. 내가 한 번도 경험하지 못한, 전혀 알 수 없는 낯선 세상이다. 마치 거대한 체육관 같기도 하다. 두 팀으로 나뉘어 눈에 보이지 않는 공(가짜 굴원과 개자추)을 가지고 축구 시합을 하는 것처럼 싸운다. 격렬하다. 어떤 사람은 상대방의 뒤통수를 때리고, 어떤 사람은 마주 보며 격렬하게 싸운다. 몰래 다리를 걸어 넘어뜨리는 사람들도 있다. 상대방이 한 일이라면 옳은 것도 무조건 잘못되었다며 매도하고, 자기들이 한 일은 잘못한 것도 감추고 뒤집으며 잘한 거라고 우긴다. 이렇게 길든 사람들은 피해를 보지 않으려고 옳고 그름을 떠나 더 힘이 센 쪽에 붙는다. 점점 가짜 굴원과 개자추 패거리의 수가 늘어난다. 너무 많은 사람이 몰려들어 편을 갈라 싸우는 통에 다친 사람이 여기저기 보인다. 춘추전국과 판박이로 닮았다.

참 이상하다. 한 번 실패하고 무너진 세상을 인간은 계속 반복한다. 아무래도 인간의 기억 주머니에 문제가 생긴 듯하다. 아니면, 이런 싸움을 즐기는 버릇을 타고난 모양이다. 그렇지 않다면 2,300년이나 지난 지금 세상에서 춘추전국과 똑같은 싸움을 반복할 리가 없다. 아무래도 7개 구멍이 막힌 들짐승들이 다시 세상으로 나오려는 조짐 같기도 하다. 7개의 구멍을 뚫은 혼돈의 길들인 들짐승들처럼, 인간 역시 누군가 던져주는 먹이를 얻기 위해 맹목적으로 추종하는 어리석은 무리 같다. 정의의 여신 아스트라이아도 이런 인간의 행태가 보기 싫어 하늘로 올라가 별이 되었다.

요堯임금이 스승 허유許由에게 천하天下를 선양禪讓하려던 그 넉넉한 마음이 오늘따라 더 그립다. 장자가 그렇게 지도리道樞를 외쳤으나 혼란한 세상이 반복된다. 인간 세상은 요순시절로 다시는 돌아갈 수 없는 걸까.

그날 요임금은 허유를 불러 이렇게 속내를 말했다.

"해와 달이 나와서 세상을 이미 환하게 밝히고 있는데 여전히 관솔불을 비추고 있으면 세상을 밝히는 게 아니라 오히려 혼잡하게 만드는 거지요. 비가 내리는데 논밭에 물을 주고 있다면 이 또한 헛일이 아니겠소. 스승께서 천하를 잘 다스리면 만인이 태평해질 텐데, 내가 천자의 자리에 있으니 이 또한 좋은 일이 아니오이다. 내 오늘 천하를 스승께 맡기고자 하니 부디 거절하지 마시오."

이 말을 들은 허유는 놀라 손사래를 치면서 말했다.

"요 임금께서 천하를 잘 다스리는데 내가 대신하는 건 싸움을 앞두고 장수를 바꾸는 일과 같습니다. 아니 될 말씀입니다. 이럴진대, 내가 천자라는 이름 하나 얻기 위해 그 자리에 어찌 앉을 수 있겠사옵니까. 명목은 실체의 허수아비에 불과합니다. 나에게 그런 심부름꾼이 되라고 하심은 부당하십니다. 뱁새는 둥지를 틀 나뭇가지 하나면 족하고, 두더지는 제 작은 배 하나 채울 물만 있으면 되지 강을 다 가지려 하면 안 됩니다. 나에겐 천하가 오히려 무거운 짐일 뿐입니다."

요임금은 어쩔 수 없이 70년 동안 천하를 다스리다가 순(舜) 임금에게 자리를 물려주었다.

까마득한 시절, 요임금과 허유도 자리를 탐하지 않았는데, 오늘에 사는 사람들이 자리를 두고 패싸움을 하는 모습이 너무나도 안타깝다. 뱁새는 나뭇가지 하나면 족하고, 두더지는 제 배 하나 채울 물만 있으면 된다. 뱁새가 나무를 통째로 차지하면 독수리도 족제비도 달려와 싸울 것이며, 두더지가 강 하나나 들판을 차지하면 수달도 삵도 달려들어 두더지는 편히 살 수 없을 것이다. 필요한 자리에 필요한 사람이 앉았을 때 세상이 평안하고, 자신도 행복하게 살게 된다.

나는 얼른 그곳을 도망쳐 나왔다. 싸움 구경하는 게 재미있기는 한데, 잘못하다간 내 날개가 다칠 것 같아 불안했다. 또다시 장자의 길을 따라 날아갔다.

얼마나 날아갔을까. 다시 춘추가 나타났다. 어느 나라인지 모르나 산성山城이 길게 이어진 국경 지역이다. 드문드문 마을도 보인다. 가만히 살펴보니 여융驪戎이 다스리는 애艾라는 작은 지방이다.

어디서 시끄러운 소리가 들렸다. 가까이 가서 들어보니 국경을 지키는 지방관의 딸 여희驪姬 자매를 진晉나라에서 데려가려고 하고, 두 자매는 가지 않겠다며 울면서 아버지에게 매달린다. 앞서 서융은 진나라의 공격을 받아 크게 패했는데, 그 대가로 미인으로 소문난 여희 자매를 진 헌공에게 보내기로 했다.

"아버지, 저는 그 먼 나라에 낯선 사람을 따라가기 싫습니다."

"이것아, 네가 안 가면 우리 가족 모두가 무사하지 못하다. 이 산골짝에서 평생 고생하는 것보다야 차라리 큰 나라 왕궁으로 가는 게 나을지도 모른다. 너만 잘하면 왕비가 될 수도 있다. 시종을 거느리며 호의호식하는데, 안 가겠다니. 제정신이냐?"

나는 문득 장자가 한 말이 떠오른다. 곧게 뻗어 잘 자란 나무는 제 명대로 살지 못한다. 벌목꾼이 베어 재목材木으로 베 가기 때문이다. 여희 또한 너무 미인이어서 사랑하는 가

족과 헤어져 먼 낯선 땅으로 가야 한다. 이 또한 숙명이다. 하지만, 오늘의 아픔이 또 어떻게 바뀔지 그 누구도 알지 못한다. 그녀 아버지의 바람과 같이, 왕비가 되어 호의호식할 수도 있다.

이날 일이 뒷날 진나라의 운명을 통째로 뒤흔드는 역사 사건을 만들게 되리라고는 아무도 알지 못했다.

여희 자매는 진나라 궁으로 갔다. 으리으리한 궁궐도 처음 보고, 왕도 처음 본다. 두렵기도 하고 신기하기도 하여 두 자매는 정신을 차릴 수 없었다. 여희가 먼저 헌공과 첫 대면을 했다. 산해진미가 가득 차려진 음식을 받은 뒤 하룻밤을 자고 나자 그녀는 마음이 달라졌다. 비로소 아버지 말이 옳았다는 걸 알았다. '따라오길 참 잘했구나' 하고, 낯선 나라로 가지 않으려고 울며불며 매달린 자기 행동이 바보 같았음을 그제야 깨달았다. 그녀 자매는 나란히 헌공의 후궁이 되었다.

어느 날 여희는 시종들과 궁중에 있는 연못으로 갔다. 연못에는 연꽃이 흐드러지게 피어있었고, 물고기들이 한가롭게 놀고 있었다. 여희가 고개를 내미는 잉어를 향해 손을 뻗자 놀란 고기가 물속으로 자취를 감추어 버렸다. 그뿐만 아니라 다른 물고기들도 모두 물속 깊이 몸을 숨겼다. 이를 보고 시종 하나가 고기를 나무랐다.

"이것들이 무엄하구나! 이렇게 아름다운 왕비 마마님을 몰라보다니. 그러니까 네놈들은 반찬거리밖에 못 된다."

헌공의 왕비 여희는 미인으로 소문났지만, 물고기에게는 고기잡이로 보였다. 고기가 무엄한 게 아니라, 사람이 그런 고기의 마음을 알지 못한 것이다.

누구든 모르는 사실에 대해서는 부정적이다. '내'가 아는 사실, 학습된 사고 안에서만 인식하고 행동하려고 한다. 누가 어떻게 어떤 마음으로 보느냐에 따라 어떤 이에게는 귀하게 어떤 이에게는 하찮게 보이기도 한다. 장자는 '아는 게 다 아는 것이 아니고, 모르는 것도 다 모르는 게 아니다'라는 깊은 의미를 전하기 위해 여희를 세상으로 불러냈다. 物無非彼, 物無非是(물무비피, 물무비시), 저것 아닌 게 없고, 이것 아닌 게 없다. '내'가 다 옳다고 생각하며 살지만, 내가 모르는 그것이 옳은 것이고 내가 옳다고 생각한 그것이 그른 것이 될 수도 있다. 시비는 여기에서 일어난다.

설결齧缺이 스승 왕예王倪와 나눈 문답을 떠올렸다. 설결은 요堯 임금이 천자의 자리를 물려주려고 했던 허유許由의 스승이다. 요 임금의 스승이 허유고, 허유의 스승이 설결이며, 설결의 스승이 왕예, 왕예의 스승이 포의자蒲衣子다. 천자인 요 임금이 제일 아래 제자이니, 요 임금 시절이 얼마나 자연에 순응하며 평안하게 살았는지를 미루어 짐작할 수 있다.

설결이 왕예에게 물었다.

"스승님께서는 누구나 다 옳다고 할 수 있는 만물의 기준이 어떤 건지 아십니까?"

"내가 그걸 어떻게 알 수 있겠는가."

설결이 다시 물었다.

"그렇다면 스승님께서 모르시는 그 까닭을 아십니까?"

"내가 그걸 어떻게 알 수 있겠는가."

"그럼 스승님께서는 그 진리를 모르신다는 말씀이옵니까?"

입을 다물고 잠시 설결을 바라보던 왕예가 천천히 말했다.

"내가 그럴 어떻게 알 수 있겠는가. 그럼 어디 한번 그대가 말해보게나. 내가 안다고 말한 것이 모르는 게 아니라는 걸 증명할 수 있는가? 내가 모른다고 하는 말이 아는 게 아니라는 걸 그대는 증명할 수 있는가?"

질문하던 설결은 되묻는 왕예의 질문에 말문이 막혔다. 왕예가 다시 말을 잇는다.

"사람은 나무 위에 올라가면 불안하여 몸을 떨지만, 원숭이는 자유롭게 뛰어다니네. 사람은 습한 곳에 있으면 병이 생기지만, 미꾸라지는 아예 진흙 속에서 살고 있네. 사람과 원숭이와 미꾸리지 가운데 누가 옳은 자리에서 산다고 말할 수 있겠는가? 사람은 쇠고기 돼지고기를 맛있게 먹지만, 사슴은 풀을 맛있게 먹네. 사람과 사슴 가운데 누가 맛을 제대로 안다고 말할 수 있는가? 사람들이 천하의 미인이라고 추켜세우는 여희를 새가 보면 놀라 날아가고, 물고기는 겁이 나서 물속 깊이 숨어 버리네. 여희가 아름답다는 걸 과연 누가 잘 안다고 할 수 있는가? 인간은 인간의 기준으로 자연을 판단하려 하고, 자신을 기준으로 상대를 판단하려고 하네. 자연과 상대가 '나'의 대상으로 엄연히 존재하니, 그 자연과 상대 또한 나를 '대상'으로 여기며 판단하려고 하지 않겠는가? 인간이 인간의 눈높이로 자연을 다듬으려 하고, 상대의 생각을 결정지으려 하면 시비가 생기네. 그러니 내가 그걸 어떻게 알 수 있겠는가."

설결은 스승 왕예의 말을 듣고 크게 깨달은 뒤, 곧바로 포의자에게 달려가 그 기쁨을 전했다. 포의자는 빙그레 웃으며 말했다.

"그대는 이제 알았는가. 순 임금님이 훌륭하긴 했지만, 복희씨에겐 미치지 못한다네. 무릇 통치자는 미더운 지혜와 덕성으로 만물을 있는 그대로 바라보며 순응할 줄 알아야 하네. 자신의 사사로운 목적을 이루기 위해 인의仁義와 같은 외부 힘으로 민심을 이끌어 틀을 만들거나 길을 트려 해서는 안 되네."

융의 애 지방 산골에서 바깥세상을 모르고 살던 여희가 진나라 왕궁에 와 왕비가 되면서 세상을 보는 눈이 달라져 버렸다. 이 여희가 진나라의 기둥을 잡아 흔들고 개자추라는 충신을 탄생시킬 줄 그 누가 알았겠는가. 여희가 태자 신생申生을 모함하여 죽이고, 자기가 낳은 해제奚齊를 태자로 삼은 '여희의 난'을 일으키는 바람에 신생과 배다른 형제인 중이와 이오가 위험을 느끼고 탈출하여 망명 생활을 하게 되었으며, 이로 인하여 개자추가 중이를 따라 함께 망명 생활을 했다. 뒤집어 보면, 왕자로 살아갈 팔자였을 중이는 이 사건이 있음으로써 뒷날 귀국하여 진나라 통치자(문공)가 되었다. 역사도 개인의 삶도 여희나 중이나 개차추의 인생처럼 누굴 만나고 어떻게 생각하느냐에 따라 변하게 된다.

참 이상하다. 이미 앞서 개자추의 무덤과 사당까지 보았는데, 여희를 이렇게 뒤늦게 만난다. 마치 흘러가 버린 물을 다시 붙잡은 격이다. 익숙해졌는지 이젠 이런 일이 내겐 혼란스럽지도 않다. 장자의 정원에서는 시간의 흐름도 공간 개념도 없다. 앞과 뒤도 없다. 그냥 눈앞에 일어나는 일이 지금이고 현재다.

장자의 길을 따라 또 끝없이 날아갔다. 내가 지금까지 보고 들은 걸 이으면 수백 년, 아니 수천 년의 역사를 지나는데 어찌 내겐 하나의 그릇에 담긴 듯 일별一瞥하고 있는가. 아, 또 생각난다. 장자의 정원은 모두 하나의 공간에 있다고 했다. 전체를 보면 하나요, 낱낱의 물질로 보면 수없이 많은 시공간視空間이 펼쳐진다. 그 시공간에 사는 사람들과 짐승들은 눈에 보이는 것과 시비로 생기는 것들로 조각을 내기에 서로 한 공간에 있음을 알지 못한다.

　한참을 날아가니 또 한 무리 사람들이 보인다. 남곽자기와 안성자유처럼 스승과 제자가 마주 앉아 문답하고 있다. 많은 사람이 이 두 사람을 둘러싼 채 함께 이야기를 듣고 있다.

　"너는 이게 뭐라고 생각하느냐?"
　"손가락 아닙니까?"
　"이게 손가락인 줄 넌 어떻게 아느냐?"
　"……?"

　제자는 말문이 막혀 스승을 바라본다. 모여 있는 사람들도 서로 얼굴을 쳐다보며 고개를 갸웃했다. 나도 이게 뭔 소리인지 알 수가 없다. 손가락 하나를 세운 채 뭐냐며 물었고, 손가락이라고 대답하니 이번에는 "이게 손가락인 줄 넌 어떻게 아느냐?"라며 묻는다. 이 질문에 그 누가 명쾌한 대답을 할 수 있겠는가. 손가락이라 이름 붙이고, 그렇게 배웠으니 손가락이다. 누구나 당연히 그렇게 대답하겠지만, 세상이 다 아는 그런 대답을 들으려고 스승이 제자에게 묻지는 않았을 것이다. 이 제자는 참 똑똑하다. 이런 추론을 미

205

리 준비했기에 묵묵부답이다.

뭐야, 그럼 손가락이 손가락 아니란 말인가? 손가락이 아니면 뭘까. 나는 그 해답을 찾으려고 이것저것 생각을 끼워 맞추어 보았다. 아무리 생각을 동원해도 답이 안 나온다. 다만, 손가락이라고 대답했을 때 "이게 손가락인 줄 넌 어떻게 아느냐?"라고 물었으니, 답이 손가락이 아님은 분명하다. 참 난감하다. 평생 손가락인 줄 알고 생활했던 사람들에게는 충격이 아닐 수 없다.

그들의 대화가 계속된다.

"이게 손가락이 아니라는 걸 설명해야 하는데, 손가락을 가지고 손가락 아님을 설명하는 건 쉬운 일이 아니다. 너도 대답 못 했잖으냐. 이게 손가락이 아님을 설명하려면 손가락이 아닌 걸 가지고 손가락이 아님을 설명하는 게 더 쉬울 거다."

"아직 배움이 거기까지 이르지 못했습니다. 스승님께서 가르침을 주십시오."

혼란스럽다. 공연히 남의 이야기에 끼어들어 머리가 아

프다. 나도 무슨 말인지 알아들을 수가 없다. 아무런 의심 없이 손가락이라 이름 지어 지금까지 그렇게 불렀는데, 난데없이 손가락이 아니라고 하는 것도 이상하다. 또 손가락이 아닌 걸 가지고 손가락이 아님을 설명해야 한다니, 이 노인의 말은 도무지 따라잡기가 힘들다.

아, 나는 날개로 가슴을 쳤다. 왜 이 질문을 어렵게 생각했을까. 노인이 한 말을 나는 그제야 알아들었다. 내가 점점 사람이 되어 가는 기분이 들어 불안하다. 지도리에 있을 때만 해도 말귀가 밝았다. 제물로 오고부터 듣는 말을 몇 번이나 공글리고 나서야 뜻을 새긴다. 사람들이 그만큼 말에 색깔을 입혀서 그러려니 했는데, 남곽자기와 이 노인이 하는 말을 듣고 보니 인간이 만든 언어로는 사물의 본질을 모두 설명할 길이 없다는 걸 알았다. 설명할 길이 없는 내용을 설명하려니 그렇게 말을 돌리고 꺾고 공글릴 수밖에 없다.

전혀 감을 못 잡는 제자를 위해 스승이 말을 돌린다.

"너는 지금 어디에 서 있느냐?"

손가락 질문에 말문이 막혔는지 이번에도 제자는 선뜻 대답하지 못하고 머뭇거렸다. 스승의 표정을 살피던 그는 우선 생각나는 대로 얼른 대답했다.

"땅 위에…… 서 있습니다."

이 말을 하고 나서 제자는 조심스럽게 스승의 눈치를 살폈다. "이게 땅이라는 걸 넌 어떻게 알았느냐?"라고 물을 것이라 지레짐작하고 미리 답을 찾느라 허둥댔다. 제자의 생각이 빗나갔다. 이번에는 그렇게 묻지 않았다.

"저기 하늘에 뜬, 저게 무엇이냐?"

"달 말이옵니까?"

"그렇다. 저 달에서 누군가 우리가 있는 여길 가리키며 '저게 뭐냐?'라고 물으면 뭐라고 대답하겠느냐?"

"…… 지구라고 대답할 것입니다."

"그럼 네가 서 있는 이곳은 땅이 아니라 지구가 아니냐. 저 달에서 네가 서 있는 이곳의 땅과 네가 보이느냐?"

"……?"

"저 달에 있는 땅을, 여기에서 네가 볼 수 있느냐? 아니면 저 달은 이곳처럼 나무와 돌이 있는 평평한 땅이 아니라 네 눈에 보이는 것처럼 하얀 쟁반처럼 생겼느냐? 저 달에서 보면 이곳도 저렇게 하얀 쟁반처럼 보이는 거다. 거기에서 보면 나도 없고, 너도 없다. 그런데 나보다 너보다도 더 작은 이 손가락을 어찌 볼 수 있겠느냐."

"스승님, 이제 알 것 같습니다. 내가 나를 모르는데, 내 손가락이 어찌 손가락이냐 이 말씀인 거지요?"

"너는 그렇게 미리 건너뛰어서 본질을 보려고 한다. 네 그 말도 틀렸다. 네가 존재하지 않은데, 네가 어떻게 너를 알 수 있겠냐. 무릇 사물은 없는 곳에 존재한다. '나'도 죽여라."

"무위를 말씀하시는 것입니까?"

"그렇다. 네가 너를 안다는 건 유위에 있기 때문이다. 무위에서는 그런 생각조차 없다. 이 진리를 인식해야 무위에 서며, 그래야 세상을 제대로 본다. 자기의 존재를 인식하고 있는 한 무위에서 멀어진다."

'나'를 죽이고 '나'를 본다. 남곽자기가 말하던 그 '吾喪我(오상아)'다. 견백석을 두고 싸우던 사람들도, 굴원과 개자추를 못 알아보는 세상도, 모두 자기를 보지 못하는 유위에서 결론을 내리기 때문에 일어나는 시비다. 스스로 세상을 다 아는 듯 휘어잡으려 하지만, 손가락을 보고 손가락이라고 믿고, 그것이 나라고 확대하는 데서 오는 무지無知의 소산이다. 굴원과 개자추가 살아갈 수 없는 이런 세상에는 굴원과 개자추 가면을 쓴 사람들이 주인 행세를 한다. 그러나 이들 역시 메뚜기를 노리는 당랑 뒤에는 참새가 기다리고 있으며, 이 참새 뒤에는 독수리가 기다린다는 걸 모른다.

천균天鈞을 이루어야 지도리를 만난다. 장자의 길을 따라 여기까지 날아와서 또 한 번 이를 깨닫는다. 아직은 정확하게 그려진 건지 아닌지 확실하게 말할 수는 없지만, 세상의 참모습에 조금은 더 가까이 다가간 것 같다. 지금까지 내가 지나온 장자의 길은 나비가 되어 날 때만 보였고, 날개를 접고 앉으면 그 길이 사라졌다. 그러니까 두 날개가 힘의 균형을 잘 이루었을 때 그 길[道]이 보였다. 내가 지도리에 갔던 것처럼, 지도리에 살고 있던 그 많은 들짐승과 오곡백과와 들풀들도 나처럼 그렇게 나비가 되어 장자의 길로 날아갔을 것이다. 지도리에서 사람을 만나지 못한 건 그만큼 사람이 짐승보다 장자의 나비가 되기 더 어렵다는 의미일 것이다.

왜 들짐승보다 사람이 장자의 나비가 되기 어려울까. 만물의 영장이라고 큰소리치는 사람이 어찌 들짐승보다 못할까. 아직 나는 그 해답을 얻지 못했다. 굴원과 개자추가 생각난다. 불과 물을 선택한 이들의 행동 역시 정답은 아니다. 스스로 자기 목숨을 버리는 들짐승을 지금까지 나는 한 번도 보지 못했다. 생명이 끝나는 순간을 알아차릴 만큼, 들짐승은 오직 자신의 본능에 의해서만 세상을 살아간다. 아무리 사는 게 힘들어도 그렇게 살아가는 길밖에 모른다. 죽음으로 피하는 방법을 모를 정도로 들짐승에겐 자신의 운명을 바꾸고 싶은 욕망 또한 티끌만큼도 없다. 오직 살고 있기에 주어진 생명만큼 살아갈 뿐이다.

그러고 보면 들짐승이 사람보다 세상을 더 올바로 사는 듯하다. 나비가 된 뒤 지금까지 나는 사람과 이야기를 나누지 못했다. 그냥 멀리서 지켜보기만 하거나, 그들이 나누는 대화를 듣기만 했다. 심지어 눈앞에 앉은 장자도 내 말을 듣지 못했다. 물론 짐승들과도 대화를 나눈 건 아니지만, 짐승들의 말을 나는 알아들었다. 사람일 때는 생각지도 못하던 일이다. 혼돈에서 만난 짐승들만 빼면, 짐승들은 사람처럼 서로 정답게 대화하고 다정다감한 감정을 표현했다. 그런데 내가 만난 사람들은 한결같이 서로 다투거나 해코지를 했다. 굴원과 개자추조차 이 들짐승들보다 못하단 말인가? 아니면 굴원과 개자추가 스스로 목숨을 버릴 수밖에 없는,

그들이 살던 세상이 들짐승들이 사는 세상보다 더 혼탁했던가?

"아, 세상이 왜 이래!"

허공을 향해 나는 혼잣말을 내뱉었다. 그런 세상을 사람이 만들었고, 사람이 경영하지 않았는가. 경영經營? 나는 깜짝 놀랐다. 하마터면 또 날갯짓을 멈추고 그대로 추락할 뻔했다. 경영이 문제였다. 왜 인간이 세상을 경영하려 하는가. 있는 그대로 두고 잠시 빌려 사는 주제에 마치 제집인 양 뜯어고치고, 제멋대로 살길을 내고, 인간과 들짐승들을 길들여서 부려가며 주인 행세를 하고 있다. 같은 들짐승으로 이 세상에 등장했는데, 사람만이 들짐승 몸을 감추고 인간의 탈을 썼다. 속은 짐승이면서 겉은 인간으로 변신한 것이다. 이게 세상을 혼탁하게 만들었는가. 무엇이 옳고 무엇이 그른지 또 헷갈린다. 나비가 되었지만, 나비로 살 생각을 하지 않는 나를 도무지 알 수가 없다. 이래서 나는 지도리에 살 수 없었던 모양이다. 들짐승인 본래 모습에서 나비가 된 게 아니라, 인간의 탈을 쓰고 길들여진 대로 살다가 나비가 되어서 그런지도 모른다. 이 의문에 대한 답을 찾기 위해 나는 다시 날아간다.

장자의 길을 따라 열심히 날갯짓하며 날아갔다. 산천초목이 바뀌면서 다시 낯선 세상이 나타났다. 늘 그랬듯이, 낯선 세상이 나타나면 맨 먼저 나는 들짐승과 사람이 있는지를 두리번거리며 살폈다. 이젠 사람보다 들짐승을 먼저 찾는다. 그렇게 길들어졌다. 들짐승이 사람보다 나를 더 잘 아는 친구 같다. 지도리에서 처음 만난 게 들짐승들이어서 사람보다 더 정이 가는지도 모른다, 마치 지도리에서 봤던 것처럼 이곳에도 들짐승들이 평화롭게 산과 들을 돌아다니고 있었다. 지도리와 다른 건 여기에는 들판에 일하는 농부들의 모습이 보였다. 한눈에 보기에도 평화스러운 나라가 틀림없다.

평화를 떠올려서인지 갑자기 '인사만사人事萬事'라는 말이 생각난다. 인사가 만사다. 정치가들이나 기업가들이 입이 닳도록 하는 말이다. 달콤하게 포장하여 던지는 이 말로 사람들을 속이고, 사람들은 속는다. 그래서 세상이 어지럽다. 됨됨이가 다듬어지지 않은 사람이 세상일萬事을 어떻게 알며 어떻게 그 일을 할 사람을 제자리人事에 놓을 수 있겠는가. 됨됨이가 바로 서지 않은 사람이 인사를 함부로 주무르면 사람이 칼이 되어 세상을 휘젓는다. 이 칼에 많은 사람이 다치며 세상 또한 상처 입고 부서진다. 세상을 처음 생긴 그대로 둔 채 인간은 그 결을 따라 살아야 한다. 멋대로 7개 구멍을 뚫어 몸을 바꿔버린 '혼돈'에서 일어난 그 혼란을 보았다.

공자 문하의 10대 제자 가운데 자하子夏가 있다. 그는 거보莒父 지방의 태수가 되었는데, 임지로 부임하기 전에 스승을 찾았다. 그가 스승에게 세상에 길을 내는 방법을 묻자 공자는 "욕속부달 욕교반졸欲速不達欲巧反拙하라" 하고 대답했다. '욕심내어 성급하게 서둘면 일을 성사시키기 어렵고, 너무 잘하려고 해도 일을 그르친다'라는 뜻이다, 모든 일에는 질서가 있으니 그 질서의 결을 따라 순리대로 처리하라고 일러주었다. 일의 결과는 있는 그대로, 노력한 만큼 실체로 나타난다. 그 실체를 찾으려고 노력해야지 실체를 만들고 다듬으려 하면 안 된다는 충고였다. 본래 생긴 그 길을 따라가라는 말이다.

아, 나는 또 날개로 가슴을 쳤다. 이번에는 위(魏)나라 혜공惠公이 떠올랐다. 뒤에 위나라가 양(梁)나라로 나라 이름이 바뀌어 그도 나중에는 양혜공梁惠公이라 불렸다. 그와 얽힌 이 사건이 위나라일 때 있었던 터라 위혜공으로 기록되어야 옳은데, 맹자는 바뀐 나라 이름을 좇아 그를 양혜공이라 불렀다. 또 장자는 어쩐 일인지 엉뚱하게 '문혜군文惠君'이라 불렀다. 아마도 맹자는 나라를 잃은 혜공의 어리석음을 나무라고, 장자는 지혜를 좀 더 깨달으라고 훈계하는 의미로 공公을 군君으로 되돌린 게 아닐까 싶다. 장자는 이렇듯 사람 이름을 잘 짓고, 그 이름에 뜻을 담길 좋아했다.

혜공은 주나라를 세운 문왕 집안의 방계傍系라 성이 희姬며, 씨는 위魏고, 휘는 앵罃이다. 장자를 흉내 내고 싶었는지 모르나 그가 나라 이름을 물건 이름 짓듯 바꾼 걸 보면, 이 나라도 '칼'을 잘못 쓴 게 틀림없다. 칼을 잘못 쓰면 날이 무디어지거나 부러져서 칼을 바꿀 수밖에 없다. 위나라는 한韓과 조趙와 함께 희姬씨의 진晉에 반기를 들고 하극상을 한 뒤 서로 사이좋게 세 조각으로 나누어 생긴 나라다. 위나라는 같은 자기 집안의 공실公室을 치고 독립한 셈이다. 이 하극상 삼분三分 사건이 춘추에서 전국으로 넘어가는 빌미를 만들었다. 이 좋지 않은 사건을 본으로 삼아 너도나도 아래위 없이 치고받으며 땅뺏기 싸움[戰國]을 시작했다.

215

혜공이 즉위할 무렵 위나라는 매우 암울하던 때였다. 말하자면, 부실 불량한 국가를 넘겨받았다. 선대 무후武侯의 적자로 태어났으나 무후가 세상을 뜨자 혜공은 배다른 형 중완仲緩과 왕위 다툼을 해야 했다. 결국에는 형을 죽이고 나서야 왕좌에 올랐다. 당시 위나라는 영토가 크긴 했으나 중원에 있어서 주위를 둘러싼 강한 나라와 끊임없이 싸웠으며, 잦은 전쟁으로 나라가 매우 피폐해 있었다. 특히 한나라 조나라와 싸움이 그치지 않았다. 이로 인하여 나라의 힘이 많이 약해졌다. 한나라와 조나라는 위나라와 함께 주인인 진나라를 치고 사이좋게 자기 나라를 세운 동지였으나, 제 버릇 개 못 준다는 말처럼 국경을 맞대자 서로 또 싸웠다. 위나라는 혜공 대에 와서 국력이 더욱 많이 약해졌다.

다행히 혜공의 휘하에 훌륭한 재상이 있었다. 공숙좌公叔座다. 그는 무후 때 재상이 되어 한나라와 조나라 연합군을 대파하는 등 여러 차례 나라를 위기에서 구했다. 그는 위나라를 다시 강한 나라로 일으켜 세우기 위해 마지막 비장의 무기를 만들었다. 위衛나라 왕의 서자로 법가法家 이론 형명학刑名學에 밝은 공손앙公孫鞅을 자신의 문하로 받아들였다. 장차 그를 중용하여 위魏나라를 법치국가로 만들어 천하를 통일하려는 계획을 세운 것이다. 그러나 불행하게도 이 뜻을 펴기도 전에 공숙좌가 병이 들어 그만 자리에 눕게 된다.

공숙좌의 병이 더욱 깊어지자 어느 날 혜공이 그를 병문안 왔다. 공손앙이 잠시 자리를 비운 기회를 틈타 공숙좌가 조심스럽게 혜공에게 건의했다.

"소인은 이제 자리에서 일어나기 어렵습니다."

"무슨 말을 하는 게요. 내가 어의에게 명해 명약을 구하라 일렀으니, 속히 자리를 털고 일어나도록 하시오."

"아니옵니다. 제 병은 제가 잘 압니다. 그러하오니……제 문하에 있는 앙을 저를 대신하여 재상으로 중용하십시오. 앙은 장차 위나라 사직을 튼튼하게 받쳐줄 큰 재목입니다."

"그래…… 요?"

공숙좌는 혜공이 별로 탐탁하게 여기지 않는다는 느낌을 받았다. 속으로 아차 했지만, 이미 엎질러진 물이었다. 그는 이를 어떻게 수습할지 황급히 생각을 정리했다. 잘 쓰면 약이 되지만, 잘못 쓰면 독이 될 수도 있다. 생각을 정리한 뒤그는 다시 혜공에게 건의했다.

"만약 앙을 중용하지 않으신다면, 그를 반드시 죽여야 합니다.”

“방금 뭐라고 했소?”

“앙은 보검寶劍 중의 보검입니다. 이 보검을 손에 쥐면 천
하를 얻을 수 있지만, 손에 쥐지 못하면 천하를 잃습니다.
대왕께서 이 검을 버리신다면, 차라리 검을 부러뜨리셔야
합니다. 그렇지 않으면 우리 위나라에 큰 재앙이 될 것입니
다.”

“도통 무슨 말인지 모르겠소이다. 더 자세히 말해보시오.”

“그는 큰 재주를 지니고 있어, 이웃 나라에서 먼저 그를
중용하면 우리나라가 위험해집니다. 그러하오니, 가져다
쓰지 않으면 반드시 그를 죽여야 합니다.”

혜공은 공숙좌가 죽을 때가 되니 헛소리한다고 생각했
다. 혜공의 눈에는 공손앙이 그의 집에서 더부살이하는 식
객 정도로밖에 보이지 않았다.

혜공이 돌아가고 난 뒤, 공숙좌는 공손앙을 보자 가슴이
덜컥 내려앉았다. 이 귀한 검을 부러뜨리게 그냥 놔둘 수가
없었다.

“이보게. 지금 당장 짐을 꾸리게.”

“예?”

"혜공이 자네를 죽일지 모르네."

공손앙은 그 길로 위나라를 떠나 진秦나라로 도망갔다. 때마침 진나라에서는 뛰어난 인재를 구하고 있었다. 진나라 효공은 위나라 혜공과 달리 공손앙의 진가를 금방 알아보았다. 효공은 그에게 옛 상商나라 땅을 떼어주고, 재상으로 삼았다. 이때부터 공손앙이란 이름 대신 그를 상앙商鞅이라 부른다. 법가法家의 대가였던 그가 변법變法을 시행하여 왕권을 확립함으로써 진나라는 전국칠웅 가운데 최강자가 되어 전국을 통일하게 된다. 얼마 뒤, 위나라 혜공은 상앙이 이끄는 진나라의 공격을 받고 이리저리 쫓겨 다니다가 나라 이름도 양나라로 바꾸었다.

사람 하나 잘 쓰고 못 쓰고에 따라 나라 하나가 흥하기도 하고 무너지기도 한다. 역사를 통해 그런 경우를 수없이 보았으면서도 통치자들은 같은 잘못을 반복한다. 세월이 흘러도, 아무리 지식을 켜켜이 쌓아도 인간이 쓰고 있는 가면을 진짜 모습이라 착각하는 한 이러한 일은 반복된다.

도불습유道不拾遺, 길에 떨어진 물건을 줍지 않는다는 뜻이다. 그만큼 풍속이 올바르고, 먹고 살기 좋은 나라라는 의미기도 하다. 상앙을 책사로 둔 진나라를 이르는 말이다. 사람 하나 잘 쓰는 일이 이같이 중요하다는 교훈을 남기며, 진나라는 흥하고 위나라는 역사에서 사라졌다.

세상이 순리대로만 움직이면 무슨 걱정을 하겠는가. 이렇게 진나라를 일으킨 상앙도 그 말로는 좋지 않았다. 이 또한 가면을 쓴 인간의 숙명이다. 정치는 이처럼 비정하다. 있는 그대로의 세상을 관리하지 않고 세상을 만들려고 욕심부리다가 자기가 쥔 칼날에 무너졌다. 그는 자신이 선택한 변법으로 수많은 사람을 처형하며 나라를 튼튼하게 만들었지만, 그 칼날이 자신을 칠 줄은 몰랐다. 효공의 전폭적인 지지를 받은 그는 충신이든 간신이든 진나라가 천하를 통일하는 데 방해가 되는 사람들을 모조리 척결했다. 아무리 단단한 권력도 세월 앞에는 무디게 되는 날이 온다. 효공이 죽고 혜문공惠文公이 즉위하자 신변의 위험을 느낀 그는 국외로 도망쳤다. 위나라에서 도망쳐 진나라에 와서 영광을 누리다가, 그 영광이 칼이 되어 자신을 겨누자 또 망명자의 신세가 된 것이다. 그는 함곡관函谷關 국경 경비대에 체포되었다. 국외로 나갈 때 통행권이 없으면 국경을 넘지 못한다는, 자신이 만든 법률 위반으로 체포되어 거열형車裂刑으로 처형되었다. 거열형은 오체五體를 묶고, 소 다섯 마리가 사방에서 당기게 해 찢어 죽이는 형벌이다. 이 형벌 역시 상앙이 고안해낸 것이니, 어이없게도 그는 자신이 만든 법에 걸려 자신이 고안한 형벌로 처형되었다. 공숙좌가 처음 그를 위나라를 구할 인재라 보고 가신으로 데려왔을 때, 이미 그의 운명은 권력을 만들고 다듬는 칼로 결정지어졌다. 스스로 자신의 삶을 좇아갈 수 없는, 누군가의 손에 쥐어서 세상을 베는 칼이 된 것이다. 이것이 그를 죽음으로 마무리하게 했다. 제대로 쓰지 않은 칼은 언젠가는 무디어지며, 반드시 부러진다.

여기는 위나라다. 혜공을 생각하는 바람에 내가 위나라로 왔는지 위나라에 왔기에 혜공이 생각났는지 알 수는 없으나, 장자의 길에서는 언제나처럼 생각과 현실이 일치하는 세상이 눈앞에 나타났다. 몇 번이나 말하지만, 장자의 길에서는 이 또한 이상한 일이 아니다.

위나라 위정자들은 사람 보는 눈이 없었던 모양이었다. 여러 차례 인재를 놓쳤다. 한번 공손앙(상앙)을 놓치는 패착을 둔 혜공은 더 큰 실수를 한다. 사람을 잘 쓰고 못 쓰는 게 결국은 나라 하나를 거덜 낸다는 걸 이 혜공이 확실하게 보여준다. 그는 상앙을 놓친 후회로 마음이 다급해져서인지 이번에는 사람의 됨됨이를 제대로 보지 않고 방연龐涓을 등용하였다. 방연은 종횡가縱橫家의 비조鼻祖인 귀곡자鬼谷子 문하에서 천문·지리·병법 등을 공부했다. 귀곡자는 진晉나라 평공平公 때 사람으로 이름이 왕후王詡다. 진나라가 위나라·조나라·한나라로 삼분三分된 뒤 위나라 주양성周陽城 청계산 귀곡에 은거해 귀곡자로 불렸다. 당시 귀곡자의 문하에는 전국시대 중반기에 크게 이름을 떨친 4명의 인물 소진蘇秦·장의張儀·손빈孫臏·방연이 함께 공부했다. 위나라가 놓친 장의는 진나라에 가서 연횡책連橫策을 펼치며 전국 통일 기반을 닦았고, 소진은 이에 대응하여 전국칠웅 중 나머지 6국을 합종合縱 연합하여 진나라에 대응케 함으로써 진나라의 진출을 막았다. 당시 소진은 진나라를 제외한 나머지 6국 재상의 도장인 상인相印을 지니고 있었을 정도로 중책을 맡았다. 손빈은『손자병법』으로 오나라를 강국으로 키웠던 손무의 후손이다. 이들 귀곡자의 네 제자가 전국戰國의 판도를 좌지우지했다. 이 가운데 특히 손빈과 방연은 귀곡자 문하에 있을 때부터 서로 앙숙이었다. 병법에 관해서는 손빈에게 밀리던 방연은 그를 질투 시기했다. 이 둘은 절대로 한 그릇에 담으면 안 되는 사람들이었다.

이러한 판도를 모르는 위나라 혜공은 먼저 방연을 발탁하여 군사를 맡겼다. 이게 화근이었다. 방연은 이때까지도 손빈이 늘 눈엣가시처럼 마음에 걸렸다. 제나라에서 손빈을 데려가면 위나라가 위험해진다는 걸 잘 알기 때문이다. 이 무렵 위나라와 제나라는 중원의 패권을 놓고 서로 긴장을 조성하며 충돌 일보 직전이었다. 남 주느니 차라리 곁에 두는 게 좋다고 생각한 방연은 손빈을 초대했다. 이것으로 문제가 해결된 게 아니었다. 가까이 두고 보니 또 다른 걱정거리가 생겼다. 혜공이 손빈을 자기보다 더 가까이 두고 쓸까 봐 걱정한 것이다. 방연은 비밀리에 사람을 시켜 손빈을 체포했다. 손빈은 집안 대대로 내려오는 병사 비법서를 가지고 있었다. 이것을 손에 넣기 위해 방연은 그를 죽이지는 않고 무릎을 부수는 형벌인 빈형臏刑으로 걷지 못하게 만들어 버렸다. 그것도 모자라 얼굴에 죄인임을 표시하는 경형黥刑까지 내렸다. 그러고 나서 방연은 태연하게 손빈 앞에 나타나 이런 사실을 전혀 몰랐던 것처럼 놀라며 그를 위로했다. 이 일이 모두 방연이 꾸민 것임을 손빈은 뒤늦게 알았다. 그는 입술을 깨물며 절치부심하다가 위나라에 사신으로 온 제나라 대장군 전기田忌의 도움으로 몰래 제나라로 탈출했다. 이때부터 손빈은 방연에게 복수하기 위해 전기田忌를 돕는다.

이때 위나라는 조趙나라를 공격했는데, 방연이 이끄는 군사가 조나라 수도 한단邯鄲을 포위했으나 제나라에 가 있는 손빈의 책략으로 실패하고 만다. 조나라로부터 구원 요청을 받은 제나라가 전기 장군에게 한단을 포위하고 있는 위나라군을 공격하라고 명했으나, 손빈이 조나라로 가지 말고 위나라를 직접 공격하라고 조언했다. 조나라 땅에서 위나라와 직접 충돌하기보다 조나라를 공격하느라 방어가 허술한 위나라 수도 대량大梁을 치면 저절로 한단의 포위가 풀린다는 걸 간파한 것이다. 손빈의 책략이 주효했다. 제나라가 위나라를 공격하자 조나라를 공격하던 위나라군은 다급하게 회군했고, 이래저래 지친 위나라군은 제나라를 이길 수 없었다. 손빈의 책략으로 쉽게 조나라를 구하고 위나라를 위기에 빠뜨리는 양동작전에 성공한 것이다. 이것이 『손빈병법』의 '위위구조圍魏救趙'다. 위나라를 포위하여 조나라를 구한다는 전술로, 전투에서 직접 공격보다 우회 공격으로 본진에 타격을 주는 병술이다.

얼마 뒤 조나라와 진나라가 연합하여 한나라를 공격했다. 손빈은 이 기회를 놓치지 않고 제나라 군사를 이끌고 위나라를 공격했다. 위나라를 지원해줄 이웃이 없는 틈을 노린 것이다.

대장군 전기田忌와 군사軍師 손빈孫臏이 이끄는 제나라 군사가 위나라를 공격한 이 전투를 '마릉지역馬陵之役'이라고 한다. 한 나라의 운명을 뒤집은 이 전투는 군사력보다 전술 전략에 의해 역사를 바꾸었고, 이로 인해 손빈은 전략가로 이름을 떨친다.

손빈은 제나라 병사들에게 마릉馬陵에서 제일 큰 나무 한 그루만 남겨놓고 모두 베어내게 했다. 남겨둔 그 나무의 껍질을 벗겨내고 '龐涓死于此樹之下(방연사우차수지하)'라고 써서 장승처럼 만들어놓았다. '이 나무 아래에서 방연이 죽는다'라는 뜻이다. 그러고 나서 손빈은 주위에 병사를 매복시키고, 날이 어두워진 뒤 불빛이 일면 그 불빛을 향해 일제히 화살을 쏘도록 지시해 두었다.

제나라 군사들은 적당히 싸우다가 밀리는 척하며 퇴각하고, 또 싸우다가 퇴각하면서 방연이 이끄는 위나라 군사를 마릉까지 끌고 왔다. 물론 어두울 때 마릉에 이르도록 치밀하게 작전을 꾸몄다. 어두워진 뒤 마릉에 도착한 방연은 껍질을 벗긴 나무에 쓴 글을 보았다. 어두워서 글씨가 잘 보이지 않자 횃불을 밝히게 했다. 바로 그때 그 횃불을 신호로 잠복한 제나라 군사들이 사방에서 화살을 쏘았다. 계곡에 갇힌 위나라 군사들은 손 한 번 쓰지 못한 채 속수무책으로 쓰러졌다. 그제야 손빈의 계략에 빠진 것을 알아차린 방연은 하늘을 보며 탄식하다가 스스로 목숨을 끊었다. 제나라는 이 전투에서 대승을 거두었으며, 위나라 태자 신申까지 포로로 잡아 데리고 갔다.

방연이 귀곡자 문하를 떠날 때 "어느 나라에 가서 뜻을 펴면 좋겠습니까?" 하고 스승에게 물었다. 마침 귀곡鬼谷에 핀 꽃들이 시든萎 것을 본 귀곡자는 鬼(귀)와 委(위)를 합한 뒤 魏(위)나라로 가라고 일러주었다. 또 '遇羊而榮(우양이영), 遇馬而悴(우마이췌)'라는 여덟 글자를 써 주었다. 양을 만나면 흥하고 말을 만나면 스러진다는 뜻이다. 양은 온순하고 말은 날쌔다. 오만하고 급하며, 남을 시기하길 좋아하는 방연의 성격을 잘 아는 스승이 그 마음을 고치도록 남긴 교훈을 그는 제대로 이해하지 못했다. 방연은 스승이 예고

한 대로 위나라의 마릉馬陵에서 스스로 목숨을 끊었다.

방연과 손빈을 한 그릇에 담은 위나라 역시 큰 고초를 겪었다. 마릉에서 제나라에 패한 위나라는 엎친 데 덮친 격으로 이듬해 상앙이 지휘하는 진나라의 공격을 받고 또 한 번 무너진다. 이 여파로 위나라는 수도를 옮기고, 나라 이름을 위나라에서 양梁으로 바꾼다.

시름에 잠긴 양나라 혜공은 포로로 잡혀간 태자 신을 포기하고 동생 혁赫을 세자로 책봉하면서 지난 일들을 회상했다. '그때 공숙좌의 말을 듣고 공손앙을 죽였으면 나라가 이 지경이 되지 않았을 텐데' 하고 가슴을 치다가, 다시 공손앙을 재상으로 등용했으면 오늘의 국난이 오지 않았을 거라며 자신의 안목이 좁았음을 크게 후회했다. 잘못한 일이 또 있다. 방연을 가까이 둔 실책이다. 아니다. 방연과 손빈을 함께 두고 재주 다툼을 하도록 내버려 둔 실책이 더 크다. 혜공은 지나간 일을 복기復棋하듯 펼쳐보았으나, 이젠 다시 돌아갈 수 없는 역사가 되었다. 위나라는 이 후유증으로 양나라로 이름을 바꾸었지만 결국 한나라와 함께 제나라에 복속된다. '귀곡(鬼)의 꽃이 시든(委)다'는 의미가 합쳐진 魏(위)는 말[馬]을 만나게 된 馬陵(마릉)에서 생명을 다한 방연과 함께 나라의 문을 닫았다.

사람 하나 잘못 쓰거나, 잘 써야 할 사람을 놓치면 이처럼 나라를 통째로 잃는다. 장자는 사람들에게 이렇게 지난일을 복기하는 일이 없도록 혜공의 이야기를 전했으나, 권력의 달콤함에 길들어진 후대 사람들은 마릉 전투에서의 방연처럼 칼날이 자신의 목을 향해 내려올 때까지 이를 알아차리지 못한다.

"?"

마릉지역, 어디서 많이 본 사건과 닮았다. 이 생각을 하자 나비로 우화羽化했을 때처럼, 갑자기 내가 사람으로 뒤바뀌려고 한다. 나는 빠른 속도로 날갯짓을 했다. 아직은 나비가 더 편하다. 잠시 그러고 나자 기억이 조금씩 떠오른다. 어느 나라인지는 정확하게 떠오른 건 아니다. 우리가 사는 지구에는 어딘지 모르지만, 정권이 뒤집히고 교체되는 일이 다반사로 일어난다. 혁명으로든 선거로든, 평화롭게 정권이 바뀌는 일은 참 드물다. 힘세고 잘 살고 민주주의가 가장 잘 되었다고 큰소리치던 '아름다운 나라'도 지금 몹시 시끄럽다. 선거를 끝내고 결과가 발표되었는데도 서로 이겼다고 링 밖에서 또 싸운다. 한쪽이 부정선거를 했다고 한다. 국민의 표를 재판으로 가리자고 한다. 이게 몽니인지 아니면 정말 부정선거를 했는지 시시비비를 가리자는데, 자꾸 듣다가 보면 어느 게 진실인지 알 수가 없다. 이쯤 되면 표 주인인 국민이 고소하든지 조리돌림을 해야 하는 거 아닌가? 돌림병으로 수많은 국민이 고통받고 죽어 나가는 걸 팽개쳐 놓고 지도자가 골프나 치러 다니면서 태평하게 자리싸움하고 있다.

싸움의 중심에는 언제나 날카로운 칼을 든 사람이 있다. 권력을 쥔 자는 일부러 광기狂氣가 넘치는 사람에게 칼을 주고 칼춤을 추게 한다. 그래야 자기 손에 피 안 묻히고 장애물을 잘라낼 수가 있다. 미친 짓을 하든 말든 잘만 잘라내면 다행이고, 혹시라도 잘못 잘라내어 사단이 일어나면 잘못 잘라낸 걸 트집 잡아 칼을 회수하고 꼭두각시를 잘라내 버리면 된다. 성공해도 마찬가지다. 성공하더라도 칼춤 춘 사람과 그 칼은 버린다. 날이 무디어진 칼도 칼이다. 그 칼날이 언제 방향을 바꿀지 모르기 때문이다. 이런 줄도 모르고 칼을 들었다고 신나게 꼭두각시 춤을 춘다.

상심에 빠진 위나라 혜공은 대신들을 모두 물리고 날마다 혼자 멍하니 용상을 지키고 앉아 자신을 책망하며, 무엇이 잘못되었는지 곰곰 생각했다. 상앙의 책략으로 진나라의 국력이 날로 커지는 걸 보면서 그를 놓친 아쉬움과 그를 죽이지 못한 후회로 시름이 더욱 깊어갔다.

그러던 어느 날이다. 혜공은 아름다운 음악 소리를 들었다. 나라가 온통 슬픔에 잠겨있는데 누가 감히 악기를 연주하는가. 잔뜩 노기를 띤 혜공이 시종을 부르려다 말고 멈칫했다. 노여움이 일순간 사그라들어 버렸다. 그 음악은 혜공을 분노케 하기도 하고, 그 분노를 일순간에 녹여 버리기도 했다. 너무나 기이하여 혜공은 연주하는 사람을 벌주려던 마음을 잠시 접어두고, 누구인지 한번 만나보고 싶었다.

조용히 시종을 부른 혜공이 물었다.

"이게 무슨 연주 소리냐?"

"뭘 말씀이오니까? 연주라니요?"

"네 귀에는 들리지 않느냐, 이 소리가? 내 귀에는 상림桑林의 무악舞樂 같기도 하고, 경수經首의 운율 같기도 하다."

시종이 귀를 세우고 무슨 소리가 나는가 들어보았다. 쓱쓱 싹싹, 뿌지직뿌지직하는 소리밖에 들리지 않았다. 다시 고개를 갸웃하며 그 소리를 들어보았다. 반복해서 들려오는 그 소리가 어찌 들으면 악기를 연주하는 것 같기도 했다. 하지만 그렇다고 상림의 무악이라거나 경수의 박자라고 하기는 민망스러웠다. 상림은 상나라를 세운 탕왕이 기우제를 지내던 곳으로, 이때 무악을 연주했다. 경수는 요 임금이 즐겨 듣던 음악이다. 어찌 이 소리를 상림의 무악과 경수의 박자에 비견하는지 시종은 혜공의 행동을 이해할 수가 없었다. 마릉지역으로 방연을 잃고 세자까지 인질로 잡혀가서 심란해하던 나머지 헛것을 보고 들은 건 아닌가 걱정이 되어 시종은 조심스럽게 말했다.

"이 소리는 포정이 소를 잡는 소리입니다."

"뭐라? 소 잡는 소리라고 하였느냐?"

"네, 그렇습니다. 곳간의 고기가 떨어져서 포정을 불러 소를 잡게 하였습니다."

"그자를 당장 불러오너라!"

"네, 분부대로 하겠사옵니다."

돌아서는 시종을 혜공은 다급하게 불러세웠다.

"아니다. 내가 그리로 가마. 같이 그곳으로 가자."

혜공이 시종과 함께 나타나자 포정庖丁은 칼을 내려놓고

고개 숙여 인사했다. 소 잡는 장면을 처음 본 혜공은 가지런히 늘여놓은 고깃덩이와 뼈를 보고는 잠시 눈살을 찌푸렸다. 조금 전 들었던 그 운율과 현장의 모습이 사뭇 다른 것에 혜공은 잠시 혼란스러워 눈을 한번 감았다가 떴다. 그러고 나서 포정에게 물었다.

"그대가 포정인가?"

"예, 소인 포정이라 하옵니다."

"그대가 방금 여기에서 소를 잡고 있었는가?"

"황공하옵니다만, 저는 소를 잡는 게 아니라 해체하고 있사옵니다."

"해체? 잡는 것과 그게 무엇이 다른가?"

"본래 생긴 모양 그대로 다시 나누는 것이 해체이옵니다."

혜공은 예사로운 사람이 아니라는 느낌을 받았다. '도살屠殺'이라 하지 않고 '해체解體'라고 한다. 소 잡는 소리가 연주로 들린 이유가 있었다. 혜공은 포정의 말을 더 듣고 싶었다.

"그럼 그대는 소를 어떻게 해체하는가?"

"기술이 아닌 도道를 따라 해체합니다. 도는 기술보다 한 수 위입니다. 처음 제가 소를 잡을 때…… 아, 그때는 소를 기술로 잡았지요. 그 무렵에는 제 눈에 소 한 마리가 온전하게 보였습니다. 한 3년을 그렇게 소를 잡고 나니, 어느 틈에 소가 보이지 않았습니다. 대신 제 앞에는 한 생명을 이루는 커다란 종합체綜合體의 질서가 보였습니다. 말하자면, 눈으로 소를 보는 게 아니라 신기神氣 같은 흐름을 봅니다. 소의 살 속에는 생명을 이어주는 결이 있고, 뼈마디 사이에도 관절이 숨 쉬는 틈이 있습니다. 그 틈, 천리天理가 만든 길[道]을 칼이 좇아갑니다. 경락·근육·혈맥을 건드리지 않고, 뼈를 건드리지 않은 채 부위별로 해체합니다. 솜씨 좋은 백정은 1년에 한 번 칼을 바꾸는데, 살을 베기 때문에 그렇습니다. 보통 백정은 살을 베고 뼈를 건드리기 때문에 한 달에 한 번 칼을 바꿉니다. 지금 제가 들고 있는 이 칼은 20년이 다 되어가는데, 아직도 칼날이 멀쩡합니다. 그동안 제가 해체한 소가 수천 마리나 되지만, 금방 숫돌에 간 칼처럼 이렇게 날이 시퍼렇게 서 있지요. 제 눈에 보이는 소의 살과 뼈 사이의 길은 이 칼의 두께보다 더 넓습니다. 그 넓은 길 속을 헤집고 다니는데 칼이 닳을 이유가 없지요. 물론 언제나 그런 건 아닙니다. 가끔은 근육과 뼈가 엉켜 있기도 한데, 이럴 땐 긴장을 높이고 칼을 조심조심 움직여야 합니다. 절대로 급해서는 안 됩니다. 길이 좁아 자칫 잘못하면 칼날이 뼈와 근육과 부딪치지요. 정신 바짝 차리고 섬세하게 칼을 움직여야 합니다. 아무리 길이 좁아도 신기로 보면 충분히 칼이 지나갈 수 있습니다. 그러고 나면 등줄기에 땀이 흐릅니다. 세상일 어느 것 하나 쉬운 건 없지 않습니까. 그래도 일심으로 최선을 다하는 사람에게는 그 어떤 난관에서도 길이 보입니다. 그렇게 고비를 넘기면 고깃덩이가 땅에 떨어지는 소리가 들리고, 소의 살점과 뼈들이 나란히 모여집니다. 이를 보며 나는 칼을 닦습니다. 이럴 때 큰 행복을 느낍니다. 등줄기에 흐르던 땀도 시원한 바람이 되어 나를 웃음 짓게 하지요."

"아, 정말 훌륭하도다."

혜공은 지금까지 가슴에 뭉쳐 있던 근심 덩어리가 한순간에 해체되는 기쁨을 느꼈다. 하찮게 보아 왔던 백정에게서 이처럼 정리된 질서의 근본을 깨닫게 될 줄은 꿈에도 몰랐다. 혜공은 그를 해우解牛로 둘 수가 없었다.

"이제 소 잡는, 아니지. 소를 해체하는 일을 그만두고 내 곁에서 정사를 돕도록 하게나."

"황송하옵니다만, 그럴 수 없사옵니다."

"어찌 그러는가?"

"힘들게 소를 잡다가 이제 겨우 천리天理를 터득하여 해체하는 기쁨을 얻었는데, 또 어찌 힘든 일을 하라 하십니까."

"내 곁에서 정사를 돌보는 일이 어찌 소 잡는 일보다 힘들다고 하는가?"

"수많은 재상이 제 명에 못 사는 것을 보았고, 대왕님께서 아끼시던 방연 장군께서도 스스로 목숨을 끊지 않았사옵니까. 저는 제 명대로 살면서 행복한 일을 하고 싶습니다. 부디 이대로 포정으로 살게 해주십시오."

혜공은 하늘을 쳐다보며 몇 번 헛웃음을 웃은 뒤 그 자리를 돌아섰다. 무엇이든 못할 것이 없는 통치자가 백정의 마음 하나를 움직이지 못했다. 어디든 몰고 다닐 수 있는 말도 제가 먹기 싫다면 억지로 물을 먹게 할 수 없다. 돌아서면서 혜공은 속으로 "천리, 하늘의 도라……." 하면서 계속 되뇌었다. 좀 더 일찍 포정을 만났더라면, 공숙좌의 말을 듣고 상앙을 그냥 돌려보내지 않았으리라는 후회도 했다.

'포정해우庖丁解牛'다. 나는 돌아서 가는 혜공의 힘없이 내려온 어깨를 보았다. 발걸음이 무거워졌는지 몹시 힘들게 걷는다. 필요한 곳에 적합한 인물을 기용하는 일은 포정이 소를 해체하는 이치와 같다. 모든 일에는 길이 있다. 그 길을 따르지 않으면 통치의 칼날이 닳고 무디어져서, 선 백정 칼 바꾸듯 통치자가 바뀐다.

순간 날갯짓을 멈추었다가 나는 화들짝 놀라며 황급히 날개를 저었다. 도를 떠올린 게 잘못이었다. 포정이 해우하는 모습을 통해 깨달은 천리天理가 도의 전부가 아님에도 나는 포정해우의 이치를 입에 올렸다. 이 도를 알아차린 혜공의 위魏나라가 결국 문을 닫았다. 왜? 깨달은 도로써 새로운 나라를 만들려고 했기 때문이다. 작은 깨침을 큰 그릇에 담으려다 그릇이 깨어져 버렸다.

사실 포정이 혜공에게 한 말의 핵심은 '칼'에 있는 게 아니다. "…… 한 3년을 그렇게 소를 잡고 나니, 어느 틈에 소는 보이지 않았습니다."라고 한 이 말에 포정이 말하고자 한 핵심이 담겨 있다. 우리는 땅 위를 걷고 있지만, 땅의 본래 모습인 지구를 보지 못한다. 지구가 보이지 않기 때문에 눈앞의 길을 가고, 생각하는 일을 한다. 종일 다녀도 발의 존재를 잊고 있는 건 신발이 발에 맞아서다. 허리가 불편하지 않은 건 허리띠를 허리에 맞게 잘 맸기 때문이다. 세상을 움직이는 사람의 눈에 세상이 보이면 안 된다. 그 세상은 보이지 않고, 움직이는 그 세상의 속살을 볼 수 있어야 한다. 산을 보려면 산 밖에 나와야 하지만, 산을 알려면 산속으로 들어가야 한다. 소가 보이는 백정에게는 소 안이 잘 보이지 않는다. 그래서 칼날에 살이 베이고, 뼈가 부딪힌다. 세상을 볼 수 있다고 생각하는 통치자가 세상이 움직이는 길을 잘 볼 리 없다. 그런 통치자가 세상을 마음대로 다듬고 고치려고 한다. 그 세상이 온전할 리 없고, 다듬는 칼이 성할 리 없다. 세상은 다듬어서 만들어지는 게 아니라, 있는 그대로 스스로 움직이면서 모양을 갖춘다. 자유롭게 움직이는 그 힘들이 세상을 만든다. 통치자는 움직임이 멈출 때만 무엇이 원인인지 살펴 바로잡고, 위험한 곳을 미리 살펴 탈이 생기지 않도록 관리만 잘하면 된다. 요순堯舜이 세상을 잘 다스린 것은 있는 그대로, 풀 한 포기 나무 한 그루 돌 하나까지도 있는 그대로 숨 쉬도록 했기 때문이다. 나라 모양을 만들려고 노력하지 않았다.

노나라 애공哀公이 생각난다. 오죽하면 이름에 슬플 애哀 자를 넣었겠는가. 제위 중에 삼환씨三桓氏라 불리는 환공桓公의 세 아들 중손씨仲孫氏, 숙손씨叔孫氏, 계손씨季孫氏가

반란을 일으키는 바람에 월나라로 추방되어 그곳에서 죽었다. 공자가 태어나고 살았던 노나라에서 하극상이 일어났다. 애공 역시 충신의 말을 귀담아듣지 않았다. 심지어 공자의 진언도 외면했다. 양나라 혜공처럼 스스로 세상을 잘 안다고 생각했다.

어느 날, 애공이 공자에게 물었다.

"어떻게 하면 백성을 잘 다스릴 수 있소?"

"거직조저왕 즉민복擧直錯諸枉則民服 거왕조저직 즉민불복擧枉錯諸直則民不服하십시오."

공자는 애공에게 '올바른 사람을 쓰고 올바르지 않은 사람을 버리면 백성이 국왕을 따르고, 올바르지 않은 사람을 쓰고 올바른 사람을 버리면 백성이 따르지 않는다'는 말을 했다. 올바른 사람은 세상을 만들려고 하지 않고, 올바르지 않은 사람은 자신을 과시하려 세상을 만들고자 한다. 애공은 공자의 말을 따르지 않았다. 노나라 땅 곡부에서 공자가 나왔기 때문에 노나라에는 유학자가 차고 넘친다는 자만에 빠져있었다.

민심이 돌아서고 나라가 어지럽게 기울자 애공이 급히 장자를 초대했다. 사실 애공이 장자를 부를 수는 없다. 장자가 애공보다 80여 년 뒤에 태어난 사람이기 때문이다. 나비가 되어 내가 시공간을 뛰어넘으며 날아다니는 것처럼, 장자의 길에서는 이 또한 이상한 일이 아니다. 애공은 장자가 필요했고, 그래서 그를 불러 만났다. 애공과 장자의 이 만남은 이후 사람들에게 길 하나를 만들어 주었다.

애공을 만나러 노나라로 가던 장자는 앞서 초나라에 갈 때 만난 해골을 떠올렸다. 초나라로 가다가 날이 저물자 그는 한적한 숲을 찾아 별을 보고 누웠다. 그의 옆에 해골 하나가 있었다. 마치 해골이 그를 보고 웃는 듯 보였다. 그도 해골을 마주 보며 빙그레 웃었다. 우연히 누운 숲이지만, 이승과 저승 사람이 친구가 되어 함께 밤을 지낸다. 잠자리 하나도 생각 없이 눕고 싶은 자리에 누우면 그곳이 아늑한 침실이다. 문득 아내가 죽었을 때 항아리를 두드리며 노래한 일이 떠올라 그는 해골을 가볍게 두드리며 노래를 불렀다.

"그대는 어째서 죽은 거요? 무슨 욕심을 부리다가 이리 죽었소, 아니면 나라가 망할 때 죽임을 당한 거요? 아니면 먹을 게 없어서 굶어 죽은 거요? 혹시 못된 짓 하다가 스스로 목숨을 끊은 건 아니오? 이도 저도 아니면, 제 삶을 잘 살다가 수명이 다하여 이곳에 누워 있는 게요?"

그렇게 대화하듯 노래 부르고 나서 장자는 그 해골을 베고 누워 잠들었다. 나비를 만나듯 그는 꿈속에서 해골 주인을 만났다. 해골이 빙그레 웃으며 말했다.

"그대가 부른 노래 잘 들었소. 그대는 말을 참 잘하시오. 그대의 말을 듣고 나서 나는 비로소 깨달았소. 사는 게 참 허무하다는 걸 말이오. 하지만 여기에는 그런 게 없소이다. 죽은 자가 사는 나라가 어떤 곳인지 알고 싶소?"

장자는 꿈속에서지만 정신이 번쩍 들었다. 산 사람을 위해 노래 부른 적은 있지만, 죽은 자에게 길을 묻는 건 처음이었다.

"거긴 어떤 곳이오?"

"여긴 왕과 신하의 구별이 없소. 사계절 구분도 없으며, 그저 천지와 내가 같이 있을 뿐이오. 천지의 사계절도 모두 내 것이오."

잠시 생각에 잠겼던 장자가 말했다.

"당신은 도를 아는 듯하오. 내가 생명의 신에게 말하여 당신 몸에 다시 살을 붙이고 피가 흐르게 하여 원래 있던 자리로 돌아갈 수 있게 해주겠소. 그렇게 하겠소?"

"에이, 무슨 그런 악담을 하시오. 여기에서 임금과 같은 즐거움을 얻으며 잘 사는데, 왜 힘들게 이걸 버리고 고생길로 가라 하시오. 쓸데없는 소리 하지 마시오."

장자는 해골의 말을 듣고 자신의 이마를 쳤다. 똥 밭에 굴러도 이승이 낫다는 말이 틀렸음을 그는 죽은 자의 말을 듣고 깨달았다.

쿡 하고 웃음이 나올 뻔했다. 잘 참았다. 그렇게 웃을 수 있다고 생각했을 뿐, 나는 그렇게 웃을 수는 없다. 나는 사람이 아니라 나비다. 만약 내가 그렇게 웃었다면 나는 날개를 잃고 다시 사람이 되었을 것이다.

해골도 그랬듯이 장자는 말을 참 잘한다. 어떻게 해골을 베고 잘 생각을 했을까. 장자가 워낙 이야기를 잘 만들기에, 어쩌면 그 해골은 100여 년 전에 세상을 떠난 애공의 화신化身일지도 모른다. 비록 왕이지만, 알고 보면 그 자리도 그리 편하지만은 않다. 사람들이 불편하게 만들기도 하지만, 스스로 가시방석을 만드는 자리가 왕좌다. 안 해도 될 일을 해야 하고, 때로는 물 흐르듯 흐르게 해야 할 일을 참견하여 물길을 막기도 한다. 자기보다 더 잘나거나 더 행복하게 사는 사람을 그냥 두고 보지 못한다. 무엇이든 다 할 수 있다는 오만에 빠져 진정한 행복을 누릴 줄 모른다. 설혹 행복이 뭔지 알고 있다고 하더라도 그 행복을 얻기 위해 왕좌를 버리지 못한다. 그 자리에 앉은 이상 자기 의지로 온전하게 벗어나는 방법은 없다. 이게 왕이다. 애공이 삼환씨의 기를 꺾으려고 그토록 온갖 수단과 방법을 다 동원했지만, 그러면 그럴수록 삼환씨의 힘은 더욱 강해졌다. 이제 그 삼환씨의 힘에 눌려 애공은 그들의 비위를 맞추어야 하는 지경에 이르렀다. 그러하니 그 자리에서 얼마나 도망치고 싶었겠는가. 백골이 된 애공을 다시 왕 자리에 앉히려 하니 고개를 흔든다. 죽어서야 진정한 도를 깨달은 것이다.

장자는 정말 훌륭한 이야기꾼이다. 애공을 만나러 가면서 벌써 그를 주인공으로 한 이야기 하나를 뚝딱 만들었다.

장자를 만난 애공은 그를 물끄러미 바라보았다. 생각보다 왜소하고 인물도 빼어나지 않아 조금 실망하는 표정이다. 공자가 설파한 인仁과 예악禮樂을 나무라고, 백가百家의 쟁명爭鳴까지도 부질없다며 거침없이 일갈한 사람이라 위엄이 넘칠 줄 알았다. 그러한 기대감이 여지없이 무너져 버렸다. 장자가 말하는 그 도道가 얼마나 대단한 물건인지 애공은 한번 시험해 보고 싶었다.

"우리 노나라에는 유가儒家가 많으나 공의 학문을 따르는 자는 한 사람도 없소. 그 연유가 무엇이라 생각하시오?"

"보는 잣대에 따라 세상은 달리 보입니다. 제가 보기에 노나라에는 유가가 그다지 많지 않습니다."

"뭐라고 했소? 노나라에 유가가 그다지 많지 않다니, 대체 그게 무슨 당치도 않은 말이오?"

눈살을 잔뜩 찌푸린 채 애공이 묻자 장자는 빙그레 웃으며 대답했다.

"유가의 옷을 입은 이는 많겠지요. 둥근 갓을 쓰는 건 하늘의 이치를 알기 때문이고, 모난 신을 신는 것은 땅의 변화를 잘 안다는 뜻이며, 오색 실에 꿴 구슬을 허리에 차는 건 오행을 안다는 걸 나타낸다고 합니다. 도를 깨친 참 군자는 그런 허식에 얽매이지 않습니다. 그런 옷을 입었다고 해서 모두 도의 이치를 아는 사람이라 볼 수 없습니다. 대왕께서 제 말을 못 믿겠거든 지금 당장 '유가 옷을 입고 다니는 가짜 유학자를 사형에 처한다'라고 명령을 내려보시지요."

애공이 전국에 '유학의 도를 모르면서 유가 복장을 한 자는 사형에 처한다'라는 명을 내려보냈다. 그러자 노나라에는 유가의 옷을 입은 사람들이 모두 사라졌다. 오직 한 사람만 유가 복식을 하고 애공을 찾아왔다. 그는 애공이 묻는 유가의 도에 대해 거침없이 대답했다.

이를 보고 장자는 입가에 웃음을 띠며 "노나라에는 유학자가 이 한 사람뿐입니다." 하고 말했다. 애공은 장자의 말에 그저 입맛만 쩝쩝 다셨다.

장자는 애공 앞에서 유가의 도에 대해 거침없이 대답한 사람이 누구라고 밝히지는 않았다. 나는 곰곰 생각하니 그가 자공子貢이 아닐까 싶다. 자공은 위衛나라 사람으로 이름이 단목 사端木賜다. 성이 단목이고 이름이 사며, 자공은 그의 자字다. 공자의 제자로 공자가 세상을 떠났을 때 6년간 시묘살이했으며, 공문십철孔門十哲이라 불린다. 명분에 얽매이지 않고, 자유로이 자기 뜻에 따라 행동했다. 그래서 공자를 비롯하여 공자의 다른 제자들과 달리 이재理財에 밝아 궁핍한 스승을 많이 도와주었으며, 언변이 뛰어나 외교관으로 활동하기도 했다. 제나라가 노나라를 공격하려 할 때 공자의 부탁으로 그는 오吳나라와 월越나라를 설득하여 노나라를 구했다. 이런 공로로 노나라에서 재상을 지냈으며, 공자가 세상을 떠나자 시묘를 마친 뒤 위나라로 가서 재상이 되었다. 노나라와 위나라에서 그를 재상으로 쓸 정도였으니, 애공이 그를 유가 중에 으뜸으로 꼽았음이 틀림없다.

자공이 농부와 문답한 이야기 '한음식기漢陰息機'가 떠오른다. 장자도 이를 도의 길을 가르치는 데 널리 인용했을 정도로 유명한 이야기다.

자공이 초나라에서 유세하고 진晉나라로 갈 때다. 한수漢水 남쪽 한음漢陰 땅을 지나다가 밭에 물을 대는 한 노인을 만났다. 노인은 웅덩이를 파고 그 안에 들어가 항아리에 물을 담아 힘겹게 지고 와서 밭에 붓고 있었다. 이를 보고 자공이 말했다.

"그렇게 힘들여서 물을 길어오기보다, 용두레를 사용하면 훨씬 더 편합니다. 용두레를 한 번 사용해 보시지요."

"용두레요? 그게 어떤 기계요?"

"나무를 파서 만든 것인데, 이걸 사용하면 혼자서도 물을 홍수처럼 퍼 올릴 수 있소이다."

자공은 용두레 만드는 방법을 노인에게 자세하게 알려주

었다. 자공의 이야기를 다 듣고 난 노인은 잠시 생각하더니 이같이 말했다.

"내 일찍이 나의 스승에게 들었소이다. 기계란 놈을 사용하면 꾀가 생기게 되오. 꾀가 생기면 정성 들여 작물을 키우던 마음이 변하여 쉽게 더 많은 수확을 얻는 데만 정신을 팔 것이고, 그렇게 되면 물 흐르듯 편하게 살던 내 마음도 바뀔 것이오. 분별없는 마음이어야 도를 보는데, 부끄러운 분별이 생기고서야 어찌 도를 알 길 있겠소. 차라리 힘들더라도 나는 부끄럽지 않은 내 마음을 지키겠소이다."

천하의 자공도 이 말을 듣고 크게 깨달아 노인을 향해 허리를 굽혀 절한 뒤 돌아섰다.

여기에서 노인이 말한 스승은 장자다. 장자가 한 말은 이렇다. '有機械者 必有機事(유기계자 필유기사) 有機事者 必有機心(유기사자 필유기심)'이다. 기계가 있으면 틀림없이 기계를 쓸 일이 생기고, 기계를 쓸 일이 생기면 기계를 쓸 마음이 생긴다는 뜻이다. '기심機心'이란 말이 여기에서 나왔다. 기회를 엿보며 세상을 움직이게 하거나, 간교하게 남을 속이며 책략을 꾸미는 마음이 '기심'이다.

'장자시처莊子試妻'에서 보았듯이, 장자도 그저 평범한 자연인의 한 사람이다. 한음의 농부처럼 몸을 낮추어 자신의 균형을 잃지 않으면 장자의 길을 만난다. 도는 이렇듯 '평범'에서 얻는다. 손가락을 보는 눈으로는 세상을 보지 못한다. 세상 밖에서 세상을 보는 눈으로는 세상 속 질서를 알지 못한다. 세상을 보려면 세상 안에서 질서와 결을 보는 눈이 있어야 한다. 해우解牛하는 포정처럼, 소를 제대로 잡으려면 소가 보이지 않아야 한다. 포정은 소를 잡은 게 아니라 질서에 따라 소를 해체하였다. 소를 살아 숨 쉬게 하는 그 질서(道)를 본 것이다. 정치도 그와 같다. 세상의 모양을 알면 세상을 뜯어고치려는 삿된 마음이 생긴다. 숨 쉬는 세상의 질서를 보아야 한다. 보지 않고 모양만 보고 뜯어고치면 세상의 질서는 무너지게 된다.

나는 다시 장자의 길을 따라 날아간다. 날개에 힘이 솟는다. 지금까지 내가 보았던 길은 이미 내 눈에서 사라지고 새로운 길이 나를 끌고 간다. 도가도비상도道可道非尙道 명가명비상명名可名 非常名이다. 도라고 말할 수 있는 도는 본래의 그 도가 아니며, 이름을 부를 수 있는 이름은 이미 본래의 그 이름 아니다. 보이는 사물의 형상을 보지 말고, 형상이 만들어지기 전의 무명無名의 실체를 보아야 본질의 오묘함을 발견한다. 노자의 『도덕경』 한 구절이 떠오른다. 무명천지지시無名天地之始 유명만물지모有名萬物之母. 이름이 없는 데서 천지가 시작되고 이름을 붙임으로써 물건이 생겨나니, 이것이 만물의 모태가 된다.

장자의 길을 버린 기심機心은 세상을 무너뜨린다. 그 대표 인물이 초나라 태자 건建의 스승이던 비무기費無忌다. 초나라 제28대 평공平公 때다. 평공은 공왕의 막내아들로 영특하여 일찍이 후계자로 책봉되었지만, 이복형들이 번갈아 왕이 되는 바람에 뒤에 반란으로 왕위에 올랐다. 평공의 태자 건에게 스승이 둘 있었는데 오사伍奢와 비무기다. 두 사람은 정치 노선이 달라 늘 앙숙이었다. 비무기가 사신으로 진秦나라에 가서 태자비로 간택한 공주 맹영孟嬴을 데려왔다. 이때 비무기의 '기심'이 발동했다. 맹영이 너무 예뻤다. 비무기는 평공에게 충성하여 실권을 잡고, 이참에 정적 오사까지 쳐내는 절호의 꾀를 꾸몄다. 그는 맹영을 태자 건이 아닌 평공에게 데리고 가서 첩으로 삼으라 간언했다. 그러고 나서 태자에게는 다른 여자를 데려다주었다. 아버지에게 며느리를 취하게 한 것이다. 이 사실이 탄로 날까 두려워한 비무기는 태자 건을 역모로 모함한 뒤 평공에게 그를 죽이라고 간언한다. 이에 태자의 다른 스승인 오사가 목숨을 걸고 반대했으나 평공은 비무기의 말을 들었다. 이를 미리 알아차린 태자 건이 송나라로 도망쳤으나 초나라의 눈치를 보던 송나라가 그를 죽여버렸다. 비무기는 눈엣가시인 오사와 그의 두 아들 오상伍尙과 오자서伍子胥를 잡아 한꺼번에 처형하려고 했다. 이러한 낌새를 알아챈 오자서는 태자 건의 아들 승勝과 함께 미리 오나라로 도망쳐 버렸고, 오사와 오상 부자는 처형되었다. 이 사건이 초나라를 비극으로 몰고 간다.

오나라로 도망간 오자서는 오나라 왕 합려의 책사가 되었다. 절치부심하던 오자서는 『손자병법』을 쓴 손무와 함께 오나라 군사를 이끌고 초나라를 공격하여 수도 영도郢都을 점령했다. 이때 초나라는 평공의 뒤를 이어 제29대 소공昭公이 집권하던 때였다.

초나라 소공은 평공과 맹영 사이에 태어났다. 맹영은 진나라 공주로 본래 태자 건의 비로 간택되었으나 간신 비무기의 기심으로 시아버지 평공의 애첩이 되었다. 이렇게 불편한 관계로 태어났지만, 소공은 성품이 어질어 백성들의 칭송을 받았다. 소공은 비무기의 비위 사실을 나중에야 알고 곧 재상 자상子常에게 명하여 그를 처형해 버렸다. 그러나 아버지 평공이 충신을 내치고 간신을 가까이하는 이지러진 통치를 함으로써 국내외에 원한을 많이 샀다. 그 바람에 소공은 전쟁의 소용돌이에 시달리다가 끝내 전장에서 세상을 떠났다.

오나라로 도망간 오사의 아들 오자서가 손무의 『손자병법』으로 다져진 오나라 군을 이끌고 초나라를 침공했다. 초나라는 곧 수도 영도가 점령되고, 소공은 도망자 신세가 되었다. 아버지가 저지른 잘못으로 태자 건처럼 소공도 똑같은 신세가 된 것이다. 이때 신하들은 이미 나라가 기울었다고 판단하고 소공을 수행하지 않았으나 양을 잡는 백정 열(說)이 소공을 수행하였다. 뒤에 초나라로 돌아온 소공이 논공행상할 때 백정 열에게 벼슬자리를 주려고 했다. 그는 "백정 자리를 잃고 도망 다니다가 이제 다시 내 자리를 되찾았는데 무얼 더 바랄 수 있겠습니까?"라며 벼슬을 거절했다. 소공은 국왕의 명령으로 다시 그에게 벼슬을 내리려 했다. 그러자 그는 소공에게 전하라며 이렇게 말했다.

"나라를 잃은 대왕께서 지은 죄가 저의 죄가 아니므로 벌을 대신 받을 수 없고, 대왕께서 나라를 되찾은 공 또한 저의 것이 아니어서 내리신 이 상을 받을 수 없습니다."

이 말을 전해 들은 소공은 다시 명령을 내려 백정 열을 데려오게 했다. 백정 신분으로 벼슬길에 나가는 기회를 헌신짝처럼 버리는 그를 한번 만나보고 싶었다.

소공에게 불려온 열은 조금도 머뭇거리지 않고 이렇게 말했다.

"초나라 국법에는 크게 공을 세워야 대왕을 알현할 수 있습니다. 그런데 저는 오나라가 수도를 점령할 때 나라를 구하기 위해 싸우기는커녕 겁이 나서 도망을 쳤습니다. 백정의 신분으로 귀하신 대왕을 모신다는 생각을 어찌 감히 했겠습니까. 저는 물밀듯 쳐들어오는 적군이 두려워 그냥 도망쳤을 뿐입니다. 저는 대왕께서 국법을 어기면서까지 저를 부르시지 않길 바랐습니다."

눈앞에 와서까지 자기 말을 듣지 않자 소공은 사마司馬를 불러 명을 내렸다.

"백정 열은 신분이 미천하나 식견이 매우 높고 깊다. 그대가 나를 대신하여 그에게 삼경三卿의 자리를 주시오."

백정 열은 사마의 말까지 거절했다.

"삼경이 예사로운 자리입니까. 저 같은 백정은 감히 쳐다볼 수 없을 만큼 높고 양을 잡는 것보다 많은 봉록을 받지만, 봉록이 탐나서 내가 그 자리를 받으면 대왕께 허물이 됩니다. 하오니, 저를 그냥 양 잡는 백정으로 살도록 내버려두십시오."

장자는 백정 열의 이 훌륭한 행동을 후대 사람에게 전하기 위해 글로 남겼다. 왕후장상王侯將相이나 훌륭한 학자의 말만 빛나는 게 아니다. 비록 미천한 계급이지만, 백정 열의 말이 왕의 마음을 바로잡았다.

아버지와 형의 원한을 갚기 위해 오나라의 군사를 이끌고 초나라 수도 영도를 점령한 오자서는 이미 죽어 백골이 된 평공의 무덤을 파서 시신에다 수백 번 매질했다. 산으로 도망쳤던 초나라 대부大夫 신포서申包胥가 이 소식을 전해 듣고 오자서에게 사람을 보내 말을 전했다.

"그대의 원한을 이해하지 못하는 바가 아니지만, 아무리 그렇더라도 그대의 복수는 도리를 벗어났네. 그대는 권력과 군사력이 크면 무엇이든 이길 수 있다고 생각하지만, 절대로 하늘을 이길 수는 없다. 그대는 한때 부친과 함께 신하로서 평공을 모시지 않았는가. 이제 살길을 찾았다고 평공의 시신에 매질한다면 분명 하늘이 노할 걸세."

오자서는 도리어 화를 내며 심부름 온 사람에게 돌아가 신포서에게 이 말을 전하라고 했다.

"나의 해는 저물고 갈 길은 머니, 나는 도리에 빗나간 일을 할 수밖에 없다(吾日莫途遠; 오일모도원, 吾故倒行而逆施之; 오고도행이역시지)."

여기에서 '일모도원日暮途遠'이란 말이 생겼다. 오자서는 오나라 왕 합려와 그의 아들 부차를 섬겨 오나라를 춘추시대 패자로 일으켜 세웠다. 하지만, 신포서의 이 말이 씨가 되었는지 오자서는 오나라 왕 합려의 아들 부차가 집권했을 때 월나라를 공격하라고 부추기다가 미움을 사서 죽음을 맞는다. 오나라 역시 오자서의 말을 듣지 않아 와신상담臥薪嘗膽한 월나라에 무너지고 만다.

신포서는 오자서와 친한 사이였다. 오자서는 오나라로 도망갈 때 신포서에게 "반드시 내가 초나라를 무너뜨리겠다”라고 말했다. 그러자 신포서가 “그대가 그러겠다면 초나라가 무너지겠지만, 내가 반드시 초나라를 다시 일으켜 세울 것이네”라고 대답했다. 오자서가 이끈 오나라 군사에 의해 수도가 함락되고 소공이 도망가는 사태에 이르렀을 때, 신포서가 진秦나라에 가서 애공哀公에게 구원병을 요청했다. 초나라 소공의 어머니 맹영이 진나라 공주임에도 애공은 마음을 움직이지 않았다. 이때 그는 일주일 동안 식음을 전폐하면서 초나라를 구해달라고 눈물로 호소했다. 그의 정성에 감복하여 마침내 애공이 구원병을 보내 초나라를 다시 일으켜 세웠다. 귀국한 소공이 신포서에게 상을 내리려고 하자, 백정 열과 마찬가지로 극구 사양하다가 그대로 달아나 버렸다.

초나라 소공은 신포서와 백정 열에게 감복 받아 어진 왕이 되었다. 오나라 침입 때 도와준 진나라가 위기에 빠지자 소공은 은혜를 갚기 위해 군사를 이끌고 진나라를 도우러 갔다가 진중에서 병으로 쓰러졌다. 소공은 공자와 대부들을 불러 모으고 유언을 했다.

“두 번이나 초나라가 치욕을 당했으나 어진 신하들이 있어 천수를 누리고 떠나게 되었으니, 나는 큰 복을 얻었다.

하여 왕위는 어진 이에게 물려주고 싶노라. 내 자식들 대신 동생 신申에게 초나라를 맡기려 한다."

공자 신은 왕위를 받지 않겠다고 했다. 그러자 소공은 다음 동생 결結에게 양위했으나 결도 받아들이지 않아 다시 다음 동생 여閭에게 양위했다. 다섯 번이나 거절한 끝에 여는 어쩔 수 없이 양위를 받아들였다.

소공이 세상을 뜨자, 양위를 받은 공자 여는 곧바로 대신들을 모아놓고 선언했다.

"대왕께서 진중에서 돌아가셨다. 병이 깊은 가운데 선왕께서는 요순 임금님을 좇아 왕자님들이 계심에도 신하에게 양위하신 어진 군주셨다. 당시 신 여는 이런 대왕의 마음을 위로코자 명을 받들었으나, 지금 대왕께서 세상을 뜨셨으니 신하로서 어찌 왕위를 받겠는가. 하여 왕위를 왕자 자장子章에게 양위하려 하노라."

대신들이 일제히 반대했다. 선왕이 양위한 자리를 함부로 물릴 수 없다며 극구 반대하였다. 공자 여는 이럴 경우를 대비하여 미리 두 형과 의논하여 군사를 매복시켜 대신들을 막아 버리고 소공의 아들 자장子章를 왕으로 옹립했다. 이 왕이 혜공惠公이다.

정원4

소요유逍遙遊; 아픔을 넘어 지락至樂으로

잠시 어지러운 마음을 추스른 뒤 나는 다시 장자의 길을 따라 날아갔다. 이전과 달리 날갯짓이 힘들다. 여태 한 번도 이런 일이 없었다. 날개가 점점 더 무거워지는 느낌이다. 왜 그럴까. 생각하는 것도 점점 더 사람처럼 되어 간다. 불안하다.

세월이 흐르고 사람이 바뀌어도 권력을 놓고 싸우는 모습이 늘 똑같은 게 이해가 되지 않는다. 흡사 불나비 같다. 불에 타 죽은 동료의 시체를 보고도 불나비는 불을 찾아 날아든다. 죽음보다 불빛이 더 달콤해서다. 어렴풋이 기억이 난다. 내가 나비가 되기 전 마지막으로 본, 내가 살던 곳이 이랬다. 욕망으로 허물어지는 사람을 보고도 같은 길을 달려가려는 사람들이 줄지어 기다렸다. 자기네끼리 또 악다구니하며 싸우는데, 서로 자기가 잘났고 옳다며 우겼다. 세상 밖에서 보니 모두 다 바보 같다. 세상을 가지려는 자는 세상을 잃을 것이고, 세상과 함께하려는 자는 세상을 벗 삼아 평안을 누린다. 이미 수천 년 전에 장자가 화두를 던졌는데도 사람의 마음은 바뀌지 않았다.

자연과 마찬가지로 세상 또한 스스로 자기 모습을 갖출 수 있는 생명체다. 그 생명의 결을 역행하면 부러진다. 혼돈에서 숙과 홀이 혼돈 왕에게 7개 구멍을 뚫어주자 그 자리에서 죽어버렸다. 세상을 가지려고 욕심을 부리다가 도리어 망가뜨려 버린 것이다.

故聖人觀於天而不助(고성인관어천이부조)
成於德而不累(성어덕이불루)
出於道而不謀(출어도이불모)

성인은 하늘을 살필 뿐 다듬으려 하지 않고,
덕을 이루기만 할 뿐 그에 묶이지 않으며,
도의 길로 나아갈 뿐 계략을 부리지 않는다.

－『장자』재유편(在宥篇) 중에서

이렇게 장자는 재유편在宥에서 세상을 향해 화두를 던진다. '재유在宥'는 사물을 구속하지 않고 자연의 흐름에 맡겨둔다는 뜻이다. 바로 무위정치無爲政治다.

옳고 그름을 떠나 사람들은 자기 의견에 동의하는 사람을 좋아하고, 동의하지 않는 사람은 싫어한다. 그렇게 동의하는 일만 하려 하고, 동의하지 않는 일은 하지 않으려고 한다. 다른 사람보다 자기가 더 뛰어나다는 걸 확인하고 싶어서다. 그렇게 줏대 없이 사람 뒤에 서는 줄이 길어지면 세상은 한쪽으로 기울고, 그 기울기가 커지면 흥할 줄 알던 세상은 그 무게에 무너진다. 세상이 무너지고 나서야 생각 없이 동의한 걸 후회하지만, 이미 때는 늦다.

聞在宥天下 不聞治天下也(문재유천하 불문치천하야), 천하를 있는 그대로(在) 질서를 따르도록 놓아둔다(宥)는 말은 들어보았으나 천하를 다스린다(治)는 말은 들어본 적

없다. 천하를 그대로 둔다는 건 만물의 본성이 무너질까 봐 염려되어서고, 있는 그대로 질서를 따르도록 놓아둔다는 건 덕을 버릴까 봐 걱정되어서다. 在宥(재유)는 사람들이 어설 픈 지식과 욕망으로 세상을 조작하지 못하도록 하는 경고 다. 그렇게 조작하면 세상도 해치려니와 본인의 본성 또한 무너진다. 장자는 이를 경계했다.

날갯짓을 멈추었다가 놀라 얼른 날갯짓을 계속했다. 날 기가 너무 힘들어 나는 독수리처럼 날개를 활짝 펴고 기류 에 몸을 맡겼다. 마치 배를 탄 것처럼 어지럽게 몸이 일렁였 다. 처음 날갯짓을 잠시 멈춘 것은 상나라를 치고 주나라를 일으킨 무왕의 아버지 문왕이 떠올라서였다. 문왕은 이름 이 창昌으로 주나라가 창건되기 전, 상나라 때 서쪽 변방을 다스리던 서백西伯이었다. 그때의 일이다.

어느 날, 장臧 땅을 지나던 서백은 호수에서 낚시하는 한 사람을 보았다. 예사로운 낚시꾼이 아니었다. 그는 물고기 를 잡는 게 아니라, 잡은 물고기를 죄다 놓아주면서 그냥 '낚시질'을 즐기고 있었다. 서백은 그가 보통 인물이 아님을 한눈에 알아보고, 돌아가서 며칠을 고민한 끝에 그를 불러

정사를 맡겼다.

과연 그는 다른 대신들과 달랐다. 법을 전혀 바꾸지 않았으며, 아랫사람이나 백성에게 명령을 내리지도 않았다. 그냥 아무런 일도 하지 않고 낚시하던 때 그 모습으로 하루하루를 보내는 것이었다. 대신들이 사람을 잘못 데리고 온 듯하다며 불만을 쏟아놓았지만, 서백은 그에게서 뭔가 새로운 모습이 드러나길 기대하며 기다렸다. 그렇게 3년이 지나갔다. 달라졌다. 나라의 모습이 달라진 것이다. 서로 편을 가르며 무리 지어 싸우던 선비들이 모두 뿔뿔이 흩어졌다. 관료들은 권력을 앞세우거나 자기 공을 내세우지 않았다. 사람들이 됫박이나 저울을 사용하지 않으니 관리나 백성들이 서로 의심하는 일이 없어졌다. 서로 잘났다고 다투는 일도 없어졌다. 자리를 차지하려고 싸우는 사람도 보이지 않았다.

이상했다. 낚시꾼은 한 일이 없는데, 어떻게 이런 현상이 일어났는지 서백은 몹시 궁금하여 그에게 물어보았다. 그의 대답이 서백을 감동케 했다.

"호수에는 많은 종류의 물고기들이 삽니다. 다스리는 통치자가 없고, 질량을 재는 됫박이나 저울도 없지요. 그래도 물고기는 물에서 자유로이 잘 살아갑니다. 나는 사람들에게 물고기처럼 그렇게 살도록 놓아두었을 뿐입니다. 물고기는 자기 먹을 만큼만 먹이를 먹습니다. 높은 자리를 차지하려고 싸울 일이 없는 거지요. 사람들이 물속에서 살 수 없으니 망정이지, 만약 물속에서 살 수 있도록 사람에게 아가미나 부레가 있었으면 이 물속에서도 정치가들이 뛰어들었을 겁니다. 물속에 들어가서도 내 편 네 편으로 가르고, 투기꾼들까지 몰려가 땅 사재기를 했을 겁니다. 평화스럽게 살던 이 물고기들도 저희끼리 편을 갈라서 물고 뜯고 싸웠겠지요."

서백은 그를 스승으로 모시고 세상을 한번 통치해 보고 싶었다. 넌지시 그에게 물었다.

"정치로 세상을 평정할 수 있소이까?"

그는 아무런 대답을 하지 않았다. 그리고 나서 그는 온데간데없이 사라져 버렸다.

장자는 여기까지 이야기했다. 세상을 다스리려 하지 말고, 있는 그대로 결 따라 움직이게 하는 그 길, 在宥(재유)를 일러주기 위해서다. 그런데 가만히 생각해 보면, 사라진 그 낚시꾼은 강태공姜太公이 틀림없다. 서백 창의 아들(무왕)이

상나라 폭군 주紂왕을 치고 주나라를 세울 때 중심역할을
한 일등공신이 강태공이다. 주나라를 세운 뒤, 무왕은 아버
지 창을 문왕으로 추증하고, 강태공은 제나라에 봉封했다.
주나라 시조는 무왕이고, 제후국 제나라 시조는 강태공이
다. 장자의 이야기에서는 서백이 "정치로 세상을 평정할 수
있소이까?" 하자 낚시꾼이 사라져 버렸다. 그러나 현실에서
는 강태공이 무왕을 도와 주나라가 요순堯舜으로 돌아갈 수
있게 곁에서 도왔다. 무왕이 상나라 걸왕의 폭정에서 백성
을 구하기 위해 반정反正을 일으켰으니, 요순으로 돌아가는
일에 마땅히 강태공과 같은 인물이 필요했을 것이다.

저 앞에 야트막한 산이 하나 보인다. 그 산을 지나니 길
게 이어진 물길이 있다. 회남淮南에 있는 호수濠水다. 호수
의 돌다리 위를 걷고 있는 장자와 혜시의 모습이 눈에 들어
왔다. 나는 열심히 날갯짓했다. 두 사람이 대화를 나누며 걸
어가고 있었다. 장자는 내가 처음 장자의 방에서 봤을 때 그
모습이고, 혜시는 사람들이 견백론堅白論으로 다툴 때 오동
나무 아래에 앉아 있던 그 모습이어서 금방 알아보았다.

호수濠水의 돌다리 아래 물속을 내려다보던 장자가 말했다.

"물고기가 참 평화롭게 헤엄치고 있군. 이런 게 물고기의 즐거움이 아닌가."

혜시가 곧바로 장자를 돌아보며 물었다.

"그대는 물고기가 아닌데, 물고기의 즐거움을 어찌 안단 말인가?"

장자는 혜시의 말에 곧장 되받아 물었다.

"그대는 내가 아닌데, 내가 물고기의 즐거움을 알지 못한다는 걸 어찌 아는가?"

혜시도 만만치 않다. 마치 공을 주고받듯이 장자에게 되물었다.

"맞네. 내가 그대가 아니니 그대의 마음을 알지 못하네. 그러하니 그대도 물고기가 아니니 물고기를 알지 못하는 게 분명하지 않은가?"

그 말을 듣고 장자가 빙그레 웃었다. 그가 웃는 까닭이 무엇일까. 혜시의 절묘한 되물음에 장자가 할 말을 잃은 건데, 그는 웃는다.

나도 그게 궁금하여 고개를 갸웃하며 두 사람에게 더 가까이 다가갔다. 장자나 혜시 모두 나의 존재를 알지 못하는지 아니면 무시하는 건지, 내가 가까이 다가갔는데도 아무런 반응이 없다. 그때 장자가 말했다.

　"그대는 겉모습을, 나는 속 모습을 보았네. 겉모습은 형상에 묻어 있는 거며, 속 모습은 본질에 숨어 있는 거네. 그러하니, 그대와 나의 대화가 바퀴처럼 돌기만 하는 거 아닌가. 우리 어디 본질로 한번 돌아가 보세. 그대가 '…… 물고기의 즐거움을 어찌 안단 말인가?'라고 물은 건 이미 '물고기의 즐거움'을 알고 있다는 거지. 해서 그대는 내가 그걸 알고 있다는 걸 이미 알고서 물었네. 나는 물속에서 헤엄치는 물고기를 보는 순간 이미 물고기의 즐거움을 직관으로 알았네. 그래서 세상의 질서와 사람의 생각을 미루어 짐작할 수 있네. 선관물자善觀物者 일체동관一體同觀, 즉 만물의 본질을 알고자 하는 자는 만물과 한 몸이 되어야 하네. 물고기를 알려면 물고기가 되어야 하는 거지. 대자연의 질서와 자유로움을 안다면 물속에서 노는 물고기의 자유로움 또한 알게 되는 건 당연하네."

목민牧民, 이 말 한마디로 제나라를 춘추 패자霸者로 올려 놓은 사람이 있다. 제나라 명재상 관중管仲이다. 큰 농장에 서 자유로이 풀을 뜯는 소나 양처럼 백성을 틀에 가두지 않 고 자유롭게 자기 할 일을 하도록 해주는 것이 '목민'이다. 어찌 보면 통치자가 백성을 기른다(다스린다)는 의미가 될 수도 있으나, 목민의 뜻은 더 넓고 깊다. 짐승을 울 안에 가 두고 고삐로 통제하며 기르는 게 아니라, 그냥 방목하여 동 물 스스로 살아가도록 한다. 그러한 질서 속에 살아가는 동 물을 큰 농장에 두고 총괄 관리하는 것처럼 백성을 '돌보는' 게 목민이다. 관중이 말한 목민은 이런 것이다.

관중이 왜 사람을 통치 대상으로 설명하지 않고 짐승을 빗대어 말했을까. 짐승은 오직 살아가기 위한 본능에서만 행동한다. 다른 동물보다 더 잘 나려 하거나 더 잘 먹기 위 해 욕심을 가지는 게 아니라 오직 살아가기 위한 본능에 의 해서만 행동한다. 사람도 동물이라 본래 그러했지만, 욕심 과 욕망의 옷을 입는 바람에 동물과 다른 별종別種이 되어버 렸다. 동물은 본능을 통제받지 않은 한 주어진 환경 안에서 자유로이 살아가지만, 사람은 주어진 환경을 부수거나 바꾸어서 더 큰 세상을 가지려고 한다. 살아가기 위한 본능이 아니라, 남보다 더 잘나기 위해 행동한다. 그러기 위해서는 반드시 누군가의 희생이 필요하다. 이 희생으로 인하여 세상이 혼란해지고 무너진다. 관중은 나라를 다스리는 노래 '국송國頌'에서 목민을 이야기했다.

凡有地牧民者(범유지 목민자)
務在四時(무재사시)
守在倉廩(수재창름)
國多財則遠者來(국다재 즉원자래)
地辟擧則民留處(지벽거 즉민유처)
倉廩實則知禮節(창름실 즉지예절)
衣食足則知榮辱(의식족 즉지영욕)

땅을 소유하고 백성을 다스리는 이는
사계절 때를 살펴 잘 살 수 있도록 해주어야 하며
창고에 곡식을 가득 채워놓는 게 할 일이다
나라 재정이 풍족하면 먼 데서도 사람이 몰려오고
백성이 토지를 개척하여 머물며
입고 먹는 것이 족하면 예의범절을 알게 된다

－『관자(管子)』 '목민편(牧民篇)'의 「국송(國頌)」

목민牧民을 이해하려면 '관포지교管鮑之交'란 말을 남길 정도로 우정의 대명사로 불리는 관중과 포숙아鮑叔牙를 먼저 만나보아야 한다. 두 사람은 춘추시대 제나라 영수潁水 사람으로 어렸을 때부터 친구 사이였다. 포숙아 집은 살림이 좀 넉넉했고, 관중은 홀어머니를 모시는 가난한 집안에 형제가 많아 늘 살림이 어려웠다. 포숙아는 재능이 뛰어난 관중을 애틋한 마음으로 도와주었다. 함께 장사할 때도 포숙아는 관중에게 수익을 더 많이 가져가게 했다. 사람들이 그런 포숙아를 나무라면 그는 "관중은 부양할 가족이 나보다 더 많다"라며 관중을 두둔했다.

제나라 13대 희공僖公에게는 아들 제아諸兒·규糾·소백小白, 딸 문강文姜·애강哀姜·선강宣姜 등 3남 3녀가 있었다. 이 6남매는 서열로 보면 이런 순서지만, 서로 배다른 형제자매들이라 실제 서열은 좀 뒤죽박죽이다. 그래서인지 이 아들딸들이 근친상간과 불륜 등 시대를 발칵 뒤집는 희대의 염문 사건을 일으켰으며, 이로 인해 나라를 위기에 빠뜨린 장본인들이면서 제환공처럼 춘추의 패자로 이름을 떨친 이도 있다. 이 6남매가 일으킨 춘추의 역사가 하도 오르막과 내리막을 오가서 후대 제왕들이 교과서로 삼는다.

관중과 포숙아는 함께 장사하다가 하필 이 무렵에 관직에 나가 제나라 희공의 아들들을 섬기게 된다. 관중은 둘째 아들 규를, 포숙아는 셋째아들 소백을 섬겼다. 첫째아들 제아가 희공의 뒤를 이어 제14대 영공이 되었는데, 왕위에 오르기 전부터 여동생 문강과 속정을 나누는 사이였다. 문강이 노나라 환공에게 시집간 뒤에도 이들의 사랑놀이가 계속되어 노나라와 사이가 매우 나빠졌다. 이를 보다 못한 영공의 사촌 공손 무지公孫 無知가 영공을 살해하고 왕위를 찬탈해 버렸다. 공손 무지는 반역으로 뒤숭숭해진 민심을 달래기 위해 관중을 중용하려 하였으나 관중은 이를 거절하고 규와 함께 노나라로 망명해 버렸다. 포숙아도 소백과 함께 거莒나라로 달아났다. 얼마 뒤 공손 무지가 살해당하면서 제나라는 왕위가 공석이 되었다. 해외로 망명한 영공의 두 형제 규와 소백 가운데 먼저 제나라에 들어가는 사람이 왕이 될 상황이 된 것이다. 그런데 규가 있는 노나라보다 소백이 있는 거나라가 제나라와 거리가 더 가까웠다. 그러자 관중이 발 빠른 병마를 동원하여 앞서가던 소백을 따라잡았다. 관중과 포숙아가 막역한 친구 사이지만 권력 앞에서는 한 치 양보도 없이 서로 적이 될 수밖에 없었다.

관중이 먼저 시비를 걸었다.

"형인 규 공자께서 먼저 본국에 입성해야 합니다. 공자께서는 어찌 형님보다 먼저 들어가려 하십니까."

그러자 포숙아가 막아서며 말했다.

"무슨 소린가. 나라에 왕좌가 비어 있네. 이 틈을 노려 노나라가 쳐들어오면 나라를 통째로 내주게 생겼으니, 누구든 먼저 귀국하여 이 위기를 막아야 하네. 대의를 생각하게. 당장 길을 비키시게나."

포숙아의 저항이 만만찮음을 간파한 관중은 재빨리 생각을 정리했다. 겨우 추격대 몇 기만 끌고 온 형편에 무력으로 제압하기에는 역부족이었다. 관중은 슬그머니 물러나는 척하고 돌아서다가 재빨리 소백을 향해 활을 쏘았다. 정확하게 허리에 화살을 맞은 소백은 피를 뱉으며 수레에서 굴러 떨어졌다. 이를 본 관중은 쏜살같이 말을 타고 도망쳤다.

소백이 죽었거나 크게 다쳤다고 생각한 관중은 규와 함께 느긋하게 제나라로 향했다.

예상이 빗나갔다. 죽은 줄 알았던 소백이 제나라에 먼저 들어가 왕위에 올랐다. 관중이 쏜 화살은 소백의 가죽 혁대를 맞췄고, 소백은 일부러 입술을 깨물어 피를 흘리며 죽은 척 수레에서 굴렀다. 이 소백 공자가 춘추의 패권을 차지한 제나라 제15대 환공桓公이다.

이 소식을 들은 관중은 다시 노나라로 되돌아갈 수밖에 없었다. 환공은 곧바로 군사를 이끌고 노나라로 쳐들어갔다. 위기에 몰린 노나라는 규를 자결시킨 뒤 제나라에 화평을 요청했다. 환공은 관중을 산 채로 돌려보낼 것을 요구했다. 자기 손으로 관중을 처단하려 한 것이다. 관중은 체포되어 제나라 옥에 갇혔다. 이때 포숙아가 환공에게 그를 사면해 달라고 간청했다. 그뿐만 아니라 그를 새로이 출발하는 제나라 재상으로 등용하라고 했다. 환공은 당연히 생사를 함께한 포숙아를 재상으로 등용하려 했으나, 그는 극구 사양하며 중죄를 저지른 친구 관중을 천거했다. 이는 포숙아가 친구 관중을 살리기 위해서만 아니었다. 나라를 크게 일으키는 데 있어서 자기보다 관중이 낫다는 걸 알았다. 포숙아는 자신의 영달보다 죽음을 앞둔 친구를 살리고, 나라도 크게 일으켜 백성들을 이롭게 하는 길을 선택했다.

환공은 다른 군주와 달랐다. 포숙아의 됨됨이를 알고 있었다. 죽이려고 끌고 온 죄인이었지만, 포숙아를 믿기에 개

인적인 복수심을 누그러뜨리고 관중을 불렀다. 관중을 본 환공은 포숙아의 말대로 그의 재능이 뛰어남을 간파하고 재상으로 등용했다. 포숙아는 죽음을 앞둔 친구를 살리고 제나라를 반석에 올려놓았으며, 자신은 친구 관중 밑으로 들어갔다. 이를 두고 후세 사람들은 관포지교管鮑之交라 하며 두 사람의 우정을 높이 칭송한다. 관중은 40년 동안 환공을 보필하며 명재상으로 이름을 날렸다.

관중과 포숙아의 우정만으로 어찌 세상이 바로 서겠는가. 여기에 환공이라는, 사람 볼 줄 아는 빼어난 군주가 있었다. 어느 날, 환공이 책을 읽고 있는데 뜰에서 수레바퀴를 다듬고 있던 윤편輪扁이 연장을 내려놓고 환공에게 질문했다.

"황공하오나 한 말씀 여쭙고 싶사옵니다. 왕께서 지금 읽고 계시는 책이 무엇이옵니까."

환공은 윤편을 노려보았다. 바퀴를 다듬는 윤편 주제에 감히 군주에게 질문하다니, 속으로 괘씸한 생각이 들었으나 그 용기가 예사롭지 않아 잠시 뜸을 들인 뒤 말했다.

"성인의 말씀이다."

"지금 그 성인이 살아계십니까?"

"돌아가셨다."

"그럼 왕께서 읽고 계시는 그 글은 옛사람이 남긴 조악한 찌꺼기군요."

점입가경이다. 당돌하기 이를 데 없다. 환공은 윤편을 노려보았다. 투박한 손과 남루한 옷차림, 도저히 저 몸에서 한 말로 믿어지지 않았다. 그 속내가 궁금하여 말했다.

"군주가 책을 읽고 있는데 윤편이 감히 이러쿵저러쿵 말꼬투리 만들다니, 이는 중죄에 해당한다. 왜 그런 말을 했는지 온당하게 대답하지 않으면 죽음을 면치 못할 것이다. 어서 말하라!"

"저는 그저 제가 하는 일에 빗대어 말씀 올렸을 뿐입니다. 수레바퀴에 살을 끼울 때 홈이 넓으면 헐렁거리고, 홈이 좁으면 살을 끼울 수 없습니다. 넓지도 좁지도 않게 살과 홈이 딱 맞게 만드는 기술은 수치가 아니라 손과 마음이 결정합니다. 입으로 말할 수 없는 그 절묘한 맞춤은 내 자식에게도 알려줄 수가 없고, 자식도 이를 배울 수가 없습니다. 그래서 이 나이가 되도록 제가 직접 이 일을 할 수밖에 없습니다. 옛사람들도 그렇게 방법을 전하지 못하고, 그 흔적만 남기고 죽었을 겁니다. 내가 바퀴를 만들면서 스스로 몸에 익혔듯이, 왕께서 읽고 있는 그 책도 성인이 남긴 찌꺼기에 불과하다고 생각했습니다. 더구나 수백 년 전 성인이 남긴 글이 얼마나 지금 사람의 마음에 맞게 끼워질지 궁금합니다."

환공은 빙그레 웃었다. 그러고는 읽던 책을 덮었다. 이 책 속에서 얻으려는 것을 목공의 말 한마디에서 알았다.

"훌륭하네. 그대가 내게 질문할 수 있고 내가 그대의 말을 듣고 있으니, 우리 제나라의 미래가 희망 차구나. 이 어찌 기쁜 일이 아니겠는가. 그대의 스승은 누구인가?"

"저의 스승은 그저 이 끌과 망치입니다. 수레바퀴를 다듬는 일에 연장 말고 무엇이 더 중요하겠습니까."

환공은 고개를 끄덕이며 입가에 웃음을 지우지 못했다. 홍운탁월烘雲托月을 보았다. 달을 직접 그리지 않고 구름을 그려 달을 드러낸다. 구름이 달을 그리는 것이다. 수레바퀴가 잘 굴러가기 위해서는 바퀴 굴대에 살을 끼우는 홈이 넓지도 좁지도 않아야 한다. 수레바퀴를 잘 만들려면 바퀴에 신경을 쓰는 게 아니라 바퀴 굴대에 살을 끼우는 홈을 잘 파내야 한다.

사람이 올곧게 서야 세상이 평화롭다. 관중과 포숙아의 우정에서 보듯 서로 사심 없이 본래의 모습을 보고 질서대로 행동하지 않으면 세상은 혼란에 빠진다. 사심 없이 세상을 살아갈 자신이 있는가? 나는 문득 어느 유명한 가수가 부른 노랫말을 떠올렸다.

"아! 테스 형, 세상이 왜 이래. 왜 이렇게 힘들어."[1]

왜 이렇게 그는 절규하며 이 노래를 불렀을까. 그 이유는 노랫말을 만들고 작곡을 하고 노래를 부른 그 가수만이 안다. 그 가수는 묵묵부답이다. 그래서 사람들은 저마다 자기가 만든 그릇에 담아 모양을 빚어내고 해석을 분분하게 하며, 어지럽게 또 한바탕 세상을 휘젓는다. 노래라는 것이 본디 요술을 부리듯 묘한 얼굴을 하고 사람 앞에 나타난다. 같은 노래를 듣고도 어느 사람은 우는가 하면 어느 사람은 웃기도 한다. 마치 네모 그릇에 담으면 네모가 되고 동그란 그릇에 담으면 동그란 모양이 되는 물과 같다. 노자가 이를 상선약수上善若水라고 말했지만, 사람들은 이 진리조차 아전인수我田引水로 받아들이며 분분한 해석을 한다. 자기가 만든 그릇에 담긴 물이 세상 모양이라며 우기는 것이다. 그렇게 자기 모양을 만드는 게 정치政治라고 말한다. 그 그릇에서

---

1 나훈아 작사 노랫말 「테스형!」 중에서.

밀려 나와 쏟아진 물은 이렇게 절규한다.

"어쩌다가 한바탕 턱 빠지게 웃는다. 그리고는 아픔을 그 웃음에 묻는다. 그저 와준 오늘이 고맙기는 하여도, 죽어도 오고 마는 또 내일이 두렵다."[2]

공자, 석가모니 예수 그리스도를 다 내버리고, 이 가수는 2,500년 전에 우리 곁을 떠난 소크라테스를 형이라고 부르며 그에게 물었다. 공자, 석가모니, 예수 그리스도는 지금까지 우리 곁을 지키고 있으나 소크라테스는 2,500년 전에 이미 우리 곁을 떠났다. 다문다문 그를 찾는 사람이 있을지 모르나, 느닷없이 이 가수가 그를 형이라 부르며 절규하듯 노래 불렀다. 왜? "먼저 가본 저세상 어떤가요, 테스 형. 가보니까 천국은 있던 가요, 테스 형." 답은 여기에 있는 듯하다. '여기, 이 세상'은 편치 않다는 것과 '천국'을 그리워하는데 '여기, 이 세상'에서는 천국을 기대할 수 없다는 절망, 이런 뜻이 들어 있다. 이런 의미도 나비인 내가 생각한 것이며, 다른 사람들은 또 다른 의미를 담을 수도 있겠지. 그래서 세상은 혼란에서 벗어날 수 없는 모양이다.

---

2 나훈아 작사 노랫말 「테스형!」 중에서

어지럽다. 나는 하마터면 또 추락할 뻔했다. 테스 형을 생각하다가 날갯짓을 잠깐 멈추어 버렸다.

2,500년이 지나는 동안 인간은 진화하지 않은 것 같다. 옷만 자꾸 바꾸어 입었지, 알몸뚱이는 그때나 지금이나 달라진 게 없다. 2,500년이나 늦게 태어난 사람이 소크라테스를 형이라고 부르는 게 조금도 이상하지 않다. 2,500살까지 살 수 있다면 소크라테스는 어떤 모양으로 변했을까. 지금 우리처럼 바뀌었을까. 또 우리가 2,500년 뒤에는 어떤 모습으로 바뀔까.

문득 장자가 『장자』 외편外篇 '재유在宥'에서 "聞在宥天下(문재유천하) 不聞治天下也(불문치천하야)"라고 한 말이 다시 떠오른다. '천하를 본래 있는 모습 그대로(在) 편안하게 너그럽게 자유롭게 놓아둔다(宥)는 말은 들어보았으나, 천하를 다스린다(治)는 말은 들어보지 못했다'라는 뜻이다. 장자는 사람이든 짐승이든 산천초목 어느 것 하나도 생긴 그대로 의미 있고 가치 있다고 했다. 사람도 물론이다. 짐승과 산천초목의 입장에서 바라보면 인간도 자연 속의 한 시절을 살다가 스러지는 객체에 지나지 않는다. 그런 인간이 세상을 자기 뜻대로 다스리려 함으로써 자연의 질서가 파괴된다. 하나가 아니라, 인간 모두가 그러하다고 생각하면 끔찍하기까지 하다. 둘이 힘을 합하라고 해서 人(인)이라고 했으나, 합치느라 문제가 발생하여 사이를 떼놓기 위해 間(간)을 더 붙여서 '人間(인간)'이라고 했다. 본래 동물은 홀로 살아간다. 인간도 동물이라 처음에는 그렇게 살았다. 네 발에서 두 발로 서면서 생각이 바뀌었다. 다른 동물이 하지 못하는 행동을 할 수 있게 되었다. 자기보다 더 힘센 동물을 이기기 위해 두 손으로 도구를 만들어 사용하고, 혼자보다 둘(人)이 힘을 합하면 더 큰 대상도 이길 수 있다는 것을 알게 되었다. 이렇게 세를 불리는 능력을 키운 인간은 급기야 같은 인간도 그렇게 동지와 적으로 구별하여 집단을 만들어 패싸움하는 지경에 이르렀다. 오죽하면 인간을 본래대로 서로 떼어놓아야 한다는 염원에서 人間이라고까지 했으나, 이미 걷잡지 못할 만큼 인간의 영악함이 극에 이르렀다.

'양고기는 개미를 그리워하지 않으나(羊肉不慕蟻; 양육불모의), 개미는 양고기를 그리워한다(蟻慕羊肉; 의모양육), 양고기에서 누린내가 나기 때문이다(羊肉羶也; 양육전야)' 인간이 인간을 길들이고, 인간이 인간에게 길들어지는 힘이 여기에 있다. 모여드는 사람들이 누린내에 길들어졌기 때문이며, 누린내를 만들어 던져주며 사람을 모은다. 누린내, 이 누린내는 모양이 없다. 냄새만 풍긴다. 마치 물처럼 어떤 모양으로든 변신할 수 있다. 인간이든 짐승이든 그 누구이든, 그들이 좋아하는 모양으로 바꿀 수가 있다. 이 누린내가 문제다. 마치 코로나19 바이러스처럼 하나만 숙주로 만들면 기하급수로 전파한다. 인간이 누린내를 만들었지만, 이젠 누린내가 생명력을 가지고 인간을 잡아들인다. 이 누린내를 막을 백신은 본래 네 발로 걸을 때 그 인간의 결로 돌아가는 일이다. 쉽지 않다. 두 발로 살며 두 손을 사용하는 그 달콤함에 길들어진 인간이 스스로 다시 네 발로 돌아갈 리가 없다. 그러나 그리하여야 한다. 백신이 효과가 없으면 가장 강력한 치료제가 하나 있다. '몰락沒落'이다. 어차피 누린내가 가는 길 끝이 그곳이다.

장자는 이 혼란을 막기 위한 길을 제시했다. 그것이 도道다. 있는 그대로 결을 따라가는 길이다. 재유천하在宥天下, 즉 세상을 있는 그대로 두고 무위無爲의 세상으로 들어가면 된다. 재유천하를 제대로 보여주기 위해 장자는 황제黃帝까지 모셔왔다.

황제黃帝가 구자산具茨山에 사는 성자 대외大隗를 만나기 위해 길을 나섰다. '爲天下者(위천하자) 牧馬者哉(목마자재) 去其害馬(거기해마)', 천하를 다스리는 자는 말을 기르는 이와 같아야 하며, 말을 해치는 일만 막으면 된다. 목민牧民하라는 의미다. 나라를 다스리는 일은 나라를 만들어 가는 게 아니다. 있는 그대로 두고 국민이 제 하는 일을 자유롭게 잘하도록 조율하고, 그렇게 되는 데 방해되는 일을 제거하고 관리하는 일이다. 황제는 이러한 세상 다스리는 법을 얻기 위해 대외를 만나러 구자산으로 떠났다. 명지明知·방명方明·창우昌寓·장약張若·습붕諧朋·곤혼昆閽·활계滑稽 등 모두 7명이 황제의 행차를 수행했다. 이들 수행원이 어떤 인물인지 그 이름에서 드러난다. 명지는 우주 만물에 정통한 사람, 방명은 수레의 고삐를 쥐고 방향을 바로 잡는 사람, 창우는 황제의 최측근에서 수행하는 비서, 장약은 힘이 넘치는 자로 경호 담당, 습붕은 농담꾼으로 황제를 즐겁게 하는 사람, 곤혼은 어리석고 혼돈스러운 사람, 활계는 바른 길에서 일탈한 말썽꾸러기다. 명지 방명 창우 장약 습붕이 수레 행차를 선도하고, 곤혼과 활계는 수레 뒤를 따랐다. 여기에서 특이한 건 성자를 찾아가는 황제가 곤혼과 활계같은 이도 함께 데리고 가는 모습이다. 비록 질서에서는 벗어난 인물이지만, 통치자는 이들까지도 함께 보듬고 보살펴야 할 백성이라는 의미를 강조하고 있다. 통치자가 자기 세상을 꾸미기 위해 틀을 만들고, 그 틀 안에 들어갈 자와 내칠 자를 구별하여 편을 가르면 안 된다는 경고도 포함되어 있다.

황제 일행이 양성襄城의 한 들판에 이르렀을 때 그만 길을 잃고 말았다. 우주 만물에 능통한 명지와 방향을 잘 아는 방명이 있어도 속수무책이었다. 두 사람은 그동안 담아둔 지식이 모든 걸 해결해 주지 못한다는 걸 그제야 깨닫고 허둥지둥 쫓아다니며 길을 물어볼 사람을 찾았다. 그러나 끝없이 펼쳐진 들판에서 눈을 닦고 살펴봐도 사람이라곤 보이지 않았다. 황제를 측근에서 모시던 창우도 안절부절못했다. 그렇게 길을 잃고 헤매던 끝에 말을 치는 목마동자牧馬童子를 만났다. 힘이 센 장약이 어린아이가 뭘 알겠는가 싶어 지나치려 할 때 황제가 장막을 거두고 목마동자에게 물었다.

"혹시 구자산이 어디에 있는지 아느냐?"

목마동자는 조금도 망설이지 않고 말했다.

"네, 압니다."

"그럼 구자산에 사는 대외도 아느냐?"

"그럼요. 잘 압니다."

황제는 목마동자의 대답을 듣고 탄식하듯 혼잣말을 했다.

"정말 기이한 일이로다. 내가 멀리서 대외를 만나기 위해 이렇게 길을 헤매는데, 이 어린아이가 대외를 알고 있다니. 대외를 안다는 건 대외의 길을 안다는 게 아닌가."

황제는 내친김에 다시 물었다.

"대외를 안다니, 그럼 천하를 다스리는 방법도 알고 있겠구나."

"천하를 다스리는 방법이 무엇인지는 모르나, 이 들판에서 지금처럼 이렇게 말과 함께 뛰노는 것과 무엇이 다르옵니까. 저는 어릴 때부터 육합六合 안에서 놀았는데, 어느 날 눈병에 걸려 앞이 잘 보이지 않았습니다. 그때 어떤 어른이 제게 '너는 수레를 타고 양성 들판에서 노닐도록 하라'고 해서 이곳으로 왔습니다. 여기에서 말을 기르며 놀다 보니 눈병이 어느 틈에 나아 버렸습니다. 그래서 저는 이제 육합 밖에서 놀고 있어요. 천하를 다스리는 일이 무언지는 모르나,

그 또한 이와 같지 않겠습니까."

황제는 목마동자가 예사로운 아이가 아니라는 느낌을 받았다. 육합六合은 하늘과 땅, 그리고 동서남북을 이르는 말이다. 육합에서 눈병이 나서 육합 밖에서 고쳤다고 한다. 이 아이가 비록 천하를 다스리지는 못하지만, 그 길은 알고 있는 듯 보였다. 황제는 다시 물었다.

"천하를 다스리는 일은 물론 너의 몫이 아니나, 어찌 너는 그 길을 알고 있는 듯하다. 그 길이 무어냐?"

목마동자가 몇 번이나 대답하기를 사양하고, 황제 또한 몇 번이나 다시 물은 끝에 마침내 목마동자가 조심스럽게 말했다.

"천하를 다스리는 일이 말 기르는 일과 다를 게 뭐 있겠습니까. 저는 말을 기르는 게 아니라 놓아둡니다. 말이 자라는 건 말 스스로가 할 일입니다. 저는 그저 말을 해치는 게 뭔지 살피고 그걸 없애는 일을 하지요. 이게 천하를 다스리는 일 아니겠습니까?"

황제는 목마동자를 향해 두 번 머리 숙여 절한 다음, 그를 천사天師라 불렀다. 그러고는 발길을 돌렸다.

재유천하在宥天下, 천하를 있는 그대로 결을 따라 움직이게 둔다. 세상을 다스리는 가장 훌륭한 방법이다. 내가 장자의 나비가 되어 여기까지 날아온 이유 또한 이것이다. 춘추전국에서부터 지금까지 2,300년의 세월을 들락거리며 내가 본 그 세상들, 나비가 되기 전에 내 눈 앞에 펼쳐지던 그 세상과 조금도 다르지 않았다.

'안연지제顔淵之齊'가 떠오른다. 제자 안연顔淵이 동쪽 제나라에 가려고 하자 스승 공자가 크게 걱정을 했다. 당시에는 과거제도가 없던 시절이라 학자들이 각 나라 제후를 찾아 자신의 학문과 경륜을 들려주고, 제후가 이를 받아들이면 그에게 주요 관직을 맡겼다. 학자들이 이렇게 자신의 철학과 치세의 묘를 펼치는 것을 유세遊說라고 했다. 장자는 이 안연지제를 「지락至樂」편에 우화로 구성하여 세상에 알렸다.

근심에 찬 공자를 보고 제자 자공이 걱정스러운 얼굴로 물었다.

"안연이 제나라로 가는데 왜 스승님께서 걱정하십니까?"

"관자管子의 가르침이 떠올라서다."

"관중管仲께서 무슨 말씀을 하셨기에 그러하십니까?"

"주머니가 작으면 큰 것을 담을 수 없고, 두레박 끈이 짧으면 깊은 우물의 물을 길을 수 없다고 하였다."

"저도 읽은 적 있습니다만, 이 말씀이 어찌 안연이 제나라에 가는 것에 비유할 수 있습니까?"

"사람은 저마다 타고난 운명이 있다. 안연은 안연의 운명이 있고, 제나라 제후는 제나라 제후로 살아갈 운명이 있다. 이 운명이 바뀔까 걱정하는 것이다. 안회는 요순堯舜과 황제黃帝와 같은 성왕의 도리를 제나라 제후에게 설명할 것이다. 그러면 제나라 제후는 분명히 그대로 따라 하려고 할 테고, 지금 제나라 제후의 그릇으로는 그리하지 못할 것이다. 그러면 안회가 잘못 말하여 실패했다고 의심할 것이고, 그렇게 되면 안회의 목이 제자리에 붙어 있겠는가? 그러니 내 어찌 안회를 걱정하지 않을 수 있겠느냐."

그제야 자공은 스승의 말뜻을 알아듣고 함께 걱정하였다.

"그럼 어찌하면 좋습니까. 제가 안회를 설득할까요?"

"이미 굳힌 마음이라 돌릴 수 없다. 그리할 수 있었으면 내 어찌 걱정하겠는가. 자네 노나라에 원거爰居라는 새가 있었다는 이야기를 들어보았는가?"

"날아다니는 새 말씀입니까?"

"날아다니는 새 말고 또 무슨 새가 있겠느냐."

공자는 자공에게 노나라 새에 대해 들려주었다.

춘추시대 노나라 동문에 어느 날 망아지만한 바닷새 한 마리가 나타나서 3일 동안 머물렀다. 누가 이름 붙였는지는 몰라도 새카만 깃털을 한 이 새를 원거鶢鶋라고 불렀다. 하도 신기하여 정경正卿 장문중臧文仲 등이 신조神鳥라 여겨 제후에게 바쳤고, 제후는 이 새를 종묘에다 모시고 술과 산해진미를 차려 제사를 올렸다. 그러나 이 새는 산해진미는커녕 술 한 방울도 먹지 못하고 슬피 울다가 사흘 만에 죽고 말았다.

"아무리 진귀한 새라고 한들 새는 새답게 살아야 한다. 진귀한 음식을 주고 대접을 해도 이 새는 창공을 날아다니고, 숲을 날면서 제 동료들과 어울려 제가 먹고 싶은 것을 찾아 먹어야 행복하다. 그런데 새를 사람처럼 대접했으니 살 수가 있겠는가. 아무리 훌륭한 음악이라도 동정호에서 연주하면 사람들은 좋아하겠지만, 새들은 놀라서 달아나고 물고기는 물속 깊이 달아나네. 물고기는 뭍에서 나오면 죽고, 사람은 물에 들어가면 죽는 것과 다르지 않네. 이는 서로 무리 짓는 곳이 다르며, 좋아하고 싫어하는 게 다르기 때문이지. 옛 성인들은 재능이 각기 다른 사람들을 그 재능에 맞게 일하도록 했고, 이름을 실제에 맞게 붙여줌으로써 정의가 이루어졌네."

이는 인사가 만사라는 말과 상통한다. 학자는 제자를 잘 길러야 하고 정치인은 정치를 잘해야 하는데, 경제를 잘 아는 학자라 해서 나라의 경제를 맡기고 법을 잘 안다고 해서 나라의 법치를 맡기면 자기의 이상대로 뜯어고치려 하기에 나라가 기운다. 마찬가지로 정치를 잘한다고 해서 아무 자리에나 갖다 앉히면 실체는 알지 못하면서 권력만 휘두르게 되니 이 또한 통치痛治가 되어 나라를 무너뜨린다. 장자와 공자는 이런 세상을 걱정했다.

재유在宥. 나는 이 말을 속으로 중얼거리며 다시 장자의 길을 따라 날아갔다.

얼마나 어디까지 날아갔을까. 멀리 강가에서 낚시하는 사람이 보인다. 뒷모습이어서 누군지 얼른 알아볼 수가 없다. 강태공? 어쩌면 강태공일지 모른다는 생각에 나는 열심히 날갯짓하며 그에게로 날아갔다. 가까이 다가간 나는 깜짝 놀랐다. 장자였다. 처음 내가 장자의 방에서 그를 만났고, 혜시와 함께 물고기를 바라보며 문답을 주고받는 모습을 본 뒤 이번에 세 번째 그를 만난다.

정신없이 날아가던 나는 주춤하며 날갯짓을 줄였다. 나보다 한발 앞서 낯선 두 사람이 장자 곁으로 다가가고 있었다. 차림새로 보아 어느 나라에서 온 높은 관료 같았다. 나는 조심스럽게 그들 곁으로 다가갔다.

"장 공公께 문안 여쭙니다. 저희는 초나라 대왕의 명을 받고 공을 모시러 온 대부大夫입니다."

장자는 들은 둥 만 둥 미동도 하지 않은 채 물 위에 떠 있는 찌를 응시하고 있었다. 초 나라에서 온 두 대부는 서로 얼굴을 쳐다보며 난감한 표정을 짓다가 다시 같은 말을 전했다.

"장 공公께 문안 여쭙니다. 저희는 초나라 대왕의 명을 받고 공을 모시러 온 대부大夫입니다."

장자는 여전히 미동도 없다.

"저희 대왕께서 장 공을 모시고 함께 국정을 이끌고 싶어 하십니다. 오늘 장 공을 모시러 왔습니다."

그제야 장자는 몸을 한 번 비틀었다. 그러나 뒤를 돌아보지는 않았다. 잠시 침묵이 흐른 뒤 장자가 말했다.

"초나라에 3천 년 묵은 거북이 있다고 들었소이다. 대부께서는 본 적 있소이까?"

"3천 년 된 거북이라 하셨습니까?"

"그렇소이다."

"거북이라…… 거북……?"

혼자 중얼거리던 대부는 고개를 갸웃하며 함께 온 동료 대부를 쳐다보았다. 그도 고개를 가로저었다.

"초 왕께서 그 거북을 비단에 싸서 사당에 잘 모셔두고 있다고 들었소이다."

"아, 그 거북 말씀이오이까."

초나라 사당에는 3천 년 된 거북을 말려 신물神物로 모시고 있었다. 장자는 그 거북을 두고 물어본 것이다.

"그렇소. 그 거북은 죽어 뼈로 남아 사당에서 귀히 대접받고 싶을까요, 아니면 산 채로 진흙에서 꼬리를 끌며 살고 싶을까요?"

잠시 머뭇거리던 대부는 조심스럽게 말했다.

"그야, 진흙에 꼬리를 흔들며 살고 싶겠지요."

"됐소이다. 나도 그렇게 진흙에서 꼬리를 끌며 살고 싶소. 그만 돌아들 가시오."

두 대부는 잠시 할 말을 잊고 서 있다가 빈손으로 돌아서 갔다.

아, 과연 장자로구나. 장자가 세상에 던지는 마지막 가르침이었다. 나는 장자를 바라보았다. 처음 그 모습 그대로 아무 일 없었던 것처럼 물 위의 찌를 바라보며 앉아 있다. 찌가 아래위로 요동을 치는데도 장자는 미동도 하지 않았다. 이번에는 돌아서 가는 초나라 대부들을 바라보았다. 두 사람은 껄껄 웃으며 걸어간다. 장자의 뜻을 받아들였다는 것일까. 아니면 장자가 함께 가지 않아서 기쁘다는 것일까. 그들의 속내를 알 길이 없다.

장자를 떠나 나는 계속 날아갔다. 뭔가 이상하다. 장자의 길이 이전과 다르다. 장자의 방에서 지도리로 갔을 때처럼 새로운 문門 하나를 지나간 것 같기도 하고 아닌 것 같기도 하다. 제물 정원을 떠나 마지막 정원 소요유逍遙遊로 가는 건가? 날개가 점점 무거워진다. 날갯짓하는 일이 버거울 정도로 힘에 부친다. 도대체 무슨 일일까.

아, 그게 아니다. 나는 제물에서 바로 지도리로 가지 않았는가. 그래서 나는 지도리에서 머물 수가 없었다. 소요유, 난 왜 그곳으로 가지 못했을까. 어쩌면 이번에는 갈 수 있을지 모른다는 희망을 버리지 않고 있으나 날갯짓을 할 수 없을 만큼 날개가 점점 더 무거워진다.

눈앞에 이름 모를 꽃들이 흐드러지게 피어있다. 모양도 색깔도 각양각색인데 모두 처음 보는 꽃들이다. 날개가 너무 무거워 나는 그 꽃 숲에 잠시 내려앉았다. 장자가 그리하였는지 내가 그곳을 찾아가 앉았는지 알 수 없으나, 나는 활짝 핀 꽃이 아닌 막 꽃을 피우려는 봉오리에 앉았다. 향기롭다. 처음으로 맡아보는 낯선 향기다.

그때 멀리서 메아리처럼 소리가 들린다.

"방향芳香!"

사실 처음 들은 소리는 '방향!'이 아니었다. "팡샹[fāngxiāng]!"이라고 했다. 무슨 말인지 알아듣지 못해 다시 귀를 기울였고, 두 번째 "팡샹!"이라고 했을 때 제대로 알아들었다. 장자의 목소리였다. 장자의 목소리를 두 번, 그것도 떨어진 거리에서 도란도란 대화하는 소리만 들었으나 나는 그게 장자의 목소리라는 걸 금방 알아들었다. 이 역시 이곳에서는 무엇이든 생각하면 그렇게 된다. 그래서 '팡샹'을 알아들었다. 중국어다. 내가 다시 장자를 만난 것이다. 이번에는 모습을 보여주지 않고 목소리만 들려주었다. 팡샹……, 방향……, 팡샹……, 방향……, 도대체 무슨 뜻일까. 나는 내가 앉은 꽃봉오리를 내려다보았다. 향기, 아까부터 날아오는 이 향기를 코끝으로 맡은 게 아니라 가슴으로 맡고 있었다는 걸 나는 "팡샹!"을 듣고 나서야 깨달았다. 방향이 아니라, 팡샹이 되어야 하는 이유도 알았다. 장자가 중국인이어서가 아니다. '팡샹'은 우리말에서는 온전하게 그 모습을 찾을 수 없다. 그런 말이 아직 없기 때문이다. 우리 말에는 한자 독음 그대로 芳香을 '방향'으로 읽고, '꽃다운 향기'라고 뜻풀이를 달았다. 우리는 소리글자이기 때문에 소리나는 대로 글자를 형성하고 뜻을 부여해야만 말이 된다. 그래서 우리는 방향의 쓰임새를 '꽃다운 향기'로 묶어놓고 있다. 중국어는 뜻글자다. 상황에 따라 뜻이 만들어진다. 그래서 팡샹이 '꽃다운 향기'에서 확대되어 '18세 소녀 소년의 마음'에서 일단 멈추었다. 꽃을 피우기 직전의 꽃봉오리, 이 봉오리에서 나는 향기가 팡샹이다. 팡샹은 막 시작하는 사랑일 수도, 아픔일 수도, 지극한 행복일 수도 있다. 참 오묘한 향기다. 방향은 코로 맡는 향기지만, 팡샹은 가슴으로 맡는 향기다. 도道의 모습이 그렇듯이, 팡샹은 무엇으로 꽃을 피울지 알 수가 없다. 사람마다, 사물마다 각기 자기의 꽃을 피우고, 각기 자신의 향기를 품는다. 그렇게 가슴 안에 품고 있는 '꽃봉오리'에서 나는 향기가 팡샹이다.

팡샹 위에 앉아서 나는 꿈꾸듯 아련한 향기에 취했다. 움직일 수가 없었다. 이대로 나는 여기에서 꽃이 되는가? 있는 힘을 다 모아 날개를 움직여 보았다. 움직여지지 않는다. 그러면서도 생각은 점점 더 맑아진다. 생각이 이처럼 명료하게 떠오른 순간도 처음이다. 시간의 흐름과 앎의 전개가 사람이었을 때처럼 논리의 궤도 위에서 그려진다. 그래서 '팡샹'과 우리말 '방향'이 명쾌하게 떠올랐다.

이곳이 소요유逍遙遊인가? 지금까지 지나온 제물이 아닌 것만은 틀림없다. 날개를 펼쳐보았다. 날개 대신 두 팔이 번쩍 올라왔다. 지도리에서 본 나비2처럼 다시 스르르 눈이 감긴다.

장자의 꿈[夢]
─ 최후의 심판

얼마나 시간이 흘렀을까. 눈을 떴다. 꿈의 잔상이 어지럽게 떠올랐으나 전혀 연결이 안 된다. 이게 그 이야기 같고 그게 이 이야기 같다. 떠오르는 이야기들이 내가 꾼 꿈인지 아니면 방금 떠올린 생각인지조차 구분할 수 없다. 주위를 살펴보았다. 조금 전에 보았던 꽃봉오리와 꽃밭은 간 곳 없다. 겨드랑이를 만져보았다. 날개가 사라지고 없다. 내가 무슨 꿈을 꾸었는지, 꿈을 꾸긴 했는지, 안개처럼 희미한 기억 속에 잔상만 어지럽게 움직인다. 잔상이 사라지면서 남

긴 작은 점 하나, 팡샹芳香. 막 꽃을 피우려는 꽃봉오리 하나
가 희미한 기억 위에 서 있다.

　정신을 추스르려고 주위를 둘러보았다. 낯익은 베로나
유스호스텔 침실 풍경이 눈에 들어온다. 목제 이층침대 3개
가 나란히 있는 6인실 도미토리에 나 혼자서 잤다. 배낭여
행자들이 꼭 한번 묵고 싶어 하는 중세 귀족의 저택을 개조
한 이 베로나 유스호스텔도 신종악성 바이러스의 직격탄을
맞았다. 이 큰 유스호스텔에 달랑 여행자 3명이 묵고 있다.
남자는 나 혼자고, 2명은 독일 여성 여행자다. 곧 문을 닫을
거라며 걱정스러운 얼굴로 투덜거리던 리셉션의 젊은 아프
리카계 남자 직원의 얼굴이 떠오른다.
　바람 소리가 들린다. "슈슈" 하는 풍절음風節音이 을씨년
스럽게 사슬처럼 이어져 조용한 공간을 떠가듯 흐른다. 자
리에 누운 채 귀를 세우고 그 소리를 추적했다. 장자의 방에
서 도포 자락을 펄럭이며 허공을 향해 붓을 휘젓던 장자의
모습이 떠오른다. 이번에는 길이 아니라 소리다. 그렇게 생
각을 한 건지 꿈이었는지 정확하지 않다. 조심스럽게 자리
에서 일어나 그 소리가 만든 길을 따라 창문 앞으로 걸어갔

다.

　꿈속에서 본 듯한 낯익은 모습이 유스호스텔 남자 숙소 창밖에 펼쳐지고 있었다. 언제부터 내리기 시작했는지 세찬 바람과 함께 장대비가 쏟아진다. 정원을 으깨듯이 빗줄기가 사정없이 흩뿌린다. 낮에 보았던 그 아름다운 정원의 꽃들이 무지막지한 폭력 앞에 속수무책으로 부서졌다. 폭력이 부연 물안개를 만들며 세상을 장막처럼 하얗게 덮었다. 빗줄기와 빗줄기가 부딪치고, 아름다운 꽃들이 빗줄기에 부딪히며 내는 소리였다. 방안에서 "슈슈" 하며 울리듯 들렸던 그 풍절음은 악마와 천사가 싸우는 소리였다. 낯선 생명체가 물줄기를 타고 내려와 세상을 점령하면서 그렇게 소리를 내고 있었다.

　잠에서 깼지만, 아직도 나는 비몽사몽이다. 지금 내가 보고 있는 세상이 2,300여 년 전, 장자와 굴원과 개자추가 고뇌하던 그 세상 같아 보였다. 쏟아지는 빗줄기가 만드는 물안개가 세상을 덮고 있었다. 허공조차도 하얗다. 세상의 그 어떤 이름도 형상도 내리는 이 빗줄기에 사정없이 부서져 물안개가 된다.

　아, 이제야 기억난다. 어젯밤 본 TV뉴스 때문이다. 대통령 선거 결과를 확정 짓는 회의가 열리는 미국 연방의회에 트럼프 대통령을 지지하는 사람들이 기습 점거하는 장면이었다. 의원들은 의자 뒤로 황급히 몸을 숨겼으며, 점령군처럼 창문을 깨고 난입한 폭도들은 의장석에 앉기도 하고 기물들을 뒤집기도 하는 등 난장판을 벌였다. 경비대가 쏜 최루탄 연기가 의사당 안을 휘젓고, 카메라는 의자 밑에 엎드려 공포에 질려 있는 의원들을 계속 비춰주고 있었다. 조금 전까지만 해도 세계의 이목을 받으며 새로운 대통령을 인준하는 회의를 하던 의원들이라고는 믿어지지 않을 정도로 겁에 질려 떨고 있다. 21세기에 미국에서 이런 일이 벌어지고 있다는 게 믿어지지 않는다. 미국 역사상 처음 있는 일이라고 한다. 당연히 처음 있는 일이겠지. 이러한 사건이 몇 번 있었다면 아마 21세기 세계역사에 미국은 존재하지 않았을지도 모른다.

마치 춘추전국 시대를 보는 듯하다. 힘만 있으면 무엇이든 할 수 있다는 인간의 오만함이 극에 이르고 있다. 정당하든 불법이든 폭력 앞에 인간은 그렇게 나약해질 수밖에 없다. 쏟아져 내리는 빗줄기에 사정없이 으깨어지는 정원의 꽃들처럼, 사람들은 강한 권력 앞에 무너진다. 그래서 정의를 빙자한 폭력이 세상을 지배하는 일이 반복된다.

　이 뉴스에 이어 우리나라 뉴스가 나왔다. 유명 정치인이 성추행 사건에 연루되었다는 의혹을 받던 중 스스로 목숨을 끊어 세상을 놀라게 한 적 있다. 떠들썩했던 그 사건이 아직도 미결인 듯 간간이 뉴스에 올라온다. 사건의 진위를 밝히라며 불붙은 논쟁은 사건 당사자가 사망함으로써 공소권이 사라져 버렸고, 사건은 엉뚱하게 정치 프레임에 갇혀 산 자들의 싸움판으로 변하면서 미투 사건인지 정치 사건인지 모르게 희석되어 버렸다. 뭐든 사건이 불거지면 본질은 오간 데 없고 정치 프레임에 가두어 내편 네편으로 갈라져 싸우는 혼탁한 세상이 되었다. 자칫 국민이 본업을 팽개치고 모두 정치인이 될 판이다.

　어제 뉴스에는 사건의 당사자가 스스로 목숨을 끊은 원인이 된, 사건 수사 정보를 미리 알려준 혐의를 받았던 그 정치인이 다시 뉴스에 올랐다. 당시 베일에 숨겨진 이 사건을 누가 최초로 당사자에게 알려주었는가를 두고 한동안 시끄러웠다. 혐의를 받던 이 정치인은 당시 자기가 아니라고 단호하게 선을 그었다. 그런데 시간이 한참 지나서 이 문제가 다시 뉴스에 올라왔다.

뭔가 새로운 사실이 밝혀졌나 하고 나는 벌떡 자리에서 일어나다가 눈앞에 별이 몇 개가 번쩍일 정도로 위층 침대에 머리를 세게 부딪쳤다. 자살한 분이 워낙 거물 정치인이라 나도 큰 충격을 받았다. 공식적인 회의 자리에서 나는 그분을 만난 적도 있다. 그분이 세상을 떠났다는 사실만으로도 놀라운 일이었지만, 이런 분도 이리 쉽게 스스로 목숨을 버릴 수 있다는 사실은 섬뜩할 정도로 더 충격이었다. 사람의 실체를 도무지 이해할 수 없었다. 삶의 가치가 무엇인가에서 시작하여 '난 누구며, 어떤 사람일까?'라는 생뚱맞은 질문을 내게 던져보기도 했다. 머리가 얼얼할 정도로 아프다. 만져보니 혹이 불뚝 솟아올랐다. 내 안에 숨어 있던 심술 하나가 그렇게 불거져 나온 모양이다.

소송 당사자가 사망했기 때문에 이 사건도 사라져 버렸다. 한 여성이 직위로 무장한 상사에게 성추행을 당했다고 '미투'를 호소했는데, 그 목소리는 허공에 메아리만 남기고 사라져 버렸다. 가해자인지 또 다른 피해자인지도 밝혀지지 않은 채 잔뜩 의문만 남기고 그의 장례 절차가 또 뉴스로 꼬리를 물고 나왔다. 수도 중심 광장에서 그가 몸담고 있던 기관 이름을 붙인 장례식으로 치렀다. 유명 정치인들을 비롯하여 그를 따르던 많은 사람이 줄지어 조문 물결을 이루었다. 이 모습을 놓고 또 한바탕 싸움이 벌어졌다. 한쪽에서 피해 여성이 울고 있는데, 한쪽에서는 죽은 사람 영웅 만들기에 나선다며 또 시끄럽게 싸움이 불붙었다.

핸드폰으로 뉴스를 보면서 꼬리를 물고 이어지는 그 사건을 되짚어보다가 나는 그대로 잠이 들었다. 켜진 채로 둔 핸드폰이 가슴 위에서 내 심장을 향해 이 어지러운 뉴스를 계속 흘려보냈으며, 잠든 나는 장자의 나비가 되어 엉뚱한 세상을 한 바퀴 돌고 왔다.

베로나에서 사흘을 묵은 뒤 오늘 파도바로 가는 날이다. 새벽부터 그렇게 세찬 바람과 함께 굵은 빗줄기가 쏟아진다. 조토의 「최후의 심판」을 보러 가는 일은 시작부터 그렇게 만만치가 않았다. 아침이 되어서도 비가 그치지 않아 갈까 말까 망설이다가 출발했다. 어렵게 관람을 예약한 탓도 있지만, 어쩌면 이렇게 비 내리는 날이 그의 작품을 감상하기에 더 어울릴지도 모른다는 생각이 내 등을 떠밀었다. 로마 시스티나 성당에 있는 미켈란젤로의 「최후의 심판」보다, 나는 파도바에 있는 조토의 이 「최후의 심판」이 더 친근하게 다가온다. 신이 아닌 사람 냄새가 나서 좋다. 사람 냄새, 이것이 중세 암흑에서 뛰쳐나와 르네상스의 문을 열게 한 열쇠였다.

베로나 기차역으로 가기 위해 버스 정류장에 나왔다. 우산을 썼는데도 유스호스텔에서 5분 거리에 있는 버스 정류장까지 오는 동안 이미 옷이 다 젖었다. 이대로 버스를 타기에 민망하여 배낭에서 겉옷 하나를 꺼내 바꿔입었다. 다행히 배낭은 미리 방수 덮개를 씌운 덕분에 무사했다.

베로나에서 파도바까지는 기차로 한 시간 걸리는 거리다. 파도바에 도착했을 때 빗줄기는 한풀 꺾였다. 조토의 「최후의 심판」은 아레나 옆에 있는 스크로베니(Scrovegni) 예배당에 있다. 예배당 내부가 온통 조토의 성화로 장식되어 있는데, 그 가운데 「최후의 심판」이 한쪽 벽을 가득 채웠다.

그림 앞에 선 나는 숨이 컥 막혔다. 두 번째 보는 낯설지 않은 그림인데도 처음 보는 것처럼 이전과 다른 낯선 감동에 잠시 숨을 멈추었다. 천천히 작품 전체 구성을 일별하며 감상했다. 오른쪽 아래에 지옥을, 왼쪽에 천국을 배치했다. 천국 앞에는 심판을 기다리는 사람들이 줄지어 있다. 나는 리날도 스크로베니를 찾았다. 그림 아래쪽 중앙에 조그마

한 예배당 모형을 오른손에 대고, 왼손을 천사에게 뻗고 있는 사람이다. 천국으로 가는 열쇠를 얻기 위해 예배당을 지어 바친 걸 뒷배 삼아 천사에게 줄을 댄 것이다. 이 사람을 단테는 『신곡』에서 연옥으로 추방하고, 일곱 번째 지옥의 불타는 모래에서 고통받게 만들어 버렸다. 이럴 줄도 모르고 그의 아들 엔리코 스크로베니는 모은 재산으로 예배당을 지어 바치며 아버지를 천국으로 보내기를 열망했다.

리날도 스크로베니는 이곳 파도바에서 고리대금 업자로 돈을 번 사람이다. 아버지의 재산을 물려받은 그의 아들 엔리코 스크로베니 역시 고리대금업자였다. 비싼 이자로 사람들의 원성을 산 그는 귀족이 되기 위해 기사단을 지원하는 한편 교회에도 손을 뻗어 면죄부를 얻으려 했다. 그는 가진 돈으로 이 두 가지 꿈을 모두 이루었다. 스크로베니 예배당을 지어 교회에 헌당한 공로로 평소 알고 지내던 보카시오 추기경이 베네딕토 11세 교황이 되자 스크로베니 예배당 신자들에게 면죄부를 주는 교황의 교서를 받아냈다. 당시에는 교회를 지어 헌당하면 신자들로부터 받은 헌금을 재산으로 소유할 수 있었다. 파도바의 가우덴티 기사단으로부터 기사 작위를 받아 귀족으로 신분도 상승시켰다. 이 교회가 바로 기사단의 회합 장소였다.

　엔리코 스크로베니는 당대 유명한 피렌체의 예술가 조토에게 교회 내부를 장식하는 그림을 의뢰했다. 천국 문 앞에서 천사가 리날도 스크로베니의 손을 잡도록 할까 말까, 조토는 의뢰인의 요구에 이 문제를 놓고 고민했을 것이다. 그를 단호하게 지옥에 내던져버린 단테와 달리 조토는 그의 손이 천사에게 닿을 듯 말 듯 그렸다. 이 그림을 보는 사람들에게 심판을 맡긴 것이다. 최후의 심판은 신이 하는 게 아니라, 같은 시대를 산 사람들이 하는 거라는 메시지다.

　나는 오래도록 그림 앞을 떠나지 못했다. 여기까지가 내 여정의 끝이다. 이 자리를 떠나면 나는 또 갈 곳이 없어진다. 솜털처럼 가볍고 평화로운 이 순간이 사라질까 두렵다. 그림 앞에서 나는 돌아설 수가 없었다.

　너무 오래 응시해서일까. 나는 천천히 조토의 「최후의 심판」 속으로 들어가고 있었다. 오늘 아침 눈 떴을 때 꿈의 잔상으로 오롯하던 '광상'이 그림 위에 오버랩한다.

　이게 꿈이 아니었으면 좋겠다.